W0330610

espejo de españa

126

«Ni está el mañana —ni el ayer— escrito.»

ANTONIO MACHADO
El dios Ibero

1. La colección ESPEJO DE ESPAÑA, bajo el signo de Editorial Planeta, pretende aportar su colaboración, no por modesta menos decidida, al cumplimiento de una tarea que, pese a contar con tantos precedentes ilustres, día tras día se evidencia como más urgente y necesaria: el esclarecimiento de las complejas realidades peninsulares de toda índole —humanas, históricas, políticas, sociológicas, económicas...— que nos conforman individual y colectivamente, y, con preferencia, de aquellas de ayer que gravitan sobre hoy condicionando el mañana.

2. Esta aportación, a la que de manera muy especial invitamos a colaborar a los escritores de las diversas lenguas hispánicas, se articula inicialmente en siete series:

I los españoles
II biografías y memorias
III movimientos políticos, sociales y económicos
IV la historia viva
V la guerra civil
VI la España de la posguerra
VII testigos del futuro

Cón ellas, y con las que en lo sucesivo se crea oportuno incorporar, aspiramos a traducir en realidades el propósito que nos anima.

3. Bueno será, sin embargo, advertir —puesto que no se pretende engañar a nadie— que somos conscientes de cuantas circunstancias nos limitan. Así, por ejemplo, en su deseo de suplir una bibliografía inexistente muchas veces, que cabe confiar estudios posteriores completen y enriquezcan, ESPEJO DE ESPAÑA en algunos casos sólo podrá intentar, *aquí* y *ahora*, una aproximación —sin falseamiento, por descontado, de cuanto se explique o interprete— a los temas propuestos, pero permítasenos pensar, a fuer de posibilistas, que tal vez los logros futuros se fundamentan ya en las tentativas presentes sin solución de continuidad.

4. Al texto de los autores que en cada caso se eligen por su idoneidad manifiesta para el tratamiento de los temas seleccionados, la colección incorpora un muy abundante material gráfico, no, obviamente, por razones estéticas, sino en función de su interés documental, y, cuando la obra lo requiere, tablas cronológicas, cuadros sinópticos y todos aquellos elementos que pueden complementarlo eficazmente. Se trata, en definitiva, de que cada uno de los títulos, en su unidad texto-imagen, responda a la voluntad de testimonio que preside las diversas series.

5. Sería ingenuo desconocer, empero, que este ESPEJO que, acogido a la definición que Stendhal aplicara a la novela, pretendemos pasear a lo largo del camino, según se proyecte a su izquierda o a su derecha recogerá, sin duda, sobre los mismos hombres, sobre los mismos hechos y sobre las mismas ideas, imágenes diversas y hasta contrapuestas. Nada más natural y deseable. La colección integra, sin que ello presuponga identificación con una u otra tendencia, obras y autores de plural ideología, consecuente con el principio de que ser liberal presupone estar siempre dispuesto a admitir que *el otro* puede tener razón. Aspiramos a crear un ágora de libre acceso, cerrada, única excepción, para quienes frente a la dialéctica de la palabra preconicen, aunque sólo sea por escrito, la dialéctica de la pistola.

6. Y si en algunas ocasiones la estampa que ESPEJO DE ESPAÑA nos ofrezca hiere nuestra sensibilidad o conturba nuestra visión convencional, unamos nuestra voluntad de reforma a la voluntad de testimonio antes aludida y recordemos la vigencia de lo dicho por Quevedo: «Arrojar la cara importa, que el espejo no hay de qué.»

RAFAEL BORRÀS BETRIU
Director

Diciembre de 1973.

La letra del cambio

Fernando
Vizcaíno
Casas

La letra del cambio

Prólogo de
Jaime Campmany

EDITORIAL PLANETA BARCELONA

ESPEJO DE ESPAÑA
Dirección: Rafael Borràs Betriu
Serie: La historia viva

© Fernando Vizcaíno Casas, 1986
Editorial Planeta, S. A., Córcega, 273-277, 08008 Barcelona (España)
Edición al cuidado de María Teresa Arbó
Cubierta de Hans Romberg (foto Fernando Vizcaíno de Sas y realización de Jordi Royo)

Procedencia de las ilustraciones: Archivo Editorial Planeta, Cover, J. A. Briñas/Cover, Juan González/Cover, Llenas/Cover, Magan/Cover, Miguel González/Cover, Paco Junquera/Cover, Rafael Sámano/Cover y Rodríguez/Cover

Maquetas de ilustración interior: Eduardo Asensio
Producción: equipo técnico de Editorial Planeta
Primera edición: abril de 1986
Segunda edición: junio de 1986
Tercera edición: junio de 1986
Depósito legal: B. 21.293-1986
ISBN 84-320-5856-4
Printed in Spain/Impreso en España
Talleres Gráficos "Duplex, S. A.", Ciudad de la Asunción, 26-D, 08030 Barcelona

ÍNDICE

Prólogo

Este libro fue presentado en Madrid por uno de los más brillantes, irónicos y celebrados comenristas de la actualidad española: el insigne periodista, director del semanario Época, *Jaime Campmany.*

Hemos entendido que ningún prólogo mejor para las sucesivas ediciones de La letra del cambio *que estas cuartillas suyas, fiel muestra de un estilo inconfundible.*

Así como don Miguel de Cervantes, al final del capítulo octavo de su inmortal obra, dejó al colérico vizcaíno con la espada levantada sobre la cabeza de don Quijote, así también la transición política que comenzó en nuestro país hace diez años deja, al final de cada uno de sus capítulos, a este otro Vizcaíno, o sea, a Vizcaíno Casas, con un libro alzado sobre las nuestras. Eso vamos ganando al correr de los siglos, que, al fin y al cabo, siempre será mejor que te sacudan un librazo en la sesera a que te descarguen un mandoble en la crisma.

Cuenta don Miguel, al poner final a esta historia que dejó en el aire, que el colérico vizcaíno dejó caer su espada con tal denuedo sobre el pobre don Quijote que le desarmó toda la izquierda de la armadura, y se le llevó gran parte de la celada a más de media oreja. Todo ello, desde luego, del lado izquierdo, que fue el que sufrió el destrozo, quedando el derecho entero y sin daño. Esa misma querencia a descargar el mandoble, en este caso, el librazo, hacia el costado izquierdo, presenta este Vizcaíno de nuestra historia. Descarga el golpe, y siempre se le desvía hacia la izquierda. Será que ha cogido vicio, o que él es de natural derecho, o que la Señora Política por ese lado es por donde necesita mayor castigo o por donde más pecado tiene. De cualquier manera, no seré yo quien se lo reproche, que ahí me lo encuentro muchos días, y últimamente casi todos, dándole al mismo parche, y lo único que siento es que, a veces, se me adelanta.

Bueno, y vamos al libro. Éste es un país donde se lee poco. Ya lo sabéis sin necesidad de que yo lo recuerde. Y no sé si será norma de estricto precepto la de que el presentador se lea el libro que ha de presentar. Por la no mucha experiencia que tengo de estos actos, más bien me parece que no. Es más, tengo para mí que hay algunos presentadores reincidentes que siempre presentan el mismo libro. Es decir, que tienen escrito algo así como un cañamazo, una fórmula, una homeopatía que sirve para todo, y lo único que hay que cambiar es el nombre del autor y el título del libro. Es como esa liturgia de las bodas y los bautizos en que las palabras sacramentales son las mismas, y a última hora el cura pregunta cómo se llaman los novios, o cuál es el nombre que se le va a imponer al niño.

Os juro que éste no es mi caso. Al menos, no es mi caso de hoy. Yo me he leído el libro de cabo a rabo, sin dejar letra, empezando, eso sí, naturalmente, por la página en la que yo mismo vengo citado. No digo esto por presumir de lector habitual, de lector de costumbre, que también lo soy. Lo digo como el primer elogio del libro, que se lee de una sentada, y aun podría uno bebérselo andando por la calle. La verdad es que Fernando Vizcaíno Casas es un fenómeno poco frecuente en nuestro país, antes llamado España, como él añadiría inmediatamente. A Fernando Vizcaíno Casas le lee hasta la gente que no lee, y por eso, sin duda, hace estallar envidiablemente los números de tirada de sus ediciones. Vamos, quiero decir, para no andarme con más rodeos, que los libros de Fernando Vizcaíno Casas los leen incluso sus presentadores.

He dicho que Vizcaíno hace estallar «envidiablemente» los números de tirada de sus ediciones. No he dicho «visiblemente», ni «notablemente», ni «extraordinariamente», ni «espectacularmente». He dicho «envidiablemente». Ya se sabe que en este país azotado por la envidia, y más si se trata de letras, aunque no sean de cambio, nada, absolutamente nada, ni una virtud, ni una facultad, ni una maña o un arte, ninguna riqueza, material, intelectual o espiritual, alcanza a ser excelente o magnífica mientras no resulte envidiable. Aquí, lo bueno, es lo que produce envidia, y seguramente por eso el elogio válido, el elogio sincero, no es el que toma la forma de alabanza serena, objetiva, fundamentada, argumentada, admirada o maravillada. Aquí, el único elogio válido es el elogio airado. Si no se produce lo que don Ramón María del Valle-Inclán llamaba «la cólera del español sentado», no hay éxito. Cuando el español, sentado para presenciar una representación teatral, o una proyección cinematográfica, o para leer un libro, se cabrea, es que ha olfateado el éxito. Cuando aplaude sonriente y feliz, malo, María. Está paladeando el fracaso, las mieles del fracaso ajeno, y si el prójimo que fracasa es un cofrade, un colega, un compañero de profesión y dedicación, se produce el aplauso entusiasta, la ovación frenética. «¡Es formidable, es genial!» te dicen los cofrades cuando saben que tu libro va a pasar por un desierto de lectores y que vas a vender los ejemplares que compre tu familia.

Muchos colegas de letras o de periodismo, a la hora de juzgar la ya larga obra de Vizcaíno Casas, tuercen el gesto. Condenan o desprecian la facilidad excesiva, lo lineal de la prosa, la precipitación de la frase, el material de acarreo del asunto, la simplicidad de la crítica, no sé, si sigo temo que se me note demasiado la cólera del español sentado. Bueno, de todo eso habría mucho que hablar. La dificultad o el dolor del escritor al escribir se traduce, muchas veces, en la dificultad del lector al leer; la prosa lineal y directa no es más deleznable que la que se pierde en recovecos y meandros; la simplicidad en la exposición crítica otorga eficacia al argumento; la precipitación de la frase trae de la mano espontaneidad y garbo, y favorece el ritmo de la lectura, y el material, al fin y al cabo, es el que produce la cantera, y cuando se escribe en el tiempo y para el tiempo de hoy mismo, hay que comprar lo que pase. Si pasan rábanos, se compran rábanos.

El secreto del buen éxito, del éxito «envidiable» de los libros de Vizcaíno Casas, no creo que haya que buscarlo en el estilo, en el primor, en el escrúpulo de la pincelada, en el filo y penetración del pensamiento o en el recreo taumatúrgico del lenguaje. Cada escritor de éxito tiene su secreto, y el secreto de Vizcaíno tal vez sea la eficacia. Cuando hace crítica, es eficaz en la crítica. Cuando hace humor, es eficaz en el humor. Y cuando hace sátira, es eficaz en la sátira. Y eso es todo. Sin más ringorrangos y sin más perifollos. No creo que tenga el propósito de hacer ensayos luminosos, ni de escribir relatos sublimes, y cuando ensaya algún pareado, no se le ve preocupado excesivamente por rigores formales. Carga todo lo que dice de un gran sentido común. Se anticipa en las ocurrencias y en los juicios a los juicios y ocurrencias de muchos españoles, y aun de otros que no lo son o que viven lejos, más allá del océano, y explica a las gentes las cosas que pasan de manera que todos las entienden, y los ayuda, despertando sonrisas o breves meditaciones, a soportarlas y a sufrirlas. En eso es casi mayéutico, o sea, un socrático. Dice observaciones como quien las echa al aire, plantea interrogantes al lector, y así le hace pensar un rato y le lleva de la mano, de la palabra, hasta donde él le espera. Y luego, no le abruma. Le hace reír o sonreír, y le deja suelto. Hasta otra.

En realidad, todavía no he hablado del libro, de esta *Letra del cambio*, y voy a hablar poco, porque estoy seguro de que todos lo leeréis. Y quizá también porque es un libro que se explica mejor por sí solo. Seguramente no es un libro, sino dos, cosa mucho más frecuente de lo que parece. El primer libro es una crítica resumida, contenida, muy económica de énfasis y grandilocuencias, sobre estos casi cuatro años de política socialista. Se trata de un ensayo al que muchos timoratos o devotos sólo de sí mismos se resistirían a denominar así, porque es sencillo, claro, delgado e inteligible para cualquiera, pero riguroso y preciso. Incluso para los que nos tenemos trillado ese trigo, se deja no ya leer sino beber.

El segundo libro es una paciencia, un paciente ejercicio de coleccionista. Allí encontrará el lector todas aquellas anécdotas, errores, erratas, gafes, meteduras de pata, patas de banco y procacidades políticas y no políticas, que han florecido durante estos cuatro años en el valle de las Batuecas. Ahí encontraréis, reproducidos y comentados, muchos de los infinitos frutos que ofrece la majadería humana en estos páramos, desde ese desplante del marido de la alcaldesa de Juviles, que dice que las fiestas del pueblo se harán cuando a su mujer le salga del coño, hasta la solicitud de un Movimiento Ecológico a un Ayuntamiento extremeño para que a una calle se le ponga el nombre de la *Chocholoco*. Desde un titular periodístico que reza así: «Franco, en la final de la Copa del Rey», hasta esa divertida errata del *Boletín Oficial del Estado* que habla del «Consejo General del Joder Judicial», remachada por otra posterior, que no recuerdo si está o no recogida en el libro, y si no ahí va una aportación para la edición segunda, que cita al mismo organismo como «Conejo General del Poder Judicial». Errata sobre errata, estaríamos ante un Conejo General del Joder Judicial.

En definitiva, quería deciros que se trata de un libro poético. Poético, en el sentido de Juan de Mairena cuando pedía a uno de sus alumnos que pusiera en lenguaje poético la frase que él había escrito en la pizarra: «Los eventos consuetudinarios que acontecen en la rúa.» Y el alumno, después de meditar brevemente, escribió: «Lo que pasa en la calle.» Como todos sabéis, y aprovecho para pedir perdón por repetir algo tan consabido, Juan de Mairena aprobó: «No está mal.» Bueno, pues eso: no está mal.

JAIME CAMPMANY

100 Medidas

Por el cambio

EXTRACTO DEL PROGRAMA ELECTORAL DEL PSOE

Presentación

Este libro tiene dos partes, aparentemente muy distintas, pero que yo considero complementarias entre sí. La primera es una panorámica de las realizaciones del gobierno socialista de don Felipe González a lo largo de estos casi cuatro años que lleva en el poder. Panorámica tomada, ni que decir tiene, desde mi óptica personal y susceptible por tanto de discusión, crítica y rechazo, en cuanto tiene de subjetiva. No así por lo que atañe a los hechos concretos que se narran, todos debidamente documentados y, en consecuencia, inapelables.

En la segunda parte he recogido un precioso, divertido, variado y, en ocasiones, increíble muestrario de erratas, planchas, sandeces y anécdotas curiosas en general, publicadas en la prensa española a lo largo de estos años del cambio. *Debo agradecer a mis fieles, constantes y estupendos lectores su inestimable colaboración; sin ella, sin sus envíos desde toda España, sin su generosa cooperación, semejante florilegio, auténticamente delicioso, no hubiese podido reunirse, para solaz, ahora, de todos. Mi gratitud, por ello, es absoluta y emocionada.*

F. V. C.

Marzo de 1986.

PRIMERA PARTE

El cambio

Acabo de cumplir sesenta años. Era antes edad provecta; ahora nos empeñamos en decir que se trata de una dorada madurez. Da lo mismo. Lo que importa es que pertenezco a la generación que fue llamada *de la posguerra;* la que no intervino activamente en las glorias y en los desastres del conflicto civil, pero los padeció en toda su integridad. Este tiempo mío ha sido por demás complejo. Cuando nací, 1926, España vivía bajo el paternalismo de don Miguel Primo de Rivera, en aquello que, a medida que pasan los años, más se considera como una de las épocas verdaderamente apacibles y prósperas de este país, gobernado entonces por la singular *dictablanda* del marqués de Estella. Aquel año, Ramón Franco, Ruiz de Alda, Durán y Rada consumaban la proeza del *Plus Ultra;* un Real Decreto-Ley establecía el circuito de firmes especiales, gracias al cual nuestros padres viajarían por las mejores carreteras de Europa; morían el genial arquitecto Gaudí, Pérez Lugín, el de *La casa de la Troya,* y Rainer Maria Rilke.

Y nacíamos un puñado de españoles que, andando el tiempo, alcanzaríamos cierta notoriedad en nuestros oficios. Así, Guillermo Timoner, seis veces campeón del mundo de ciclismo; Alfredo Di Stéfano, el mejor futbolista de todas las épocas; Francisco Rabal, actor eminente; Alfonso Paso, un monstruo del teatro; Alfonso Sastre, otro excelente autor, coartado por su vocación política; Juan Antonio Vallejo-Nágera, siquiatra ilustre y escritor con Planeta incorporado; Ricardo de la Cierva, riguroso y prolífico historiador; el profesor José María Valverde; Rafael Azcona, humorista en el cine y en la literatura; Ana María Matute, espléndida novelista; el genial *Tip,* de verdadero nombre, Luis Sánchez Polack. O sea que aquélla fue una fructífera añada. Y disculpen la vanidad.

Lo que no podíamos imaginar, tan chiquitines, era que iba a tocarnos vivir una de las épocas más convulsas de la siempre convulsa historia de España. Teníamos apenas cinco años cuando se proclamó la II República, la *niña bonita,* recibida jubilosamente y despedida después, entre sangre y lágrimas, en el verano de 1936. La guerra civil nos agarró apenas púberes, aunque nos hizo crecer deprisa. Cada uno habla de la procesión según le ha ido; yo pasé los tres años dramáticos en Valencia y tengo, para siempre, el recuerdo espantoso de los desmanes de la milicianada que llamábamos roja, del hambre y de la dictadura del doctor Negrín, a imagen y semejanza de la soviética de Stalin.

Después vino la liberación (dicho sea con todos los respetos) y la larga posguerra y el desarrollo prodigioso de los años sesenta y el estertor del franquismo y la muerte del régimen, con la de su fundador, antes llamado Caudillo, hoy más bien nombrado como *anterior jefe del Estado.* De eso no voy a hablar, porque me repetiría en conceptos y en ideas que considero más que sabidas; quienes no las conozcan, lean mi libro dedicado a ese período histórico, por supuesto considerado desde mi punto de vista personal, pero sobre presupuestos absolutamente objetivos.[1]

El 20 de noviembre de 1975 muere, pues, Francisco Franco y sube al trono de España S. M. Juan Carlos I de Borbón, en cumplimiento de las previsiones sucesorias: comienza la que se conoce como *transición.* Cuyas distintas fases son harto sabidas. Una primera de pretendido e imposible continuismo, presidida por Carlos Arias. Después, la inesperada aparición de Adolfo Suárez, traído de la mano de Torcuato Fernández Miranda, sorprendente instalación en la jefatura del gobierno de un personaje singular, al margen de cualquier catalogación. A pesar suyo, España evoluciona democráticamente en relativa paz y con sensible cordura, porque el pueblo no está por aventuras (que el proletariado de los años treinta se convirtió en clase media acomodada en los sesenta) y aspira a mantener su *status* social, bajo el patrocinio tranquilizador de la Corona.

El malabarismo político de Suárez y el invento de su imposible partido, la UCD, quiebran inevitablemente en 1981. Gracias al golpe del 23-F, asciende a la presidencia del Ejecutivo don Leopoldo Calvo-Sotelo, de quien poco puede esperarse en semejantes circunstancias. Sus meses de gobernación conocen el desguace del centrismo y la irremediable consolidación del socialismo, que pasa a convertirse en la esperanza política del país: así de hundido y comatoso estaba. Las elecciones de octubre del 82 llevan al PSOE a la Moncloa, por una mayoría abrumadora. Por vez primera, España tiene un gobierno enteramente socialista. Los optimistas celebran la experiencia de una monarquía compatible con ese partido, históricamente republicano. Los teóricos, los ingenuos, los inocentes, se alborozan porque las doctrinas de Pablo Iglesias van a conformar (dicen) un Estado lleno de preo-

1. *¡Viva Franco! (con perdón),* Editorial Planeta, 11.ª edición, 1983.

cupaciones sociales y profundamente fiel a los postulados democráticos.

Ahora, cuando está a punto de cumplirse la primera legislatura socialista, casi cuatro años de errores, escándalos y contradicciones configuran la triste realidad de este gobierno. Que, pese a su fracaso, reiterase su continuidad, ganando también las próximas elecciones (es de suponer que, al menos, sin su anterior y apabullante mayoría), sólo demostraría la corta sensibilidad política del pueblo español, tan dócil a las manipulaciones, tan falto de ideas propias, tan fácilmente manejable por una propaganda constante y desvergonzada. De confirmarse las predicciones de encuestas y muestreos, que siguen dando ganador al PSOE, habría, pues, que pensar que muchos españoles tienen claras inclinaciones masoquistas, que justificarían ese cabreo al que donosamente se refirió Antonio Burgos, en uno de sus colosales artículos.[2] También, por supuesto, que la Oposición (es decir, la comúnmente llamada *derecha*) carece de mínimos organizativos, de la más elemental coherencia y de cualquier capacidad crítica en su contrapropaganda.

Pero no trato en este libro de aventurar el futuro político de España, sino de recoger aconteceres, realidades y anécdotas de estos pasados años del gobierno socialista. Un gobierno que se presentó a la opinión pública como portador del *cambio;* y como tal fue recibido con general alborozo, aunque nadie cayó entonces en la cuenta de que los cambios pueden ser para peor; y tal fue el caso. Semejante afirmación no es fruto de opiniones propias y, por tanto, lícitamente discutibles, sino de irrefutables evidencias estadísticas. Entre octubre de 1982 y febrero de 1986 (cuando estas líneas se escriben), todo en España ha ido a peor. Y a las pruebas me remito.

LOS GRANDES ENGAÑOS

La propaganda electoral del PSOE se aposentó en una promesa fundamental: la creación de 800 000 nuevos puestos de trabajo. Resulta que lo conseguido por los gobiernos del señor González ha sido aumentar en más de 600 000 el número de parados (sólo en enero de 1986, 74 079). Tan espectacular fracaso bastaría, en cualquier país serio, para descalificar a un partido con aspiraciones de seguir gobernando. Aquí, está claro que la capacidad de

2. Antonio Burgos, «Encuestas y cabreo», *ABC,* 2 de enero de 1986.

ECONOMÍA **EL PAIS** TRABAJO

El aumento registrado en el primer trimestre de 1985 en las cifras de paro —cercanas a los tres millones de personas— ha recrudecido las fuertes tensiones entre la central socialista y el Gobierno. CC OO, UGT y CEOE coincidieron en responsabilizar del incremento del desempleo a la política económica aplicada por el Ejecutivo. En el caso de la central socialista, su secretario general, Nicolás Redondo, habló ayer de "fracaso de la política de empleo", y afirmó que, en su opinión, la comisión de seguimiento del Acuerdo Económico y Social no servía para nada. UGT anunció que presionará al Gobierno para que "reoriente su política con criterios menos economicistas y más justos".

El incremento del desempleo ha sido el menor de los últimos años, según el Ministerio de Economía

El aumento del paro recrudece los enfrentamientos entre UGT y el equipo económico del Gobierno

Madrid

La UGT exigió ayer responsabilidades al Gobierno por "la situación de desempleo a la que están abocados casi tres millones de trabajadores". Las cifras hechas públicas por el Instituto Nacional de Estadística (INE) correspondientes al primer trimestre de 1985, que sitúan el desempleo en los 2.924.500, han recrudecido las críticas de UGT al Gobierno, al que responsabiliza, junto con los empresarios, del aumento del paro. La central afirma que "presionará al Gobierno para que oriente su política por criterios menos economicistas y más justos".

Cifras aterradoras

La Unión General de Trabajadores contestó ayer en un agrio comunicado ... sarios y "a la derecha que ha atacado sistemáticamente al Estado social". Y recuerda que en la actual legislatura se ha flexibilizado al máximo la contratación y se ha subvencionado a los empresarios para crear empleo con cargo a los Presupuestos del Estado con 715.000 millones de pesetas en 1985.

La lectura que el Ministerio de Economía da al aumento del paro es muy diferente y califica los datos "de bastante buenos", teniendo en cuenta que su crecimiento es el menor de los registrados en los primeros trimestres de los últimos años. Economía recuerda que en los tres primeros meses de 1984 el desempleo subió en 86.000 personas —una vez descontado el aumento causado por los perceptores del empleo comunitario—, en 1983 el

DESEMPLEO POR COMUNIDADES AUTÓNOMAS

	Tasa de paro 4º trimestre 1984	Tasa de paro 1er trimestre 1985	Diferencia	Varón 1er tr. 1985	Mujer 1er tr. 1985
Total	21,69	22,07	+0,38	20,78	25,04
Andalucía	30,87	28,76	−2,11	29,22	27,45
Aragón	16,53	18,34	+1,81	14,99	27,49
Asturias	17,16	18,04	+0,88	16,32	21,79
Baleares	13,63	15,71	+2,08	12,95	21,18
Canarias	26,10	26,75	+0,65	24,73	31,26
Cantabria	15,20	15,12	−0,08	14,42	16,74
Castilla-La Mancha	16,91	18,19	+1,28	16,71	22,88
Castilla-León	17,36	18,52	+1,16	15,77	25,50
Cataluña	22,90	23,50	+0,60	21,35	28,20
Comunidad Valenciana	21,79	21,81	+0,02	20,22	25,37
Extremadura	28,16	29,00	+0,84	28,44	30,82
Galicia	12,67	13,76	+1,09	14,35	12,86
Madrid	21,95	22,23	+0,28	20,31	26,36
Murcia	18,40	20,87	+2,47	18,86	25,65
Navarra	16,92	17,84	+0,92	15,13	24,75
País Vasco	23,00	23,59	+0,59	21,73	28,07
La Rioja	15,18	17,92	+2,74	15,01	26,25

Arrecian las críticas de patronal y sindicatos

Madrid

Sindicatos y patronal coincidieron ayer en culpar al Gobierno del aumento de desempleo que roza ya los tres millones de personas. Además de las críticas vertidas por UGT, el secretariado de CC OO en un comunicado califica de inadmisible "que la gravedad de estos datos, pretenda presentarse por el Gobierno, a través de ciertos medios de comunicación, como un relativo éxito de su política económica", y subraya que a pesar del AES ha seguido aumentando el desempleo. CC OO pide al Gobierno que cambie su política económica o dimita, "porque puede llevar al país al desastre económico".

En opinión de CC OO, "se ha seguido una orientación, la de Helmut Schmidt, según la cual, los beneficios de hoy son la inversión de mañana y el empleo de pasado mañana. Sin embargo", continua CC OO, "el resultado es justamente el contrario: han disminuido los salarios, se ha flexibilizado la contratación, ha aumentado el exce-

La propaganda electoral del PSOE se aposentó en una promesa fundamental: la creación de 800 000 puestos de trabajo. Resulta que lo conseguido por los gobiernos del señor González ha sido aumentar en más de 600 000 el número de parados. (Las tensiones entre UGT y el gobierno por dicho motivo se reflejan en la prensa.)

EL PAIS, viernes 1 de marzo de 1985 ESPAÑA 11

El debate del 'caso Flick'

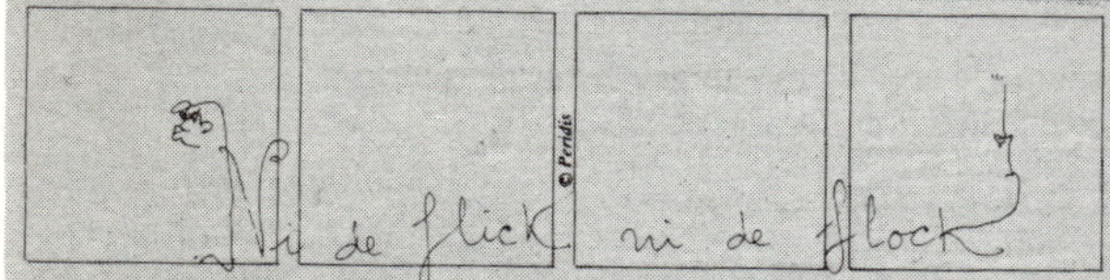

El Congreso absuelve a Felipe González en el 'caso Flick'

J. GARCÍA CANDAU, **Madrid**

El Congreso de los Diputados absolvió a Felipe González, presidente del Gobierno, de la imputación de haber recibido del diputado socialdemócrata de Alemania Occidental Hans Juergen Wischnewski una maleta repleta de marcos procedentes del consorcio alemán Flick. Doscientos sesenta y tres diputados votaron a favor de esta conclusión, contenida en todos los votos particulares de los miembros de la comisión de investigación del *caso Flick*. Coalición Popular sí votó en contra de la resolución que niega la existencia de pruebas que demuestren que tanto González como el PSOE hayan recibido dinero del consorcio alemán occidental.

La Cámara baja se puso de acuerdo para calificar de falsas las iniciales declaraciones del diputado socialdemócrata Peter Struck según las cuales había entregado Wischnewski a González una maleta con dinero alemán occidental. Todos los votos particulares de los grupos representados en la comisión contenían esta afirmación, pero, junto a los 263 votos favorables, hubo siete en contra, ocho abstenciones y uno nulo, probablemente a causa de despistes.

La *comisión Flick*, denominada así la encargada de fiscalizar las cuentas de los partidos políticos, ha estudiado las presuntas ramificaciones del *caso Flick* en España. Este escándalo surgió en Alemania Occidental por los presuntos sobornos a políticos efectuados por el consorcio de ese nombre a cambio de supuestos beneficios fiscales. Este caso originó en la RFA las dimisiones de Otto Lambsdorff, ministro de Economía, liberal (FDP), y de Rainer Barzel, presidente del Parlamento, democristiano (CDU).

El Pleno del Congreso de ayer aprobó las cuatro conclusiones elaboradas en la *comisión Flick* que firmaron conjuntamente el Grupo

M. ESCALERA

El presidente González, conversa por el teléfono de su escaño —recientemente se instaló un aparato telefónico en cada asiento del Congreso—, durante el debate en el Pleno.

Socialistas y conservadores se acusan mutuamente tras el debate

F. J., **Madrid**

La sombra de un *Watergate a la española* planeó ayer en las acusaciones mutuas que socialistas y conservadores se dirigieron tras la celebración del Pleno del Congreso dedicado a la discusión de las conclusiones de la llamada *comisión Flick*. El presidente del Gobierno, Felipe González, señaló que "algunos grupos han tenido la tentación lamentable de recurrir a proyectos ilegales para recabar datos de otros partidos, pero ni los procedimientos ilegales les han servido". Sin querer entrar en más detalles, Felipe González dijo que "ha habido tentaciones de entrar en contacto con profesionales de la intoxicación, aunque eso es algo que creo está superado".

Por su parte, el vicepresidente de AP Alfonso Osorio, declaró que "sacar un documento de otro partido es similar a algo que le costó la presidencia a Richard Nixon, y se llamó el *caso Watergate*". El secretario general de AP, Jorge Verstrynge, insistió en que "el Código Penal contempla que descubrir secretos de otros partidos para darles publicidad puede ser penado hasta con arresto".

Ambos se referían a un documento interno de AP, esgrimido en su intervención ante la Cámara por el socialista Eduardo Martín Toval. En este documento, el entonces gestor de la Fundación Cánovas del Castillo, Javier Carabias, admite que la subvención del Ministerio de Cultura para la citada fundación, ligada a AP y de la que Fraga es presidente, "se ingresa en la tesorería nacional de AP", por lo que, afirma Carabias, "convendría instrumentalizar un procedimiento contable y de control para el libramiento paulatino de los fondos necesarios".

A pesar de la decisión final del Congreso, quedó en el aire la duda acerca de la posible financiación por parte de Flick, Fundación Ebert, y a través de la Fundación Pablo Iglesias, de la campaña electoral socialista.

Rumasa fue el más audaz golpe de mano dado por el gobierno del PSOE, precisamente un 23-F, el de 1983, y en ostentosa demostración de su ya entonces inimpugnable poder. (Boyer explica a la prensa las razones de la expropiación del «holding».)

En el mes de noviembre de 1985, en el programa «La clave», Miguel Herrero y Rodríguez de Miñón denunciaba un total de 15 971 millones de pesetas previstos por el gobierno para 1986, en concepto de «gastos de bolsillo» de altos cargos.

aguante, la mansedumbre, la falta de reacción del personal, son infinitas. Pues con igual impavidez se tragó el inmenso embuste del referéndum sobre la OTAN, la descomunal estafa del señor González, que viró en redondo sus posturas de 1982, en un renuncio monstruoso que después justificó con aparente humildad, pero con indiscutible cinismo, reconociendo su equivocación.

Naturalmente que los gobernantes pueden equivocarse; pero cuando la equivocación supone darle la vuelta a todo un programa electoral, girar en 180 grados todo un proyecto político, esa equivocación obliga a una digna dimisión. Ocurre que el verbo dimitir hace muchos años que quedó proscrito para los políticos españoles. Así, don Felipe González no solamente sobrevive tercamente a sus errores, sino que su habitual equipo de turiferarios se empeña en presentárnoslos como deslumbrantes aciertos. Todo, con tal de mantenerse en la Moncloa: hasta el olvido de sus principios ideológicos. No cabe mayor obstinación en el ejercicio del poder.

Bien es cierto que los socialistas vienen dando pruebas contundentes de encontrarse dominados por la que muy atinadamente fue llamada *erótica del poder.* Han descubierto, al cabo de cien años, la fascinación del mando y se aferran a sus poltronas entusiásticamente. De modo que incurren, sin el menor rebozo, en todos y cada uno de los vicios de los que acusaban a sus predecesores. Incluso les superan en escándalos, abusos, nepotismos, peculados y excesos en general. La menuda historia de estos cuatro años de gobierno socialista (que aún es más larga en las esferas de la Administración Local) está marcada por una crónica increíble de disparates y extralimitaciones. Niños con zapatos nuevos, deslumbrados ante el lujo y el boato, incapaces de asimilar su nueva situación, han cometido los más delirantes desvaríos. Y lo han hecho con absoluto papanatismo, con una inaudita mezcla de desvergüenza y cursilería.

En una novela mía [3] recogí buena parte del anecdotario grotesco de esta clase política, que se instaló en el poder sin una preparación suficiente para digerirlo y ha sido incapaz, siquiera, de disimular su cutre calidad humana. Allí cuento insólitos sucedidos, asombrosas manifestaciones del raquitismo cultural y la insuficiencia social de estas gentes. No se diga de sus carencias políticas. Ni una sola de las atroces denuncias que en el libro se hacen, fue desmentida: por la elemental razón de que todas eran rigurosamente ciertas.

Pero conviene precisar conceptos, para que las imputaciones

3. *Cien años de honradez*, Editorial Planeta, 9.ª edición, 1986.

y los comentarios no parezcan simples manifestaciones de posturas subjetivas. De modo que pasemos a concretar algunas de las realidades del *cambio* socialista, antes de divertirnos con las ridiculeces de su *letra*.

CIEN AÑOS DE HONRADEZ

Tal fue el *slogan* publicitario del PSOE para las elecciones generales de 1982; y, a la vista del éxito, no cabe discutir su eficacia. Aunque después la actuación del gobierno socialista no haya seguido con excesiva fidelidad semejantes postulados de integridad ética. He aquí alguno de los escándalos más sonados, producidos durante los cuatro últimos años, en versión tomada del diario madrileño *El Alcázar*,[4] no desmentida ni refutada con posterioridad a su publicación.

El caso Flick

Durante algunas semanas, produjo cierta conmoción en el país. Los medios informativos al servicio del gobierno supieron quitarle importancia y el Parlamento, naturalmente, se manifestó en favor de la inocencia del señor González. Pero en el Parlamento tiene mayoría absoluta (hegemónica, como suele decirse) el PSOE, y es claro que jamás se pronunciará en contra del gobierno.

A pesar de la decisión final del Congreso, quedó en el aire la duda acerca de la posible financiación por parte de Flick, Fundación Ebert, y a través de la Fundación Pablo Iglesias, de la campaña electoral socialista. La denuncia hecha en *La Vanguardia* del 2 de noviembre de 1984, con expresa citación de personas y datos, nunca fue suficientemente aclarada. Un silencio culposo se extendió pronto sobre este tema, acerca de cuya realidad nunca sabrá nada el pueblo español.

Dinero mafioso para el PSOE

A raíz del *caso Flick*, se desataba la polémica sobre la financiación de los partidos políticos y el ex dirigente del PSOE Alonso Novo declaraba, ante el juez de Delitos Monetarios, que el partido

4. *El Alcázar*, 2 de marzo de 1985, pp. 10-13

del señor González había sido financiado con dinero procedente de organizaciones mafiosas, canalizado a través de la creación de empresas fantasmas.

Tales empresas serían Finanpal, Intermerc Ibérica y Casaguitar y el acuerdo se llevaría a efecto después de una reunión de Felipe González y Alfonso Guerra con el mafioso Orfeo Luciano Pianelli, en el hotel Presidente, de Barcelona.

Soborno a periodistas

Los redactores del diario *La verdad*, de Murcia, Joaquín García Cruz y José Luis Salanova Fernández, denunciaron ante el juzgado un intento de soborno que habían sufrido por parte del secretario de Finanzas del PSOE, quien les ofreció un millón de pesetas para que *dejaran tranquilo* al entonces presidente de la Comunidad Autónoma y notorio socialista, Andrés Hernández Ros.

El escándalo llevó consigo la dimisión de Hernández Ros y el posterior conocimiento de varios extraños negocios en los que invirtió muchos millones de la Comunidad que presidía. Y aunque el juez de instrucción número 1 de Murcia ordenó, en 27 de marzo de 1984, el archivo de la querella, también decía en su auto que los hechos constituían *un turbio asunto, repudiable y censurable desde el plano social y ético.*

Exportación de plata

Es éste uno de los más confusos *affaires* del gobierno socialista, que a pesar de su importancia apenas ha tenido trascendencia pública e incluso hubiese quedado ignorado, a no ser por las repetidas denuncias hechas en el diario *El Alcázar*. Resulta de ellas (y tampoco hubo desmentido alguno a las informaciones del diario madrileño) que en siete ocasiones sucesivas salieron diversos camiones de la firma suiza Planzer cargados con lingotes de plata procedentes de las reservas del Banco de España, con destino a la Confederación Helvética.

El total de lingotes exportados se eleva a 250 000 kilogramos y nadie ha dado explicación alguna acerca de la finalidad de esta exportación, ni de su destino, ni de la justificación legal de la operación.

RUMASA

Se trata, por supuesto, del más audaz golpe de mano dado por el gobierno del PSOE, precisamente un 23-F, el de 1983, y en ostentosa demostración de su ya entonces inimpugnable poder. Al cabo de los años, el contencioso jurídico sigue sin resolverse definitivamente. Pero hay una indiscutible realidad: se ha duplicado el pasivo de las empresas del *holding* y estas deudas, que de no haberse producido la expropiación, hubiesen recaído sobre los accionistas y bancos avalantes, las estamos pagando entre todos los ciudadanos. (Recuérdese lo anormal del procedimiento seguido para la expropiación. El 21 de febrero el ministro Boyer decía: *Si RUMASA no presenta las auditorías, le enviaré los inspectores del Banco de España.* La madrugada del 22 al 23, la policía ocupaba las oficinas de RUMASA, antes de publicarse en el *BOE* el Real Decreto de expropiación.)

También está claro que en las reprivatizaciones o administración de las empresas que fueron de Ruiz Mateos han obtenido saneados beneficios los más brillantes militantes del PSOE. E incluso personas a ellos *unidas sentimentalmente,* como ahora suele decirse.

Empresas paralelas

A partir de su XXVII Congreso, el PSOE, siguiendo las normas de la Internacional Socialista, utilizó los mecanismos de poder y la aportación de militantes y simpatizantes para dedicarse a la creación de empresas industriales paralelas al partido. La mayoría de ellas no han resultado ciertamente boyantes, pese a la intervención indirecta en algunas del señor Boyer. Con perdón por el chiste malo.

Según crónica de Fernando Barciela,[5] buena parte de la deuda que el PSOE mantenía en el verano del 84 (4 000 millones de pesetas) era consecuencia de sus aventuras empresariales. Que adoptan diversas formas: cooperativas, contratas municipales, empresas periodísticas, exportación e importación de productos variados... Las cooperativas suelen estar ligadas a la UGT; tiene también el sindicato una agencia de viajes, Libertur, que le resulta rentable. En cambio, fue un fracaso el grupo financiero acogido a la rúbrica Management, S. A., que intentó básicamente montar negocios de importación y exportación.

Buenos resultados dan, por el contrario, las empresas desti-

5. En *Diario Montañés*, 17 de junio de 1984.

nadas a concurrir a las subastas y concursos convocados por los ayuntamientos (socialistas, naturalmente). Recuérdese el escándalo organizado en Madrid, cuando el concejal Alonso Puerta denunció estos manejos: fue expulsado del PSOE y de su cargo municipal, aunque posteriormente el Tribunal Supremo le devolvió sus derechos. Considerable revuelo armó también en Murcia Ingeniería Urbana, S. A., así como otras sociedades *paralelas*, creadas al amparo de la presidencia autonómica de Hernández Ros y que tanto tuvieron que ver en el ya aludido sumario, incoado en virtud de querella interpuesta por dos periodistas del diario *La Verdad*.

Al subastarse los antiguos diarios de la cadena de Prensa del Movimiento, más tarde, Medios de Comunicación Social del Estado, el PSOE jugó fuerte, pues obviamente le convenía adquirir los más rentables o los que por su localización tenían mayor interés político. Distintas empresas *paralelas* se gastaron muchos millones de pesetas, aunque en algunas ocasiones el procedimiento adquisitivo resultase harto controvertido: como en el caso de *Alerta*, de Santander. Es curioso que, en la mayoría de los casos, periódicos que gozaban de gran prestigio, amplias tiradas y abundante publicidad, se hicieron ruinosos a partir de su nueva orientación socialista.

Ruinosa y conflictiva fue también la gestión de Carynsa, una sociedad destinada a la compra-venta de automóviles, en la que sus legales representantes acabaron procesados por apropiación indebida; asimismo, se les expulsó del partido.[6] El escandaloso *affaire* motivó una pregunta al gobierno del diputado del Grupo Popular, Segura Sanfeliu. Lo que funciona bien, al parecer, es el grupo de pequeñas empresas, también *paralelas*, que se dedican a contratar con Ayuntamientos y Comunidades Autónomas las actuaciones de artistas y compañías teatrales, marginando a quienes no comparten ideología y carné y percibiendo, en ocasiones, sumas superiores a las normales en esta clase de negocios. Así, la agencia *L'Arrel*, de Valencia, causa de una viva polémica en la prensa de la capital del Turia, entre concejales de la Oposición y la delegada de Cultura del Municipio.[7]

6. Información publicada en el diario económico *Cinco Días*, 3 de junio de 1983.
7. *Las Provincias*, 4 de diciembre de 1983.

La proclividad de los gobernantes socialistas a la vida suntuosa, constituye una de las más acusadas características de su gestión pública en estos años. El anecdotario es múltiple; y solamente la mansedumbre de la ciudadanía ha hecho posible que semejantes excesos no sólo no fuesen causa de repudio, sino que incluso hayan acabado aceptándose por muchos como una *gracia* de estos muchachos, que podían, por fin, sacar el vientre de pena, después de tantos años de aguardar el momento. Lo cierto es que en ninguna otra época de nuestra historia, los cargos públicos habían gravado los Presupuestos Generales del Estado como los actuales. Ni habían hecho semejante ostentación de lujo.

En una ruidosa intervención ante las cámaras de TVE, durante el mes de noviembre de 1985, en el programa «La clave», el diputado del Grupo Popular don Miguel Herrero y Rodríguez de Miñón denunciaba los siguientes *gastos de bolsillo* de altos cargos, previstos para 1986: publicaciones, 1 072 millones de pesetas; atenciones protocolarias, 1 142 millones de pesetas; reuniones, 342 millones de pesetas; estudios, 2 241 millones de pesetas; seguridad, 153 millones de pesetas; transporte, 1 189 millones de pesetas; dietas, 1 666 millones de pesetas; teléfonos 3 523 millones de pesetas; otros, 3 331 millones de pesetas. Finalmente, y como *gastos reservados* (que no precisan ser justificados), 1 337 millones. Total, la friolera de 15 971 millones de pesetas.

El gabinete presidencial de don Felipe González Márquez lo componen 192 personas; envidia debe darle a la señora Thatcher, que ha de agenciárselas solamente con 34. La custodia y vigilancia del presidente del gobierno español está a cargo de 51 agentes personales, 104 agentes de la Comisaría de Policía de Presidencia, 212 guardias civiles y 333 policías nacionales.[8] Es conocida la frecuencia con que tanto el señor González como su vicepresidente, utilizan para sus desplazamientos los aviones Mystère, de la Subsecretaría de Aviación Civil. Aunque en un elogioso afán de mejorar más todavía la imagen de nuestros hombres públicos, el gobierno acordó a finales de 1985 la adquisición de dos modernísimos Boeing 707, que serán en un cercano futuro su modesto medio de transporte habitual.

En esa misma línea, aunque salvando las naturales distancias, los militantes de segunda división se esmeran asimismo por elevar sus niveles de vida. De modo que el 27 de octubre de 1983 el teniente-alcalde, delegado de Protocolo y Compras del Ayunta-

8. Juan Blanco, en *El Alcázar,* 7 de diciembre de 1985

miento de El Puerto de Santa María, encargó a un sastre de la bella ciudad gaditana ocho trajes oscuros de la mejor calidad para los cuatro concejales del PSOE y los cuatro del PCE de dicho municipio. Hechos a la medida, naturalmente. Y entregados en su momento, aunque todavía no pagados bastantes meses después: al menos, hasta el 11 de julio de 1984, en que *Diario de Cádiz* publicó una carta de don Juan G. Garzón, denunciando el hecho.

Más serio, el Ayuntamiento de Palma de Mallorca pagó religiosamente 660 000 pesetas, importe de 300 corbatas de seda (a 2 200 la pieza) de color azul marino y con delicadas rayitas. Sin duda para justificar su abono con cargo a las arcas públicas, también llevaban todas ellas, como detalle plástico, un pequeño escudo municipal. (*El Día de Baleares,* 28 de noviembre de 1984.)

En semejantes excesos debía estar pensando Mauro Muñiz (*ABC,* 28 de febrero de 1986) cuando escribía sobre la *prepotencia del poder, la «jet society» socialista de la langosta, las ediciones pagadas, las subvenciones de Solana y la patada en el culo al obrero.* Como contraste con *más de 3 000 000 de parados; los mendigos que no hacen metáforas en las esquinas, simplemente mascan con el estómago vacío las libertades democráticas; por las cárceles se suicidan los reclusos y se exhiben los clanes de la droga; los jornaleros salen airados a las riberas de las aceitunas, los metalúrgicos golpean las chapas de la calderería como protesta; a los dirigentes del PSOE les plantan cara en los puertos; se come menos, se viste menos, se lee menos, se amedrenta a los jubilados, se expolia a los profesionales...*

En el mientras tanto y durante el verano de 1985, el presidente del gobierno socialista haría una clara demostración de su desprecio absoluto hacia prejuicios, conveniencias o remilgos, al embarcar con su familia en el yate *Azor,* tan vinculado a la persona del Generalísimo Franco. El revuelo organizado fue considerable e incluso algunos miembros de la Ejecutiva del PSOE criticaron con dureza el alarde presidencial. Encajó don Felipe las censuras sin demasiada alteración y pronto dio nuevas pruebas de sus aficiones suntuarias: la prensa mallorquina reveló, a finales del mismo año, que se iba a construir en cabo Pinar un precioso chalé de dos plantas, proyecto del arquitecto Pere Nicolau, cuyo discreto costo (30 millones) sería pagado por el Ministerio de Defensa y que se destinaría a las vacaciones del señor González. Aunque, en un principio, el Ayuntamiento de Alcudia, término municipal donde está enclavado el terreno, alegó ciertos problemas administrativos, que impedían llevar a cabo la edificación, entre pinos y a poca distancia de una bonita cala, acabó retirando sus impugnaciones, al ser informado de que se trata de un proyecto de *utilidad pública.*[9]

De todos modos, quizá el *moderado* don Felipe sea capaz de convencer a la opinión de que todos nos ahorraremos dinero cuando disfrute en tan paradisíaco lugar de su bien merecido descanso veraniego, en lugar de marcharse a la China, como hizo en 1985, aunque de allí trajera su tan celebrado proverbio sobre el color de los gatos. Algunas personas radicalizadas se empeñan, sin embargo, en afirmar que poco tiene que ver este señor González Márquez de hoy, tan finamente embutido en el frac y con los aladares plateados prestándole una cierta seriedad al rostro, con aquel muchacho descorbatado y con chaqueta de pana de la campaña electoral del 82, auténtico líder popular. Incluso aseguran que se ha rendido, sin disimulo, a los encantos del poder.

Los más exagerados llegan a interpretar la famosa plancha del presidente del gobierno, que, en diciembre del 85 y a la salida de las Cortes, se equivocó de automóvil y fue a acomodarse en el de S. M. el Rey, como una broma muy significativa de su subconsciente.

LA ASFIXIA FISCAL

Naturalmente, todos esos billones (con be) han de salir de alguna parte. Y salen de los bolsillos de los contribuyentes, que padecemos una asfixia fiscal constante, aunque, a pesar de la multiplicación de impuestos, el déficit del Estado español sea cada vez mayor: en los últimos nueve años se multiplicó por 38 y el saldo negativo en 1985 se acercó a los 1,6 billones (otra vez con be) de pesetas.

El crecimiento de toda clase de impuestos, tasas, exacciones y gravámenes en general, ha sido pavoroso en estos años de gobierno socialista. He aquí algunos ejemplos, que pueden parecer increíbles, pero cuya autenticidad consta documentalmente: el ayuntamiento de Algeciras, que cobraba en 1983 la cantidad de 28 pesetas por el concepto *derechos y tasas sobre la propiedad inmueble,* apartado *impuesto rejas y salientes,* pasó a percibir en 1984 nada menos que ¡¡5 600!! Lo que supone (s. e. u. o.) una subida del *19 546 por ciento* de un año a otro.

Y sigan leyendo, por favor. Ésta vez, el ayuntamiento es el de Toledo, que aumentó en un 4 125 por ciento la *contribución territorial urbana.* Y el de Valladolid, *la matrícula* de perros, en

9. *El Día de Baleares,* 3 de diciembre de 1985, pp. 1-4.

AYUNTAMIENTO DE ALGECIRAS — AÑO 1.983

DERECHOS Y TASAS SOBRE LA PROPIEDAD INMUEBLE

N.º ORDEN	CONTRIBUYENTE	SITUACION DE LA FINCA	NUMERO	PERIODO
21.849	JUANA RAMON MAYOR	VIRGEN DEL CARMEN	47-11-B	ANUAL

DOMICILIO DE COBRO	NUMERO	ALCANTARILLADO	OBRAS MENORES	DESAGUES EN V.P.	REJAS Y SALIENTES	PASOS DE CARRUAJES	RECOGIDA DE BASURAS
					28		1976

					SUMA	TIMBRE EN METALICO	CUOTA ANUAL	CUOTA A INGRESAR
		POZ.NEG			2004			2.004

EL RECAUDADOR

...nulos y sin ningún valor ni efecto.
El contribuyente viene obligado a formalizar la baja de cualquier elemento comprendido en este recibo, en el momento en que desaparezca debiendo presentar al mismo tiempo el recibo justificativo de haber abonado la cuota del último período.

AYUNTAMIENTO DE ALGECIRAS — AÑO 1.984

DERECHOS Y TASAS SOBRE LA PROPIEDAD INMUEBLE

N.º ORDEN	CONTRIBUYENTE	SITUACION DE LA FINCA	NUMERO	PERIODO
23458	JUANA RAMON MAYOR	VIRGEN DEL CARMEN	47-11-B	ANUAL

DOMICILIO DE COBRO	NUMERO	ALCANTARILLADO	OBRAS MENORES	DESAGUES EN V.P.	REJAS Y SALIENTES	PASOS DE CARRUAJES	RECOGIDA DE BASURAS
					5600		2800

					SUMA	TIMBRE EN METALICO	CUOTA ANUAL	CUOTA A INGRESAR
POZ.NEG					8400			8.400

El contribuyente viene obligado a formalizar la baja de cualquier elemento comprendido en este recibo, en el momento en que desaparezca debiendo presentar al mismo tiempo el recibo justificativo de haber abonado la cuota del último período.

Depositaría de Fondos del Excmo. Ayuntamiento de Valladolid

Presupuesto 1979

Concepto Matrícula de Perros

Patrícula 3-3-V-2-V01

Resguardo correspondiente al Talón de cargo n.º 121

D. [illegible]

ha satisfecho en esta Depositaría de Fondos, la cantidad de [illegible]

por el concepto expresado, y con la siguiente aplicación:

A Fondos de Presupuesto	Valores Independientes	TOTAL
		52

Fecha de expedición del Talón de Cargo

Núm.

Valladolid, 12 de Junio de 1979

El Depositario

Fecha del ingreso 12-6-79

Son 52 **Ptas.** ______ **Cts.**

Recaudación voluntaria - Excmo. Ayuntamiento de Valladolid

Presupuesto 1.980

Concepto Tenencia de Perros

Resguardo correspondiente al Talón de cargo n.º 210.

D. [illegible]

ha satisfecho en esta Recaudación Municipal, la cantidad de Dos mil pesetas por la Matrícula de su perro "US UI" nº de Matrícula-199

por el concepto expresado, y con la siguiente aplicación:

A fondos de Presupuesto		TOTAL
		2.000

Valladolid, 11 de Julio 19 80

Recibí,
El Recaudador

Son 2.000 **Ptas.**

He aquí una impresionante demostración de los aumentos impositivos traídos por el «cambio». Récord insólito el del Ayuntamiento de Algeciras, que pasó de cobrar en 1983 la módica cifra de 28 pesetas por el concepto de «rejas y salientes», a colocar la misma tasa, al siguiente año, en ¡5 600! Lo que supone (s. e. u o.) una subida del 19 546 por ciento. Se disputan los siguientes puestos en esta «marathon» fiscal, el Ayuntamiento de Valladolid, que aumentó de 52 a 2 000 pesetas (también de un año a otro) la matrícula de perros y la Delegación de Hacienda de Guadalajara, que en 1983 cobraba 1 851 pesetas por la contribución territorial urbana de una casa de Torija, que en 1984 ya tributaba 18 916. Una cosita de nada, vaya.

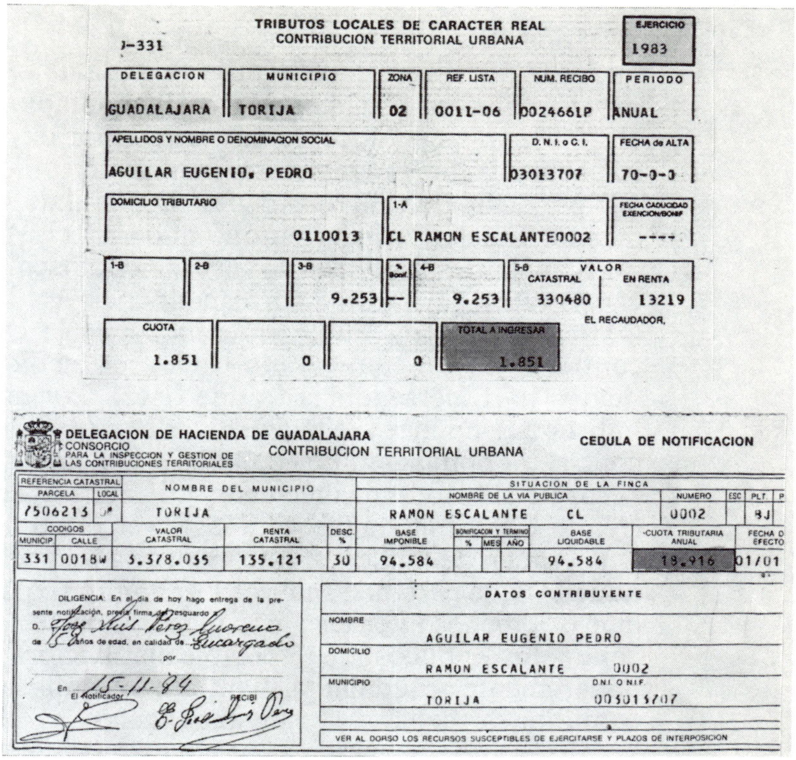

J-331

TRIBUTOS LOCALES DE CARACTER REAL
CONTRIBUCION TERRITORIAL URBANA

EJERCICIO 1983

DELEGACION	MUNICIPIO	ZONA	REF. LISTA	NUM. RECIBO	PERIODO
GUADALAJARA	TORIJA	02	0011-06	0024661P	ANUAL

APELLIDOS Y NOMBRE O DENOMINACION SOCIAL	D. N. I. o C. I.	FECHA de ALTA
AGUILAR EUGENIO, PEDRO	03013707	70-0-0

DOMICILIO TRIBUTARIO	1-A	FECHA CADUCIDAD EXENCION/BONIF
0110013	CL RAMON ESCALANTE0002	----

1-B	2-B	3-B	% Bonif.	4-B	5-B VALOR CATASTRAL	EN RENTA
		9.253	--	9.253	330480	13219

EL RECAUDADOR,

CUOTA			TOTAL A INGRESAR
1.851	0	0	1.851

DELEGACION DE HACIENDA DE GUADALAJARA
CONSORCIO PARA LA INSPECCION Y GESTION DE LAS CONTRIBUCIONES TERRITORIALES

CONTRIBUCION TERRITORIAL URBANA

CEDULA DE NOTIFICACION

REFERENCIA CATASTRAL PARCELA	LOCAL	NOMBRE DEL MUNICIPIO	SITUACION DE LA FINCA: NOMBRE DE LA VIA PUBLICA		NUMERO	ESC	PLT	P
7506215	·"	TORIJA	RAMON ESCALANTE	CL	0002		8J	

CODIGOS MUNICIP	CALLE	VALOR CATASTRAL	RENTA CATASTRAL	DESC %	BASE IMPONIBLE	BONIFICACION Y TERMINO %	MES	AÑO	BASE LIQUIDABLE	CUOTA TRIBUTARIA ANUAL	FECHA DE EFECTO
331	0018W	3.378.035	135.121	30	94.584				94.584	18.916	01/01

DILIGENCIA: En el dia de hoy hago entrega de la presente notificación, previa firma del resguardo a
D. Jose Luis Perez Lucrecio
de ... años de edad, en calidad de Encargado
por ...
En 15-11-84
El Notificador RECIBI

DATOS CONTRIBUYENTE

NOMBRE: AGUILAR EUGENIO PEDRO
DOMICILIO: RAMON ESCALANTE 0002
MUNICIPIO: TORIJA — D.N.I. O N.I.F. 003013707

VER AL DORSO LOS RECURSOS SUSCEPTIBLES DE EJERCITARSE Y PLAZOS DE INTERPOSICION

ABC/25

Comunidad Valenciana

Elche: Posible recurso contra la subida de impuestos locales

Elche. Pastor Chiler

«Durante el presente ejercicio, la contribución territorial urbana ha sido objeto de un incremento del 70 por 100, aproximadamente».

■ Lérida: la contribución urbana subirá un 150 por cien. La contribución urbana en Lérida subirá un 150 por cien, según el promedio calculado por el Consorcio de Contribuciones a la vista de la última revisión catastral.

JUEVES 18-4-85

Albacete

Los vecinos de La Roda, contra la subida de impuestos

Albacete. León Cuenca

El alcalde de La Roda, Abelardo Mora, intentó suspender una reunión de vecinos que había sido convocada por un grupo de rodenses para tratar el tema de los nuevos impuestos municipales. En dicha reunión habían de participar dirigentes de Alianza Popular de la capital para informar a los vecinos sobre las acciones que podrían emprender para evitar la subida de los impuestos, que según algunas fuentes de la oposición superan el 600 por 100, especialmente en lo que se refiere a las contribuciones urbanas.

MADRID — ABC, pág. 35

El precio del metro cúbico de agua sube a 64,10 pesetas

■ Cada madrileño pagó 290.464 pesetas de impuestos en 1983. Cada madrileño pagó una media de 290.464 pesetas de impuestos en 1983, según se desprende de un estudio realizado por la Liga de Contribuyentes Españoles.

Málaga. Francisco Acedo

El Ayuntamiento de Málaga ha acordado un incremento de los impuestos y tasas municipales, que en algunos casos llega al 240 por 100. Las subidas, que se diferenciarán en su acometida más o menos tres semanas, afectan a la retirada de vehículos (3.000 pesetas, más 1.000 por la penalización del depósito), la prestación de servicios de mercados, el agua (un 240 por 100 con respecto a 1983) y los transportes urbanos (40 pesetas el billete normal y 275 pesetas el bonobus).

44 / ABC — LOCAL

Los madrileños pagan al Ayuntamiento 1.500 millones más de lo previsto

DOMINGO 21-10-84

Comunidad Valenciana

Alicante: Desmesurado incremento de la contribución territorial

Las subidas de las ordenanzas fiscales se acordaron en el Ayuntamiento de Alicante el pasado 28 de septiembre. Por lo que respecta a la contribución territorial urbana, se producen aumentos sobre la base imponible del 270 por 100, y en cambio, el tipo impositivo en este impuesto se rebaja ... por 100

Cuenca

Los impuestos municipales han subido más de un 60 por 100

REGIONES

presión fiscal de los Ayuntamientos

Cataluña

Una familia media de Barcelona pagará 25.000 pesetas en 1985

Barcelona. Enrique Serbeto

ABC/33

Asturias

La subida permitirá recaudar 600 millones en Oviedo

Oviedo. Antonio Pallicio

El Municipio de Oviedo ha aprobado un notable incremento de sus tasas municipales, que en algunos casos suponen un aumento del 50 por 100, con el fin de recaudar unos 600 millones de pesetas que les permitan hacer frente a sus presupuestos.

En Oviedo la media de ascenso se sitúa en el 22 por 100, siendo la contribución urbana, con un alza del 50 por 100, el agua con un 38 por 100 y el impuesto de circulación de vehículos con un 20 por 100 los que suben en mayor porcentaje.

ABC/31

Castilla y León

En Valladolid, algunas tasas suben hasta el 500 por 100

Valladolid. José Jesús Arroyo

32 / ABC

Aragón

Sainz de Varanda sube aguas y vertidos en un 57 por 100

Zaragoza. Mariano Banzo

DOMINGO 21-10-84

Murcia

La contribución urbana sube hasta un 300 por 100

Doble tarifa para el consumo del agua en Badajoz

Badajoz. Jesús Díaz

un 3 747 por ciento. Y en Torija (Guadalajara), la *contribución urbana* subió un 1 021 por ciento. El municipio de Sevilla *tan sólo* elevó ese mismo concepto en un 642 por ciento. Parece ya sin importancia que el consistorio madrileño subiera *únicamente* un 487 por ciento la *tasa de basuras.* O que el de Jaén hiciese crecer su *contribución urbana* en una nadería: el 340 por ciento.

Semejantes muestras de la voracidad fiscal, a escalas locales, encontraron la natural correspondencia en la Administración Central. Hacienda Pública desencadenó la caza y captura del contribuyente, incrementando todos los medios mecánicos y humanos para perseguir el fraude fiscal. Por supuesto que nada habría que oponer a ello (pues todo ciudadano tiene el deber y contrae la obligación de cooperar a los gastos del Estado), si a pesar de las modernas técnicas utilizadas, no continuara produciéndose una injusta discriminación en el pago de los impuestos. Que gravan de manera inmisericorde a los menos ricos, que son aquellos que perciben salarios por nómina o pensiones de jubilación o derechos intelectuales o ingresos profesionales, a través de conductos públicos, de imposible simulación. Mientras, los verdaderamente acaudalados mantienen infinitas tretas legales para camuflar la realidad de sus ganancias.

Otra razón de queja para el contribuyente: el destino de esos impuestos. Como vamos viendo, se hace muy doloroso para el ciudadano medio comprobar que los dineros que tanto le costó reunir, se aplican mayormente a subvenir sueldos fabulosos de cargos públicos o descabellados *gastos de representación* o para enjugar los déficits de las empresas estatales. O los infinitos *agujeros* de RUMASA. Y también, claro, las vacaciones presidenciales.

LA COLONIZACIÓN EMPRESARIAL

A la chita callando, porque estos gobernantes socialistas son maestros en el disimulo y la discreción (cuando les interesa), la política económica del señor Boyer, primero, y del señor Solchaga, después, además de devastar la riqueza nacional, así pública como privada, ha propiciado una pavorosa colonización de nuestras más representativas empresas. El hecho, tan grave, apenas trascendió el país; pero ahí está el actual destino de sociedades que, en tiempos, fueron orgullo de la industria española y que hoy constituyen auténticos Gibraltares, dirigidos y administrados por firmas extranjeras.

Heraclio Fournier. Les suena, ¿verdad? Alcanzó fama en el mundo entero por la calidad de sus barajas. Ha quedado bajo control de la compañía americana U. S. Playing Card Corp, que adquirió una participación mayoritaria de sus acciones, en diciembre pasado.[10] Pocos días antes, otra empresa clásica de la industria española, no menos conocida en el sector de la cosmética, La Toja, era absorbida por la competencia extranjera.[11] Como también lo había sido con anterioridad Chocolates Elgorriaga, tan llena de nostalgias, dulces nostalgias (y nunca mejor dicho) de indigestiones infantiles por exceso de consumo de sus productos. Fue adquirida por su rival francesa, Chocolaterías Cantalou, que comenzó su gestión reduciendo personal, a través de los inevitables expedientes de regulación de empleo.[12]

Destilerías catalanas, fábricas de aceites y bodegas prestigiosas cayeron asimismo bajo el peso de las multinacionales, en virtud de una política económica que sólo pretende parchear la bancarrota de la industria nacional, adjudicándola a empresas foráneas. Así ha ocurrido con la SEAT, de la que tan orgullosos nos sentíamos en otros tiempos. Como última muestra concreta, merece también citarse otro nombre histórico de la rama alimenticia: Artiach. La que fuera insuperable fábrica española de galletas pasó a depender de la multinacional yanqui Nabisco Brands, que en seguida se dedicó a despedir personal, a golpe de talonario.[13]

EL PLANCHAZO DE DISNEYLANDIA

Allá por los finales de 1984, una noticia llenó de esperanzas a los decaídos medios empresariales españoles: la poderosa empresa americana que explota Disneylandia tenía el proyecto de instalar uno de sus maravillosos parques de atracciones en Europa y dudaba entre Francia y España a la hora de elegir su ubicación. El triunfalismo oficial se desató rápidamente; y con manifiesta falta de sentido común, varias Comunidades Autónomas se dedicaron a cursar ofertas, con independencia de las gestiones que realizaba la pertinente comisión gubernamental.

10. *Cinco Días,* 20 de diciembre de 1985.
11. Ibídem.
12. *Diario Vasco,* 6 de diciembre de 1985.
13. *Egin,* 8 de diciembre de 1985.

Traer Disneylandia a nuestro país suponía una importantísima inyección de riqueza. No sólo por los millares de puestos de trabajo que serían necesarios para su construcción y los que, una vez en funcionamiento, encontrarían ocupación estable, sino por el atractivo turístico de las instalaciones y la próspera industria auxiliar que crecería a su amparo. Además, naturalmente, del prestigio que supondría para la nación. De modo que, durante varios meses, la prensa adicta al PSOE y sus demás medios de difusión, singularmente la siempre sumisa TVE, nos bombardearon con noticias cada vez más satisfactorias, hasta el punto de que se creó un clima exultante de optimismo.

Al cual no eran ajenos ni los mismos ministros. Cuando en el verano del 85 don Abel Caballero tomó posesión de la cartera de Transportes, Turismo y Comunicaciones, relevando al inefable don Enrique Barón, aseguró que Disneylandia vendría a España, *costara lo que costase.* Todavía a mediados de noviembre pasado, el mismo ministro afirmaba: *Estoy en condiciones de asegurar que viene a España y que la oferta francesa está enterrada.* Lamentable planchazo el de don Abel: tres semanas más tarde se anunciaba oficialmente que los ejecutivos de la Disney habían decidido instalarse en las cercanías de París. Lo que se enterraban, pues, eran las ilusiones españolas y muchos miles de millones de beneficios para nuestra maltrecha economía.

Según costumbre, ni se exigieron responsabilidades, ni se informó al pueblo de las razones del fracaso. Observadores ajenos a la Administración (naturalmente) manifestaron que los americanos se habían visto desagradablemente sorprendidos por la diversidad de ofertas recibidas de España, ya que los gobiernos autónomos de Cataluña y, sobre todo, Andalucía y la Comunidad Valenciana, se habían arrogado unas facultades excluyentes, en detrimento del propio gobierno central, como suele llamarse ahora al que ejerce en la Moncloa. (También le llaman algunos *gobierno de Madrid,* pero esto molesta bastante al señor Leguina, que considera que semejante denominación debe ser privativa de su gabinete autonómico.)

Igualmente parece que influyó en la decisión final de la Disney el análisis negativo de la situación económica de España y de su problemática laboral. En todo caso, motivaciones pragmáticas muy comprensibles primaron sobre el atractivo de nuestros paisajes, la bondad del clima en las zonas tanteadas y la experiencia del país en materia turística. Razones que repetía el gobierno, en su fase de engolosinamiento de la opinión pública, a la que ya se ofrecía Disneylandia como una muestra de la eficacia socialista y su buen hacer. Razones, por otra parte, evidentemente ciertas. Pero que resultaron insuficientes.

Sobre la gran decepción se corrió en seguida la habitual cortina de silencios. Que es táctica constante del Ejecutivo, hábil explotador de la flaca memoria de los españoles.

OTROS SILENCIOS

Pues estremece repasar la lista de luctuosos sucesos que, habiendo constituido en algún momento, acuciante noticia de máximo interés nacional, fueron prontamente enterrados por olvidos culpables e inhibiciones manipuladas. Siendo así que un Estado democrático auténtico debe sentir, como primer deber, el de abrir de par en par las ventanas de la información, para que los ciudadanos conozcan, sin tapujos ni disimulos, la realidad de todos aquellos hechos que les afectan. Para eso están los Parlamentos: para que, en cualquier instante, el pueblo esté informado de los problemas del país.

La democracia española no ha cumplido, al menos en estos diez años, semejantes principios. Ya en la época de los gobiernos de UCD, quedaron sumidos en misteriosas tinieblas asuntos tan graves como el incendio del hotel Corona de Aragón, en Zaragoza; la salvaje matanza de la cafetería California 47, en Madrid, y no se diga, el lamentable escándalo de la colza, que al cabo de tantos años continúa sin esclarecerse de forma mínimamente convincente. De ellos, como de otros similares (que bastantes hubo), hace tiempo que nadie habla.[14]

A lo largo de esta primera legislatura socialista se produjeron también sucesos gravísimos, cuyo interés público fue prontamente soterrado. Los casi consecutivos accidentes aéreos de Barajas pusieron de relieve la incapacidad del entonces ministro, señor Barón, que no dio ni una explicación mínimamente fiable sobre sus causas. Tampoco hemos vuelto a saber si las presuntas deficiencias en las instalaciones de seguridad del aeropuerto

14. Por ejemplo, de la tragedia de Ortuella. En 1980 una explosión de origen nunca aclarado destrozó un colegio en esta localidad, causando docenas de víctimas infantiles. Se apuntó en algunos medios informativos la posibilidad de que la causa de la catástrofe fuese el almacenamiento en el local de determinada cantidad de goma-2 procedente de un reciente robo llevado a cabo por ETA. Según costumbre, nadie en el gobierno (entonces de UCD) dio explicaciones convincentes. Pero el posible origen criminal de la desgracia fue apuntado por el propio Papa. El 2 de noviembre de 1980, S.S. Juan Pablo II decía en su homilía del Día de los Fieles Difuntos: *Pienso también en los muchos niños inocentes, como los alumnos de la escuela de Ortuella, España* [...] *que se encontraron arrollados, sin darse cuenta, por actos de destrucción y muerte, cuya causa frecuentemente ni siquiera conocerían.*

madrileño, entonces proclamadas, fueron o no fueron subsanadas. En cuanto a otra tragedia de la aviación comercial, el extraño accidente de un aparato de Iberia estrellado en el vizcaíno monte Oiz, los rumores y hasta ciertas precisiones técnicas que apuntaban la posibilidad y aun la probabilidad de que hubiese sido provocado, no fueron ni desmentidas de forma concreta, ni confirmadas oficialmente. Jamás conoceremos, me temo, la verdad sobre aquella catástrofe.

Y es que vivimos a un ritmo tan frenético, que las noticias van empujándose unas a otras y apenas se mantienen en actualidad unas horas. Sobre todo, cuando voluntariamente se procura hacerlas olvidar, mediante esos silencios organizados y usando, también, la astuta fórmula de crear otras noticias nuevas, éstas divertidas y estimulantes, que atraigan la atención de las gentes, en perjuicio de las dramáticas o comprometedoras. Recuérdese, al respecto, que la enorme trascendencia política de la crisis de gobierno en el verano del 85 fue minimizada ante la opinión pública con la simultánea revelación picaresca del *romance* entre el cesado don Miguel Boyer y la fina dama filipina, doña Isabel Preysler.

De modo que el personal, que es así de inocentón, devoró las informaciones sobre el *affaire* sentimental de la pareja y, en cambio, se olvidó en seguida de las muchas y muy serias complicaciones que iban a derivarse para el país, como consecuencia de los cambios ministeriales. Sobre todo y precisamente, por la abrupta sustitución del hasta entonces responsable de la política económica.

EL PROBLEMA DEL PAÍS VASCO

No voy a referirme al cáncer terrible del terrorismo. Es éste un problema que viene de lejos, que los gobiernos del señor Suárez fueron incapaces de aminorar (no se diga resolver) y que entraña una complejidad enorme, que sería ridículo despachar, como suelen hacer los políticos, con unas frases tópicas, las *enérgicas condenas* de rigor y la falsa excusa de que todo es obra de *minorías nada significativas*. Desgraciadamente, no es así y quizá en un mañana, posiblemente lejano, pueda conocerse la auténtica raíz del tema ETA y, sobre todo, las colaboraciones, unas conscientes, otras forzadas y bastantes, estúpidamente condescendientes, que permitieron el nacimiento, desarrollo, auge y consolidación de la siniestra organización terrorista. Sin duda

36 / ECONOMÍA — EL PAIS, miércoles 2 de enero de 1985

Salud y enfermedad de la mayor industria automovilística española / 1

Abandonada por su *pareja* de toda la vida, Seat ha sido en los últimos años como esas esposas que se marcan un plazo para reencontrarse a sí mismas, roto ya —y contra su voluntad— un matrimonio tradicional. Y es que no le faltaron detalles de la cultura dominante a su *ex compañero*, Fiat, que obtuvo *royalties*, además de beneficios, durante los largos años de relaciones. El plazo se llamó plan estratégico y Seat descubrió en su seno recursos insospechados. Pero falló el sistema del que Seat es producto y crecieron astronómicamente los *números rojos*. La gran banca, muchos de sus propios dirigentes y en buena parte el INI fueron los únicos que no apostaron por Seat.

Los gastos financieros casi igualaron a las pérdidas en los últimos seis años

Los 'números rojos' de Seat

ELENA LORENTE, **Barcelona**

Las pérdidas crecientes de Seat en los tres últimos ejercicios —en total, oficialmente, 80.000 millones de pesetas— son consecuencia en gran parte del incumplimiento de uno de los más importantes compromisos del plan estratégico diseñado en 1981: reconstruir el capital de la empresa con el objetivo de elevar los recursos propios y reducir el peso de las cargas financieras. Por el contrario, estas últimas casi han igualado, durante los ejercicios 1981, 1982 y 1983, la cifra de pérdidas.

Cualquier referencia al proceso seguido por la mayor empresa automovilística española en la etapa intermedia que supone el plan de reestructuración 1981-1984 da paso obligado a un contraste casi espectacular. Seat, según señalan de forma unánime fuentes de la Administración, la empresa y los sindicatos, ha puesto el barco en condiciones para llegar a un acuerdo digno con una de las multinacionales del sector, probablemente la Volkswagen, de la República Federal de Alemania (RFA); cuenta en su activo con una importante mejora de la productividad, gracias parcialmente a la reconversión de plantilla de 7.000 trabajadores efectuada en 1981; ha prosperado en el capítulo comercial mediante la consolidación de una red exterior e interior propia y ha puesto en el mercado el primer automóvil español que no pagará *royalties*: el modelo *Ibiza*.

Un colapso por endeudamiento

Pero los *números rojos* de Seat, por el contrario, se han elevado a 125.607 millones de pesetas en los

GUSTAU NACARINO

La cadena del Panda en la factoría de la Zona Franca de Barcelona.

CUADRO 1

DÉFICIT DE CAPITALIZACIÓN EN EL PERÍODO 1978-1983 *

	Pérdidas	Aportaciones capital	Aportaciones especial INI	Déficit
1978	10.358	487	—	9.871
1979	15.090	6.088	—	9.002
1980	20.554	11.225	—	9.319
1981	20.169	8.562	—	11.607
1982	23.665	4.566	17.200	1.899
1983	35.778	—	18.792	16.986
Totales	125.607	30.928	35.992	58.684

* En millones de pesetas.
Fuente: Memorias Seat y elaboración propia.

1984, el gran incumplimiento del plan estratégico ha sido hasta ahora la política financiera. Se contemplaban esencialmente dos tipos de medidas. La primera dirigida a compensar las pérdidas acumuladas en el período 1978-1981. La segunda, encaminada a la participación de los fondos propios en la financiación de las inversiones a realizar durante el plan, de manera que las aportaciones de capital representaran un tercio de las propias inversiones, otro tercio las amortizaciones, y los recursos ajenos el resto.

Aunque las inversiones propias fueron realizadas por la empresa, el INI no aportó hasta este año el total del capital comprometido y el déficit de capitalización ascendió, entre 1978 y 1983, a 58.684 millones de pesetas, montante ligeramente inferior a la inyección financiera ahora realizada (ver cuadro 2).

Los riesgos de una apuesta incompleta

La evolución de los gastos financieros a lo largo de los últimos años demuestra que la apuesta del INI no llegó a realizarse del todo (Ver cuadro 1). Las pérdidas acumuladas de 1978 a 1983 se elevan a 125.605 millones de pesetas, mientras que, en el mismo período, los gastos financieros suman 102.293 millones, un 81% de dichas pérdidas. Y si el cálculo se circunscribe a los dos últimos ejercicios, ese porcentaje se eleva al 97%. Los gastos financieros representaban en 1977 el 4% de los costes totales, mientras que en 1982 se elevaban al 19% sobre los costos y al 25% sobre la cifra de ventas (139.356 millones en ese año).

El gobierno practica una política económica que sólo pretende parchear la bancarrota de la industria nacional adjudicándola a empresas foráneas. Así ha ocurrido con SEAT.
(La noticia de la desastrosa situación de dicha empresa en la prensa.)

Abel Caballero, el ministro de Transporte, Turismo y Comunicaciones, aseguraba todavía en noviembre pasado: «Estoy en condiciones de afirmar que Disneylandia vendrá a España y que la oferta francesa está enterrada.»

Los casi consecutivos accidentes aéreos de Barajas pusieron de relieve la incapacidad del entonces ministro señor Barón, que no dio ni una explicación mínimamente fiable sobre sus causas.

que muchas personas relevantes (y no sólo del estamento laico) tendrán que rendir cuentas a la historia por su torpe actuación en este asunto.

Lo que está sucediendo es que los árboles de las sangrientas actividades de ETA impiden a la mayoría de los españoles ver el bosque de la crítica situación del País Vasco, donde el terrorismo es uno de los factores determinantes de su degradación, aunque no el único, ni siquiera el más decisivo. Otros varios, sociales, laborales, educativos, económicos, demográficos y, obviamente, políticos, inciden con igual o mayor fuerza en el actual estado de las provincias vascongadas.

Para valorar éste debidamente, se hace imprescindible recordar que, en 1975, Guipúzcoa y Vizcaya eran las dos provincias españolas con mayor *renta per cápita;* lo que equivale a decir que eran las más ricas. Diez años después, su retroceso resulta espectacular; y ambas ofrecen una tasa de paro cercana al 25 por ciento de la población activa, superior a la del resto de España. En 1985, el número de desempleados aumentó en cerca de 45 000, de los que una mitad son menores de veinticinco años. El asesor de la Delegación del gobierno en el País Vasco declaraba, hace pocos meses:[15] *Si no se reacciona a tiempo, la consolidación del declive situará a la economía vasca en una situación irreversible.*

Los datos estadísticos son impresionantes. El pasado año, el consumo de energía disminuyó un tres por ciento en las Vascongadas,[16] lo cual supone un alarmante índice de regresión. Desde 1976, una región que era tradicionalmente tierra de inmigración, pasó a convertirse en país de emigrantes; hasta 1983, la disminución por este concepto en el censo de población fue de 47 378 personas.[17] Mayor trascendencia de futuro tendrá, todavía, el constante descenso en la demografía, que anticipa para el ya cercano siglo XXI una población vasca mayoritariamente vieja o madura; en los últimos diez años ha ido decreciendo progresivamente el número de nacimientos, que es ahora un *43 por ciento* inferior al de 1964. He aquí unas cifras tan contundentes como desoladoras: frente a 39 382 nacidos en 1964, 35 814 en 1977 y 23 291 en 1983. Correlativamente desciende también el número de matrimonios: 27 087 en 1972, 24 283 en 1977, 17 655 en 1979; solamente 11 780, en 1982.

En cambio, las estadísticas sobre drogadicción acusan un aumento imparable. Se estima que actualmente el número de adictos al *cannabis* supera las cien mil personas; hay unos 13 000

15. *El Correo Español-El Pueblo Vasco,* 28 de noviembre de 1985.
16. *El Correo Español-El Pueblo Vasco,* 30 de noviembre de 1985.
17. *El Faro de Ceuta,* 10 de noviembre de 1985.

heroinómanos, 8 000 cocainómanos, 40 000 alcohólicos, 175 000 bebedores excesivos.[18] La consecuencia no podía ser otra que ésta: *la salud de los vascos, mucho peor que la de los demás españoles.* Reproduzco un titular del diario *Egin,*[19] que anticipaba una información en la que se daba cuenta de que el porcentaje de enfermedades respiratorias agudas en Vizcaya es casi tres veces mayor que la media nacional; la gripe, el doble; lo mismo que la escarlatina y los procesos diarreicos. La fiebre reumática, un 75 por ciento más. Otra fuente comunicaba [20] que las enfermedades síquicas de los vascos se multiplicaron por diez en la última década.

Habida cuenta que, desde la instauración del régimen autonómico, el gobierno de la Comunidad Vasca ha estado en manos del PNV, habrá que pedir responsabilidades a los gabinetes del señor Garaicoechea, primero, y del señor Ardanza, después, sobre esa acumulación de desastres. Convendría recordarles la desvergonzada publicidad que desplegaron cuando el pueblo vasco fue llamado a las urnas, para decidir sobre sus organismos propios de autogobierno. Muchas personas, me imagino, guardarán aquella publicación, presuntamente de futuro, *Bai,* con la que el PNV pedía la aprobación del Estatuto, ofreciendo un panorama idílico, a cumplimentar tan sólo en los cuatro años siguientes. Sucedía esto en octubre de 1979; algún día alguien tendrá que justificar las causas del fracaso. Y no se olvide la buena relación *(pacto de legislatura)* del Partido Nacionalista Vasco con el PSOE.

Estos pactos políticos del socialismo con los nacionalistas vascos, tan sabiamente elaborados por José María Benegas, no han servido, sin embargo, para frenar la feroz campaña antiespañola que, desde que comenzó la transición, se desarrolla en las vascongadas. Tampoco sobre cuestión tan grave se tiene informado al pueblo, que sólo conoce las constantes agresiones verbales (y físicas) contra las Fuerzas de Orden Público y las repetidas peticiones de los *abertzales* para que abandonen el País Vasco, casi siempre suscritas también por dirigentes peneuvistas. Se ignora, sin embargo, que en las *ikastolas* se imparte a diario una enseñanza sectaria y falaz, que presenta a España como nación opresora de un *Euzkadi,* víctima histórica de los perversos *maketos.* (El 1 de abril de 1986, *El País* publicaba una impresionante información al respecto.)

18. Ibídem y *El Correo Español-El Pueblo Vasco,* 14 de noviembre de 1985.

19. Publicado en el diario *Egin* el 28 de noviembre de 1985, aunque me he permitido rectificar la redacción original, que era ésta: *La salud de los vascos, mucho peor que la de los españoles.* Como si ellos no lo fueran; por eso añado el *demás.*

20. *El Correo Español-El Pueblo Vasco,* 14 de octubre de 1985.

El miedo, un miedo constante, es el habitual estado de ánimo de muchos vecinos de Euskal-Herría, donde hoy resulta físicamente arriesgado airear una bandera española. A raíz del brutal atentado de ETA contra el policía nacional Manuel Espinosa y su hija Noelia, de nueve años, el diario *ABC* publicó dos escalofriantes reportajes (5 y 21 de febrero de 1986), informando sobre la trágica realidad de la vida en las Vascongadas, actualmente. De ellos son estas frases: *Los miembros de la Seguridad del Estado viven en el País Vasco como fugitivos. Su situación y la de sus familias es de una angustia permanente. «Lo más desagradable —dicen— es convivir con gente que te mira con odio o huye de ti como si tuvieras la peste.» «Cuando un vecino se entera de que eres policía o guardia civil, se distancia de ti y te retira el saludo.» «Si en el colegio saben que un niño es hijo de guardia civil, lo mejor es cambiarle de escuela.» Muchos sectores de la población son rehenes del miedo: «Si te señalan como "enemigo del pueblo", estás listo.» «Es un mundo de locos, en el que los más extremistas se han arrogado el derecho de dar el carné de vasco.»*

Grande es, por todo ello, la responsabilidad del PNV, que dice ser un partido *moderado* y aun de *derechas,* pero que mantiene de continuo actitudes ambiguas, indecisas y sumamente contradictorias. Constituye la más nutrida fuerza política del País Vasco; por eso debe exigírsele que se afane en restablecer la paz, la prosperidad y la convivencia en aquellas entrañables, activas y hermosas provincias españolas, hoy tan desgraciadas.

Tampoco el gobierno socialista ha acertado en su política con ellas; antes al contrario, parece muchas veces desentenderse de sus problemas. Y vuelvo a recordar que, según ha podido verse, no es el terrorismo el único acuciante.

LAS SANDECES

Recobremos el humor después de un apartado forzosamente serio y preocupante. Muchos y muy variados han sido los motivos que los socialistas nos vienen dando para la risa; quedan mayormente para la segunda parte de este libro. Pero no estará de más anticipar, por ejemplo, alguno de los sorprendentes desmanes verbales de don Felipe González, que últimamente parece haber perdido buena parte de su tan celebrada compostura dialéctica. De modo que fue capaz de decir públicamente que si la derecha se ponía pesada, *les echaré al Guerra* (27 de abril de 1984). Y en su nada feliz respuesta a la interpelación sobre el *caso*

Flick, afirmó en el mismísimo Parlamento que a él nadie podía acusarle de *trincar* nada. En una alocución a los empresarios en Lloret de Mar (noviembre de 1985) reconoció que la Administración es *ineficiente.* Y gloriosamente, dijo aquello de Héctor, *el nombre bíblico.*

Hay que destacar, pues, el singular léxico de los políticos socialistas, tan aficionados a introducir curiosos neologismos (y hasta algún taco) en sus discursos y declaraciones. Recuérdese cuando el señor Múgica inventó el tiempo verbal *contradizco.* Mucho más recientemente (febrero de 1986), el excelso miembro de la Ejecutiva del PSOE, don Guillermo Galeote, pronunciaba en el Congreso de los Diputados, que se enjoya con su presencia en el hemiciclo, una frase llena de encanto democrático y belleza parlamentaria: *Vamos a tener que empezar a repartir muchas hostias.* En esa misma línea de finezas, el presidente de la Comunidad Autónoma Andaluza, muy honorable don José Rodríguez de la Borbolla, no menos socialista y no menos delicado, advertía que *a ver quién tiene cojones para sacar a España de la OTAN.*

Así las cosas, resulta sugestiva, candorosa, casi diríamos que ejemplar, la aportación lexicográfica de don Javier Solana (nada menos que ministro de Cultura) a propósito de los ordinales con el uso repetido del *catorceavo.* Este personaje que, infringiendo la severa Ley de Incompatibilidades, desempeña a un tiempo su cartera ministerial y el oficio de *portavoz oficial* del gobierno, suele ser fuente de deliciosas anécdotas. En una memorable intervención ante las cámaras de TVE, comunicó al país la buena nueva de que, terminada su ampliación, el museo del Prado tenía ahora un cincuenta por ciento más de capacidad, *o sea, el doble (sic).* Asimismo, en unas declaraciones a *El Noticiero Universal* (9 de agosto de 1983), fechó en 1910 la Ley de Propiedad Intelectual hasta hace poco vigente, que data de 1879.

El señor Solana también escribe. Y lo hace, naturalmente, con un estilo personalísimo y brillante, aunque quizá poco asequible para los lectores medios. Juzguen ustedes mismos, sobre estos párrafos que selecciono del texto que firmó como presentación del catálogo de la exposición *Tesoros de España,* que, organizada por la Dirección General del Libro y Bibliotecas, se celebró en Nueva York, en noviembre de 1985.[21]

Rescatados del tiempo —manuscritos incunables, códices— nos rescatan el tiempo. Salvados del tiempo, salvan el tiempo. Prolongan la memoria, sobre nuestra memoria. Fueron en su día herramienta de intervención y hoy aparecen, sobre todo los más antiguos, sacralizados. Cuanta mayor antigüedad, mayor sacra-

21. Reproducido íntegramente en el diario *ABC,* 12 de noviembre de 1985.

lización. Sus contenidos son inextricables para el inexperto y despiertan la admiración.

Esta exposición es un homenaje al libro, al libro mismo. Incluso desde el punto de vista objetual. El diseño, los materiales empleados, la disposición del grafismo son un testimonio estético.

Las mejores expresiones de la cultura española, como de cualquier otra, han surgido del diálogo con las culturas de otros pueblos. Este carácter de universalidad, de confluencias ideológicas y estéticas, fue natural en España. Fue tan natural que nuestra cultura no se puede explicar sin este sincretismo, sin esta convivencia. De tal modo que los monumentos menos interesantes de nuestro pensamiento y de nuestra literatura son aquellos en los que baja esa tensión, cuando la mirada se vuelve de forma exclusiva hacia el interior.

Esta exposición colocada en el centro de Manhattan viene a darnos un relativismo siempre conveniente y nos viene a dar al tiempo una esperanza, incluso una fe en el hombre y en su inteligencia. Y una vez más reafirmamos a los libros como instrumentos de intervención y como reducto de la memoria de tanta belleza, de tanto dolor, de esa larga búsqueda de certidumbre que es la aventura humana.

Y como nada peor hay (¡ay!) que un mal ejemplo (sobre todo cuando procede de tan ilustres fuentes), se ha desatado en el país una fiebre de enrevesamiento en el idioma, tanto en sus expresiones orales como en las escritas. La obsesión críptica domina a ciertos (presuntos) intelectuales y a la mayoría de los políticos. Valga como muestra la *lectura demiúrgica* del pregón de fiestas en Fuensanta, según versión del diario *Córdoba* (7 de setiembre de 1984) que comenzaba así su información:

José Luis Villegas, delegado municipal de Cultura, presentó en la tarde de ayer al pregonero de las fiestas de la Fuensanta: un ciudadano que arranca de la lectura crítica de los pilares del humanismo para, atravesando los mecanismos científicos y empíricos de la investigación social, sumergirse en lo demiúrgico a la espera de emerger cualquier día en los fulgores de su gran pasión: la literatura.

Baldomero Pavón ofreció un pregón denso en motivos recurrentes, claves líricas y notas introspectivas, adornadas a veces de cenefas épicas sobre la condición humana de Córdoba.

El famoso locutor radiofónico Jesús Quintero, más conocido como *El loco de la colina,* dejaba por un momento sus melosida-

La enorme trascendencia política de la crisis de gobierno en el verano de 1985, fue minimizada ante la opinión pública con la simultánea revelación picaresca del «romance» entre el cesado don Miguel Boyer y la fina dama filipina, doña Isabel Preysler.

Felipe González, que últimamente parece haber perdido buena parte de su tan celebrada compostura dialéctica, fue capaz de decir públicamente que si la derecha se ponía pesada «les echaré al Guerra».
(Aquí aparecen ambos saliendo de la Moncloa, en 1985.)

En la misma línea de finezas, el presidente de la Comunidad Autónoma Andaluza, muy honorable don José Rodríguez de la Borbolla, no menos socialista y no menos delicado, advertía «a ver quién tiene cojones para sacar a España de la OTAN».

des de medianoche y contestaba así en *Diario-16* a una pregunta sobre los posmodernos: *Es una acumulación de elementos de distintas modas, de distintas épocas; a veces, de detritus de distintas modas de épocas. Seleccionando aquello que más ligereza pueda dar a la mente y al cuerpo humano, convirtiéndolo en un corpus estético, en sí inexistente, según mi punto de vista, que va extendiéndose ahora a la forma de publicitarse, como una concepción casi ideológica.*

La anterior definición resulta, pese a todo, luminosa, diáfana, radiante en su claridad, si la comparamos con la del *perfil de la plaza* que se efectuaba en la *propuesta de salida de plazas* de la Universidad del País Vasco, 1.ª convocatoria, marzo de 1985: *Genealogía de la revolución teórico-práctica que comporta el llamado «espíritu de la modernidad» y la nueva problemática de lo existencial en los marxismos contemporáneos, sobre la base de textos en lenguas originales.*

Y no será, no, porque estos socialistas, como iremos viendo, no se preocupen de educar debidamente al pueblo. Tienen tal obsesión por elevar los índices culturales de los ciudadanos, que fíjense en algunas de las preguntas que tuvieron que contestar los aspirantes a *policías municipales* del Consistorio de Málaga. (Según el diario *Sur,* 11 de marzo de 1984): 1. ¿En qué año Miguel Servet descubre la circulación de la sangre? 3. ¿En qué año Julio Acosta fue presidente de Costa Rica? 5. ¿En qué año nació el político sueco Sven Olof Palme? 6. ¿Dónde vive el artrópodo llamado peripato? 7. ¿De qué se alimentan las morsas? ¿Qué país tiene 7 100 islas montañosas? 21. ¿Qué moneda rige en Madagascar? 24. ¿En qué año fue la batalla de Mohacs? 28. ¿Qué extensión en kilómetros cuadrados tiene Honduras? 39. ¿En qué año fue descubierta la Dama de Baza? 42. ¿En qué año murió el rey visigodo Recesvinto? 47. ¿Qué mineral se emplea como fundente para facilitar la fusión de los metales?

En total, cincuenta preguntitas de nada. Está claro que los policías municipales de Málaga podrán dar sopas con honda a cualquier Nobel que decida pasar sus vacaciones en la Costa del Sol. Fueron autores del curioso cuestionario Jacinto Mena, delegado de la Policía Municipal y ex miembro de una banda de música; José María de la Cruz, portavoz del Grupo Socialista; Antonio Ruiz, concejal comunista. Todos ellos *asumieron* su responsabilidad en la selección de las preguntas en cuestión, de las que consideraron contestables *al menos, la mitad.* Las restantes (decía Ruiz) *eran de quiniela; pero hubo igualdad para todos, ya que jugaba el azar también para todos.*

¿Imaginan cómo podría ser un programa para oposiciones a cátedras universitarias confeccionado por estos mismos ciudadanos? Resucitaba don Marcelino Menéndez Pelayo y se quedaba sin plaza.

LA JUSTICIA

El *rodillo* socialista ha machacado, implacablemente, todas aquellas instituciones que podían interferirse y reducir su ejercicio autocrático de la gobernación del Estado. Convertidas las votaciones parlamentarias en una mera rutina, en un simple trámite administrativo, ya que la *mayoría hegemónica* del PSOE y el riguroso cumplimiento por sus diputados de la *disciplina de voto* elimina cualquier posibilidad de sorpresa en los resultados de los debates, se ha sucedido con perfecta y bien meditada programación la aprobación en las Cámaras de todas las leyes propuestas por el gabinete del señor González, sin una sola excepción.[22]

No iba a detenerse el afán de absorción del partido precisamente ante la Administración de Justicia. Y no se detuvo. Cuando concluya esta primera legislatura socialista, una política sabiamente planificada habrá terminado con la independencia del Poder Judicial; muy reveladoras fueron, al respecto, aquellas declaraciones del señor vicepresidente del gobierno que, comentando las críticas surgidas ante los proyectos reformadores del ministro Ledesma, dijo, sin el menor rebozo, que las teorías clásicas de Montesquieu acerca de la división de poderes *se habían quedado anticuadas.*

Tengo muy reciente la publicación de un ensayo sobre la situación de la Justicia en España, en un libro de esta misma editorial[23] y no quiero repetir conceptos. Aunque, con posterioridad a escribirlo, se han producido nuevas muestras de la creciente injerencia del Ejecutivo en las áreas judiciales que bien merece la pena recoger. Durante el mes de febrero pasado se llevó a cabo un masivo relevo de magistrados en los Tribunales españoles de toda clase; solamente en el Constitucional fueron seis los sustituidos. Cinco presidentes de Sala en el Supremo. Varias docenas en las Audiencias Territoriales y Provinciales. Comentando este

22. Valga un ejemplo ilustrativo: de las 545 enmiendas presentadas por el grupo socialista al proyecto de Ley de Presupuestos Generales del Estado para 1985, se aceptaron 544. De las 1 017 presentadas por los demás grupos parlamentarios, solamente 22 fueron admitidas. (Fuente: *B.O. del Congreso* núm. 119, 21 de noviembre de 1984.)

23. *España, 10 años después de Franco,* varios autores, Colección Espejo de España, 1986.

hecho, se aludía en el diario *ABC* a la *grave crisis* de la Justicia española.[24] Y la Ejecutiva de AP, en comunicado hecho público el 14 de enero de 1986, denunciaba que los nombramientos *en algunos casos premian con espectaculares saltos en el escalafón a magistrados afectos.*

Como es notorio, en virtud de lo prescrito por la nueva Ley Orgánica del Poder Judicial, los funcionarios de la carrera judicial, en todas sus escalas, son ahora nombrados proporcionalmente por el gobierno, el Congreso y el Senado (donde la mayoría del partido del gobierno es absoluta). Esta ley está recurrida de inconstitucionalidad; el retraso en dictar su sentencia el Tribunal Constitucional provocó duras acusaciones de todos los partidos (excepto el PSOE, naturalmente), que consideraron sospechosa su actitud. El diputado centrista Gabriel Cisneros llegó a decir [25] que *las actitudes del poder socialista hacia la Justicia han representado un auténtico asalto al Estado de Derecho.* En esa misma fecha y publicación, el portavoz de Coalición Popular y prestigioso abogado José María Ruiz Gallardón, afirmaba que la actitud del Tribunal Constitucional *afectaba a su credibilidad y confianza.*

Ya con la supresión del recurso previo de inconstitucionalidad, el gobierno asestó un duro golpe a las posibilidades efectivas de impugnación de sus leyes por parte de la Oposición. La velocidad con que aquel recurso se sustanció (favorablemente a las tesis del Ejecutivo) contrasta con la pavorosa lentitud aplicada en otros que, siendo muy anteriores en el tiempo (como el de RUMASA), continúan sin resolverse cuando esto escribo.

Dieron también motivo para numerosas suspicacias los precipitados relevos de algunos jueces, que instruían sumarios de especial significación política, como el del accidente aéreo del monte Oiz y el de la muerte de Miguel Zabalza. En pleno desarrollo de las primeras y tan fundamentales diligencias, tuvieron que entregar los casos a sus sucesores, por haberse aceptado con curiosa oportunidad sus peticiones de traslado. José Cavero, en

24. *ABC,* 6 de enero de 1986. Semejante situación viene siendo denunciada de continuo en los últimos meses por personas de la más dispar ideología. *En los cambios judiciales han prevalecido criterios de afinidad al poder político,* declaraba (26 de enero de 1986) el Comité Ejecutivo de la Asociación Profesional de la Magistratura. Don Jesús González Pérez, catedrático de Derecho Administrativo, acusaba (2 de febrero de 1986): *La jubilación anticipada de los jueces no es otra cosa que una depuración. La cabeza del escalafón va a quedar libre, permitiendo la conquista del Poder Judicial.* Y en *Deia* (19 de enero de 1986), Javier Arzallus escribía: *Es evidente el control total del Tribunal Constitucional por parte del gobierno socialista.* Como dramática síntesis, don Federico Carlos Sainz de Robles afirmaba (12 de enero de 1986): *El Poder Judicial murió en 1985.*

25. *ABC,* 4 de febrero de 1986.

BOLETIN OFICIAL DE LAS CORTES GENERALES

SENADO

II LEGISLATURA

Serie II:
TEXTOS LEGISLATIVOS

30 de marzo de 1985

Núm. 240 (d)
(Cong. Diputados. Serie A, núm. 109)

PROYECTO DE LEY

De modificación parcial de la Ley General Tributaria (antes denominado Proyecto de Ley de Represión del Fraude Fiscal).

INFORME DE LA PONENCIA

PRESIDENCIA DEL SENADO

En cumplimiento de lo dispuesto en el artículo 191 del Reglamento del Senado, se ordena la publicación en el BOLETIN OFICIAL DE LAS CORTES GENERALES del Informe, emitido por la Ponencia designada en el seno de la Comisión de Economía y Hacienda para estudiar el Proyecto de Ley de modificación parcial de la Ley General Tributaria (antes denominado Proyecto de Ley de represión del fraude fiscal).

Palacio del Senado, 27 de marzo de 1985.—El Presidente del Senado, **José Federico de Carvajal Pérez.**—El Secretario primero del Senado, **José Luis Rodríguez Pardo.**

La Ponencia designada para estudiar el Proyecto de Ley de modificación parcial de la Ley General Tributaria, integrada por los señores don Manuel Jaime Barreiro Gil, don Jesús F. Armendáriz Ormaechea, don José María Alvarez de Eulate Peñaranda y don Evaristo Amat de León Guitart, y la señora doña Ana María Ruiz-Tagles Morales, tiene el honor de elevar a la Comisión de Economía y Hacienda el siguiente

INFORME

Se aceptan por mayoría las enmiendas presentadas por el Grupo Parlamentario Socialista y se rechazan asimismo por mayoría todas las demás enmiendas.

Palacio del Senado, 26 de marzo de 1985.—**Manuel Jaime Barreiro Gil, Jesús F. Armendáriz Ormaechea, José María Alvarez de Eulate Peñaranda, Evaristo Amat de León Guitart** y **Ana María Ruiz-Tagles Morales.**

«El Parlamento se ha convertido en una mera Cámara de registro», escribía Alejandro Muñoz Alonso. Informes como éste han aparecido de continuo en el «B.O. de las Cortes Generales»: aceptando por mayoría «la totalidad» de las enmiendas presentadas por el Grupo Parlamentario Socialista y rechazando, también por mayoría, «todas las demás». Es lo que se llama la «mayoría hegemónica». Y también, la dictadura con apariencias democráticas.

EL PAIS, jueves 14 de febrero de 1985

SANIDAD

Cerca de un 40% de los médicos apoya la huelga convocada para protestar por la reforma sanitaria

J. F. B., **Madrid**

La huelga de médicos de la Seguridad Social que comenzó ayer con carácter general en toda España afectó en su primer día de una manera desigual a los distintos centros asistenciales. La guerra de cifras, tanto del organismo convocante, la Confederación Estatal de Sindicatos Médicos (CESM), como de la Administración sanitaria, no permite una valoración exacta de la incidencia del paro. Sin embargo, de acuerdo con fuentes médicas independientes, la huelga ha sido secundada en esta jornada inicial por un 40% de los médicos. La huelga —para protestar por la reforma sanitaria— seguirá hoy y mañana.

Los convocantes de la huelga, la Confederación Estatal de Sindicatos Médicos (CESM), aseguraron que la huelga ha sido secundada por el 75% o el 80% de los médicos lo que ha sido considerado por el secretario general de este sindicato, Juan Blázquez, como un éxito y un gran triunfo "entre otras razones porque es la primera vez que se logra hacer una huelga en médicos de todos los sectores".

Las fuentes oficiales han ofrecido datos diferentes. El Instituto Nacional de la Salud (Insalud) sostiene que la huelga tan sólo ha afectado al 7,5% de los médicos de la Seguridad Social. Sin embargo, según el ministro de Sanidad, Ernest Lluch, la huelga fue seguida por el 18%. Fuentes oficiales del Insalud, consultadas sobre esta disparidad de cifras, han explicado que el 18% citado por el ministro se refiere al porcentaje de los médicos en huelga en aquellas provincias que ha habido huelga, mientras que el 7,5% se refiere al porcentaje afectado por la huelga en relación a todos los médicos de la Seguridad Social (54.162).

Debido a la aplicación de los servicios mínimos, que afecta por término medio al 50% o al

AGUSTÍ CARBONELL

Un cartel anuncia la huelga en los accesos a la residencia del Valle de Hebrón, de Barcelona, uno de los centros sanitarios de Cataluña que se vieron más afectados por el paro.

Un sector tan fundamental en una sociedad como el de la medicina atraviesa momentos sumamente críticos, tanto en los aspectos materiales de los servicios, como en el estado anímico de los profesionales, en constante rebeldía frente a las actitudes de la Administración.

un agudo comentario[26] se preguntaba si no podrían haberse pospuesto los traslados hasta la finalización de las diligencias en marcha, por aquello de la mujer del César y las apariencias.

La politización de la Justicia es, por desgracia, indiscutible, así como su creciente dependencia del Ejecutivo: lo han denunciado los más ilustres juristas, comenzando por el ex presidente del Tribunal Supremo y del Consejo General del Poder Judicial, don Federico Carlos Sainz de Robles, y por el presidente del Consejo General de la Abogacía, don Antonio Pedrol Rius. El abrupto cese de don Rafael Mendizábal, presidente de la Audiencia Nacional hasta enero del 86, también lo confirmó.[27] Pero además de este gravísimo problema de fondo (que afecta a la raíz misma del Estado de Derecho), la situación material de la Justicia española es cada día más penosa; en enero de 1986, las Juntas de Gobierno de los catorce Colegios de Abogados de Cataluña hicieron público un manifiesto, en el que reprobaban la *descomposición progresiva y por el momento, incontenida, del aparato de la Administración de la Justicia.*

Semejantes insuficiencias, a veces dramáticas, en los medios materiales de los juzgados y tribunales españoles de todo rango, en combinación con la desdichada reforma penal del ministro Ledesma, propician la impresionante escalada de la delincuencia común. Las alegres excarcelaciones llevadas a cabo masivamente provocaron una marejada de inseguridad ciudadana aterradora. El diario *ABC*[28] no dudó en atribuir *a las modificaciones socialistas de la normativa penal y procesal y a la laxitud habitual de la política penitenciaria ese irreparado desplome de la seguridad ciudadana.* Las estadísticas dadas por el fiscal general del Estado en su tradicional informe de setiembre, al comenzar el Año Judicial, fueron estremecedoras. Piénsese, por ejemplo, que sólo en los primeros ocho meses de 1985 y *exclusivamente en entidades bancarias* se produjeron 2 453 atracos, que causaron cuatro muertos y veinte heridos.[29]

Naturalmente, la situación penitenciaria no escapa a la general degradación. Desde 1984 hasta octubre de 1985, 137 presos fallecieron en las cárceles españolas; de ellos, 37 se suicidaron,

26. En el diario *Ya,* 6 de enero de 1986.

27. Este inesperado relevo, consecuencia, al parecer, de unas declaraciones del señor Mendizábal en las que criticaba algunos aspectos de la Ley Orgánica del Poder Judicial, fue calificado por él mismo como *una defenestración arbitraria e injustificada, similar a como se cesaba antes a los gobernadores civiles.* El 17 de enero de 1986 se celebró en Madrid un almuerzo homenaje al ilustre magistrado, con masiva asistencia de profesionales de la Administración de Justicia; el acto constituyó un expreso rechazo de la política del gobierno en este campo.

28. «Los delincuentes, sueltos», editorial en *ABC,* 4 de enero de 1986.

29. Según noticia de EFE, 22 de noviembre de 1985.

35 murieron a consecuencia de actos violentos producidos por otros reclusos, 12 por sobredosis de droga y solamente 53 por causas naturales.[30]

OFENSIVA CONTRA LA PROFESIÓN MÉDICA

Dentro del programa general de desmantelamiento de las más rancias y prestigiosas instituciones del país, desarrollado puntualmente por el gobierno del señor González, la persecución a los profesionales de la Medicina alcanzó singular encono. Desde el Ministerio de Sanidad, don Ernesto Lluch desencadenó un durísimo ataque, que culminó a finales de 1985 con la entrada en vigor de una Ley de Incompatibilidades atrabiliaria y sin sentido. La reacción de los médicos fue también violenta; y el dramatismo de la situación aumentó con el suicidio del doctor don José Ramón del Sol, catedrático de la Universidad Complutense, víctima, al parecer, de la profunda depresión que le produjo la ineludible exigencia legal de abandonar parte de sus actividades.

Según costumbre, alguna de las actitudes de ciertos cargos de la Administración, ante tan sensible hecho, no fue lo mínimamente decorosa que cabía exigir. Ello motivó que la Asociación de Catedráticos de la Universidad Complutense publicara una nota (8 de enero de 1986) en la que pedía el máximo respeto para las motivaciones íntimas que llevaron al doctor Del Sol a tomar su dramática decisión y, a la vez, efectuara una reflexión sobre las circunstancias externas en que se desenvuelve el trabajo de los médicos. He aquí alguna de las consideraciones manifestadas en dicha nota:

El principio de igualdad consagrado en nuestra Constitución ha sido deformado en un igualitarismo a ultranza dirigido a eliminar toda preeminencia, especialmente si ésta está basada en el estudio y en el esfuerzo personal.

En virtud de recientes medidas gubernamentales, los profesores de cátedras clínicas de las Facultades de Medicina han sido colocados ante una triple opción.

O bien renuncian a su carrera académica, abandonando las clases y las clínicas universitarias (que son de la Seguridad Social), lo que conducirá a prescindir de las personas científica-

30. Información de Europa Press, 30 de setiembre de 1985.

mente mejor cualificadas, tanto para la docencia como para las prestaciones asistenciales de la mayoría de los ciudadanos.

O bien mantener la docencia, pero perdiendo la dirección de los departamentos universitarios (que pasan a ser dirigidos por otras personas de inferior cualificación) y quedando en la incertidumbre de si se les permitirá mantener la jefatura de los servicios clínicos correspondientes a cambio de una limitada tolerancia de ejercicio privado de la profesión. Ello puede conducir a una docencia cercenada de la práctica con los enfermos y a un deterioro de la calidad técnica y científica de los servicios hospitalarios. O bien renunciar a toda actividad profesional y privada, conservando la dirección de los departamentos universitarios y con la esperanza de que ésta sea declarada compatible con la jefatura de los servicios clínicos. Ello implica que a plazo más o menos largo se desinteresarán de la docencia y de la asistencia hospitalaria de la Seguridad Social los individuos mejor dotados y preparados.

Ante semejante situación, asistimos a una dura campaña de prensa (de la poca prensa verdaderamente *libre e independiente*) contra la política sanitaria del PSOE. Mario Muñiz denunciaba [31] que *los médicos, la gran mayoría de los médicos, sufren en estos momentos un ataque frontal inmisericorde, radicalizado por parte de la Administración.* Ramiro Rivera, presidente de la Organización Médica Colegial, calificaba de *antología del disparate* las declaraciones efectuadas el 9 de enero por el ministro Lluch y el inspector general de la Administración Pública, Javier Valero. Pero las imputaciones más duras fueron efectuadas por otro ilustre catedrático, el doctor don Manuel Hidalgo Huerta, que hizo públicos [32] en un artículo tremendo los errores y las arbitrariedades del gobierno respecto de la clase médica, imputables a *un incompetente ministro de Sanidad* (sic) y que vienen afectando a la subsistencia de 40 000 médicos españoles, *a quienes se priva de unos ingresos en muchos casos, indispensables, mientras, paradójicamente, el vicepresidente del gobierno, señor Guerra, se encuentra de viaje de placer por México y el Caribe, sin que sepamos que una fortuna personal previa avale unos dispendios que, sin lugar a dudas, ningún médico que ejerza como «oyente» y sin otros medios económicos puede realizar.*

El artículo terminaba con un *acta de acusación a la Administración* reflejada en un decálogo que merece la pena reproducir:

31. En *ABC,* 10 de enero de 1986.
32. En *ABC,* «Yo acuso», 9 de enero de 1986.

Yo acuso a la Administración actual del intento de degradar la profesión médica en todos sus extremos.

Yo acuso a la Administración actual de pretender impedir una de las virtudes más excelsas que nos obliga el juramento hipocrático: atender a cualquier hombre enfermo.

Yo acuso a la Administración actual de despojar a profesionales de la Medicina de los puestos que con su esfuerzo consiguieron, sin ofrecer alternativa viable en el puesto único ni indemnizaciones por las deducciones económicas que aportaron a lo largo de los años, para tener un mañana mejor o, al menos, estable.

Yo acuso a la Administración actual de presionar, bajo amenazas intolerables, a que los médicos firmen sus sentencias de abandono de puestos de trabajo legítimamente obtenidos.

Yo acuso a la Administración actual de haber creado un ambiente de desesperanza y desilusión en el médico ante la impotencia de sus reivindicaciones.

Yo acuso a la Administración actual de estar creando en el cuerpo médico un estado psíquico de intranquilidad, de estrés, del que única y exclusivamente la Administración es responsable.

Yo acuso a la Administración actual de la falta de estímulo, anhelo de perfección y alegría de vivir que en el médico se está creando.

Yo acuso a la Administración actual de la repercusión que sobre el hombre enfermo pueda tener esta serie de circunstancias.

Yo acuso a la Administración actual del caos existente en la medicina social, ambulatoria y de hospitalización, que si bien no era perfecta anteriormente hoy está bajo mínimos tercermundistas.

Yo acuso a la Administración actual de mantener al frente del Ministerio de Sanidad a una persona respetable bajo otros conceptos, pero ajena de conocimientos en la materia y desconocedora de lo que en un diálogo franco con los médicos podría haberse conseguido.

Al tiempo que se produce semejante enfrentamiento entre la clase médica y el gobierno, las deficiencias en los servicios sanitarios dependientes de la Administración alcanzan cotas insuperables.

Se cierran clínicas y dispensarios en toda España; las atenciones de la Seguridad Social son cada vez más insuficientes y desastrosas; faltan camas y medios materiales en los hospitales; se discrimina a los enfermos por razón de pertenencia o no al

PSOE,[33] y, en definitiva, sector tan fundamental en una sociedad como el de la Medicina, atraviesa momentos sumamente críticos, tanto en los aspectos materiales de los servicios, como en el estado anímico de los profesionales, en constante rebeldía frente a las actitudes de la Administración. Cuya inaudita postura quedó acreditada cuando, en enero de 1986, el ministro de la Presidencia, Javier Moscoso, canceló la entrevista que, a través del Defensor del Pueblo, había concertado con una comisión del Colegio de Médicos de Madrid, para tratar el espinoso tema de las incompatibilidades.

Recuérdese que en su programa electoral *Por el cambio,* punto 48, apartado *Salud,* el PSOE había preconizado la *mejora de la gestión de los hospitales, con control de gastos y de la calidad de los servicios.* También anunció (punto 50) que combatiría *la masificación de consultas en los ambulatorios.*

LA INSEGURIDAD CIUDADANA

Claro que aquellas *cien medidas por el cambio* producen hilaridad (e indignación) cuando se repasan ahora, a los cuatro años de su proclamación. Pues también en el punto 80 se nos decía que un futuro gobierno socialista se comprometía a *garantizar la seguridad ciudadana, sobre la base de que la libertad y la seguridad son complementarias.* Y no parece necesario hacer especial hincapié en la degradación a que se ha llegado en esta materia. Anteriormente ya me referí a los abrumadores índices de aumento de la delincuencia común, recogidos por el fiscal general del Estado en su *Memoria* de 1985. Se trata de una cuestión en la que las estadísticas resultan superfluas; la mayoría de los españoles ha sufrido en sus carnes el asalto de navajeros, ladrones, violadores, desvalijadores de coches y demás variantes de la delincuencia habitual. Tiene, por tanto, sobrado conocimiento, de ciencia propia, acerca de la situación del orden público en el país.

De modo que no es necesario insistir en la realidad de un tema cuya triste evidencia nos consta a todos (pese a los optimismos individuales de algunas personas, como el fiscal José V. Chamorro). El mejor resumen de la situación de nuestras ciudades en orden a la inseguridad nos lo da el anuncio/felicitación de Pas-

33. El director de la Residencia Sanitaria de Lugo, por ejemplo, ordenó sacar de su habitación a un enfermo y colocarle la cama en el pasillo para que su lugar fuese ocupado por José Pérez Valera, destacado militante del PSOE (*El Progreso,* 31 de mayo de 1984, p. 5).

44 LA VANGUARDIA MARTES, 24 DICIEMBRE 1985

AQUESTS DIES QUE SOLAMENT EL VISITIN ELS AMICS.

Són dies per reunir-nos, dies d'alegria. De bones sorpreses. Recordeu, però, durant un moment que no totes les «visites» són bones, ni totes les sorpreses són agradables.
Aquesta vegada no els doneu cap facilitat.
Si sortiu de casa, dexeu-la ben tancada i sense cap senyal visible de la vostra absència.
Si el vostre veí es queda a casa, demaneu-li que us reculli la correspondència i dexeu-li una adreça o bé un telèfon per tal que us pugui avisar.
Si sou vós el que en aquests dies no sortiu de casa, no obriu la porta a gent desconeguda, i truqueu al 091 ò 092 si noteu quelcom d'estrany.
Recordeu: la millor seguretat és, sobretot, la solidaritat.
Si voleu fer alguna consulta sobre la vostra protecció truqueu al 318 05 99 Servei d'Informació, durant les 24 hores.
En les grands aglomeracions vigileu la vostra bossa i no deixeu les compres visibles a l'interior del vostre vehicle.

Totes les precaucions que prengueu poden disminuir els delictes en un percentatge ben important. Només d'aquesta manera anirem millorant el nivell de seguretat ciutadana.
La seguretat de la nostra ciutat és un bé de tots. Per solidaritat i per conveniència també, tots hi hem de contribuir.
La vostra participació és, veritablement inestimable.

Comunicación Publicitaria S.A.

Junts, ho farem possible.

CONSELL DE SEGURETAT URBANA

Ajuntament de Barcelona

GOVERN CIVIL DE BARCELONA

Éste es el anuncio publicado durante las fiestas navideñas en «La Vanguardia» por el Gobierno Civil y el Ayuntamiento de Barcelona, cuya traducción se ofrece en el texto. Todo un cántico a la inseguridad ciudadana.

cuas que el Gobierno Civil y el Ayuntamiento de Barcelona publicaron en la prensa de la capital catalana el día de Nochebuena. Las simpáticas sonrisas de los Reyes Magos y Papá Noel llevan encima este titular: «ESTOS DÍAS, QUE SOLAMENTE LE VISITEN LOS AMIGOS». Y viene después el texto, por demás expresivo: *«Son días para reunirnos, días de alegría. De buenas sorpresas. Pero recordad, durante un momento, que no todas las visitas son buenas, ni todas las sorpresas agradables. No les deis ninguna facilidad esta vez. Si salís de casa, dejadla bien cerrada y sin ninguna señal visible de vuestra ausencia. Si vuestro vecino se queda en casa, pedidle que os recoja la correspondencia y dejadle unas señas o un teléfono, para que os pueda avisar. Si son ustedes quienes estos días no salen de casa, no abran la puerta a gente desconocida y llamen al 091 o 092 si notan algo extraño... En las grandes aglomeraciones, vigilen sus bolsos y no dejen visibles las compras en el interior de sus coches...»*

Para paliar en lo posible tanto desastre, algunos ayuntamientos socialistas acaban de tener una idea luminosa: el restablecimiento de los serenos en las noches ciudadanas. Definitivo.

LA MORAL

Comprendo que salir, a estas alturas de la fiesta, aludiendo a la moral (y no se diga a la moral cristiana) son ganas de provocar la chanza y el regocijo en la mayoría de las ilustres firmas que hoy comentan la actualidad en las columnas periodísticas. Lo menos que me llamarán será *obsoleto* y, por supuesto, *inmovilista* y *retrógrado*. Sé de sobra que mostrar una mínima inquietud ante la degeneración de las costumbres, la invasión obsesiva del sexo y el desprecio a los principios tradicionales de la sociedad española, es tanto como situarse enteramente al margen de las corrientes en boga. Bueno. Pues me sitúo.

Porque uno se considera ampliamente liberal y nada estrecho y aun, si me apuran, marcado por ciertas licencias en su ya repleta biografía. Pero forzosamente, ha de reaccionar ante el panorama de la España de hoy, convertida en un puro relajo, en un escaparate de inmundicias, en una afrenta constante al buen gusto y en un desprecio ritual e institucionalizado a las creencias ajenas. Lo cual, ciertamente, no es nada democrático.

También respecto de este tema podemos aportar todos abundantes experiencias personales. Abrir una revista, dar un vistazo a las que cuelgan de los quioscos, leer los anuncios por palabras (sección *saunas y masajes*) en ciertos periódicos, pasar frente a determinados locales de espectáculos, simplemente pasear por las calles de las ciudades, a cualquier hora, supone enfrentarse con un submundo de degradación que, interpretando a su aire las libertades constitucionales, se exhibe con tanta impudicia como ostentación. La misma que a diario ofrece la televisión oficial, donde (por citar un ejemplo sonado) la noche de final de año y a la hora en que mayor era la audiencia infantil, pudieron *admirarse* desnudos integrales, así femeninos como masculinos, acompañados de comentarios irreproducibles. Por lo demás, todos hemos visto series, películas, espacios dramáticos o simples entrevistas, en las que las relaciones homosexuales e incluso las aberraciones más tremendas se presentaban con absoluta normalidad. La misma con que se alecciona al telespectador sobre prácticas abortivas y de control de natalidad o se le instruye muy doctamente acerca de los encantos de la masturbación.

A este respecto, la *Associació de Dones del Moviment d'Esquerra Nacionalista,* grupo político separatista, de Tarrasa (Barcelona), llenó las paredes de su ciudad con unos carteles en los que preguntaba: *Mujer, ¿sabes masturbarte?* Y después se facilitaba amplia información sobre las formas de hacerlo, dentro de una técnica ciertamente depurada y con amenos comentarios referentes a tan edificante placer. Ni que decir tiene que el texto iba acompañado de las correspondientes ilustraciones, complementarias de la lección escrita.

Radio Popular de Lorca emite una vez por semana un programa sobre sexología, titulado *Leche con menta,* denominación que le parece *muy bonica* a la señorita Carmen María Elgarresta, una de sus responsables, que en la *Hoja del Lunes* de Murcia (16 de diciembre de 1985) informaba ampliamente sobre este espacio radiofónico. La moza en cuestión dice ser sexóloga, treinta y cinco años, soltera y sin pareja estable. Médica especializada en ginecología y obstetricia, ejerce en una Residencia de la Seguridad Social. En el momento de ser entrevistada, llevaba hechos cuatro programas; el primero, de carácter general. El segundo, sobre las técnicas masturbatorias masculina y femenina, contando sus propias experiencias. Provocó (cuenta) algunas reacciones contrarias y en la emisora le indicaron que procurase usar un lenguaje más moderado. Había explicado cómo le gustaba a ella masturbarse: durante una ducha caliente. Entre las llamadas que recibió, figuraba la de una mujer desconocida *que me comentó que ella prefería joder; le respondí que hiciera lo que le placiera más* (sic).

Sigamos. El tercer programa, así como el cuarto, se centraron en los juegos sexuales y en el lenguaje del cuerpo, más concretamente, de los baños y masajes. *Dar un masaje o que te lo den es parecido a tomarse una buena cerveza: el sexo es un placer* (sic). La señorita Elgarresta terminaba sus declaraciones dando documentadas explicaciones acerca del *punto G vaginal* y lamentando que muchas mujeres casadas e incluso con un montón de hijos *no se lo pasan bien,* a causa de una deficiente educación sexual. De ahí, concluía, la importancia de los cursillos que imparte sobre el tema en algunas escuelas municipales de Murcia, juntamente con otra compañera.

Hay que romper con los tabúes suele ser la justificación que acompaña a todas estas manifestaciones de sexólogos/as, para quienes el tema carece de cualquier otra implicación que no sea la meramente física. Sin miedo a ningún *tabú* de esos, se ha hecho habitual el desnudismo en ciertas playas y el semidesnudismo (el llamado *top-less*) en todas, sin excepción. A veces se producen hechos curiosos: a la playa almeriense de *El Playazo* llegaron a media tarde del 20 de julio de 1985, cuando más concurrida estaba, seis o siete señores de edad ya madura; dos de ellos, de unos 50 a 60 años, con luengas barbas, se quedaron absolutamente desnudos. Eran dos altos cargos de la Administración socialista, de visita en la ciudad por motivos oficiales, cuyos nombres se facilitan en la información que tengo a la vista.[34]

Dentro de esta gratificante intención de *romper con los tabúes,* la Universidad de Córdoba repartió a los estudiantes, durante el curso 1984-1985, un cuestionario sobre *actitudes y comportamiento sexual,* en el que figuraban 26 preguntas. Entre ellas: 4. ¿Te consideras heterosexual, bisexual u homosexual? 8. Tu primera experiencia, ¿resultó satisfactoria? ¿No satisfactoria? 10. ¿Cuál es para ti el mejor momento del acto sexual? 14. ¿Has tenido alguna experiencia sexual en grupo? 21. ¿Te masturbas? 22. ¿Con qué frecuencia? 24. ¿Has utilizado alguna vez objetos eróticos o pornográficos para masturbarte? Este delicado cuestionario fue remitido por el vicerrector de Extensión Universitaria, con una carta en la que se comunicaba que formaba parte de *una serie de estudios sobre diversos aspectos sociales del colectivo universitario.*

Hasta aquí, los ejemplos citados parecerán más o menos escandalosos; incluso puede admitirse, aunque sea en un plano puramente teórico, la intención sociológica o científica de alguno de ellos. Pero es que el exceso en la degradación, la ruptura de todos los mínimos de respeto y de pudor, la clara transgresión del artículo 431 del Código Penal (todavía en vigor) e incluso de la misma Constitución, se repiten con lamentable frecuencia, sin la

34. *La Crónica,* diario de Almería, 30 de julio de 1985.

El controvertido e incombustible director general del ente público RTVE, don José M.ª Calviño, manifestó en una entrevista que estaba dispuesto a «limpiar de fascistas Televisión Española».
(En la foto, tomando posesión de su cargo en el año 1982.)

Las ostensibles muestras de cariño dispensadas por el presidente del gobierno al dictador libio fueron correspondidas por éste con unas insolentes declaraciones a la prensa, cuando todavía estaba en territorio nacional y con una actuación posterior absolutamente contraria a los intereses de España.

En contraste con las atenciones sin cuento tenidas con otros jefes de estado, la visita a España de Ronald Reagan en 1985 supuso una auténtica vergüenza nacional, que hizo sonrojarse a todos los ciudadanos medianamente serios.
(En la foto, una manifestación en contra de la visita del presidente, en Madrid.)

menor reacción por parte de autoridades u organismos a quienes compete impedir y aun sancionar las extralimitaciones en el escándalo, la blasfemia y las innobles ofensas a las creencias cristianas y al más elemental decoro público.

En este sentido, quizá la situación límite se encuentre en el repugnante artículo «Que así sea, dijo la Virgen Blanca», publicado en el diario *Egin* el 9 de agosto de 1985, página 19. En ocasión de las fiestas tradicionales de la patrona de Vitoria, se celebró un *programa alternativo* cuyo cartel anunciador representaba (sonrojo produce contarlo; asco y una infinita vergüenza) a la Virgen, masturbándose; el niño Jesús, con un vibrador y enfrente, un *blusa,* un mozo, con sus órganos genitales al descubierto, saltando con excitación frente a la imagen. Semejante iniquidad se debía al colectivo *Hala Bedi* y el periódico que reproducía el repugnante cartel, lo justificaba en un comentario pretendidamente humorístico, sintácticamente incomprensible e imposible de ser aceptado en una sociedad civilizada.

Mucho he dudado en recoger aquí tan incalificable blasfemia; más todavía, en reproducir el monstruoso cartel. Finalmente, me decidí a hacerlo: la ofensa es de tal magnitud, que quizá constituya una obligación difundirla, para que nadie dude de la vileza a que se ha llegado en España, durante tantos años tenida como nación fervorosamente católica. Bien es verdad que la aberración va mucho más allá de ofender a una sola confesión religiosa; falta a cualquiera de ellas y resultaría igualmente deleznable si aludiera a Buda o a una divinidad incaica. Falta también a los más elementales principios de convivencia civilizada; al decoro elemental e intuitivo de un ser normal; y por supuesto, a los presupuestos básicos de cualquier sociedad democrática, en la que el respeto mutuo constituye soporte fundamental.

Del enrevesado texto periodístico, obra sin duda de un alucinado por sobredosis de droga, parece deducirse que la autoridad judicial intervino en el escándalo. Ignoro si también se ejerció alguna acción legal contra el diario que reprodujo el blasfemo cartel y lo justificó después con pretendidas gracias. En todo caso, que semejante muestra de zafiedad y basura pueda producirse y aun encontrar públicos panegiristas, es un índice de las cotas de ruina moral, de insensibilidad ciudadana y de absentismo en los poderes públicos a que se ha llegado en nuestro país en estos años del *cambio.*

En la última página del libro se incluye el suelto del diario *Egin,* con la reproducción del cartel. En la anterior se advierte de ello, porque algunos lectores, algunas lectoras, sobre todo, quizá prefieran pasarlo por alto. Ciertamente, puede herir la sensibilidad de toda persona normal, piense como piense, sea religiosa o atea, marxista o conservadora. Solamente los enfermos mentales, los degenerados en último grado, serán capaces de admitir tamaña salvajada. Triste demostración de que, en la España actual, se manipula falazmente el concepto hermoso de la libertad, destinándolo tan sólo, en ocasiones, a servir los instintos más sucios, ruines y mezquinos.

LA «LIBERTAD DE EXPRESIÓN»

Pues, en efecto: la libertad de expresión que consagra el texto constitucional, sancionando así una de las más nobles aspiraciones de toda sociedad, limitada sensiblemente durante el franquismo (con evidente necedad muchas veces), no pasa de ser hoy, en la práctica, más que una bella declaración de principios, dudosamente desarrollada en la vida cotidiana. Se puede, sí, decir y escribir todo lo que apetece: el anterior ejemplo resulta definitivo. Pero ahí termina la libertad de expresión. Que, obviamente, es mucho más que eso.

Lo contó espléndidamente la magnífica novelista Mercedes Salisachs, en un importante artículo publicado en 1984 en «República de las letras», revista de la Asociación Colegial de Escritores Españoles y reproducido después en *ABC*. Allí demostraba cómo se ejerce una constante e implacable *conjura de silencios* contra aquellos escritores que quedamos fuera de la órbita afectiva del gobierno socialista. También se censura *por omisión* no sólo callando méritos (lo cual siempre podría tener la excusa de la valoración crítica), sino suprimiendo cualquier noticia, meramente informativa, sobre los nombres oficialmente repudiados. Funcionan, pues, auténticas *listas negras,* en clamorosa contradicción con las de *elegidos,* las de *predilectos,* las de esos autores cuyos nombres están de continuo en la televisión y en la prensa adicta a la Moncloa y en los galardones del Ministerio de Cultura y en exposiciones y en conferencias y en toda clase de exhibiciones públicas, entre loas, entusiasmos y fervores. No hace falta citarlos; muchos de ellos se merecen con creces los elogios, aunque de tanto repetirlos desaforadamente (y sobre todo, de tanto politizar sus figuras) pueden acabar hastiando hasta a sus más entusiastas seguidores.

Tan anticonstitucional discriminación se practica, con singular esmero, en Radiotelevisión Española. Y no se detiene ni ante las más ilustres figuras de nuestras letras, así vivas como muertas, cuando carecen de *pedigree* socialista. Sin la menor celebración oficial pasaron, por ejemplo, los centenarios de Wenceslao Fernández-Flórez, de Federico García Sanchiz y de Pedro Muñoz Seca. El más espeso silencio cubre hoy los nombres literariamente egregios de José María Pemán, Rafael Sánchez Mazas, Eugenio Montes, César González-Ruano, Pérez de Ayala, Ramiro de Maeztu, Eugenio d'Ors, Ignacio Agustí, Azorín, José Pla, Agustín de Foxá, Concha Espina, por citar tan sólo los contemporáneos más sobresalientes. Incluso Ortega y Gasset no goza de excesivos entusiasmos por parte de los voceros de la cultura oficial; mientras se magnifican personalidades mediocres, aunque ideológicamente afines al PSOE. (En otra parcela de personalidades eminentes, resulta también significativo que pasara sin la menor conmemoración oficial el V Centenario de Hernán Cortés, que se cumplió en 1985.)

Pero, además de esta *conjura de silencios,* la libertad de expresión se conculca con frecuencia de modo expreso. En los últimos meses se han dado casos sangrantes; como el del funcionario Sánchez-Tovar, sancionado con traslado forzoso por permitirse ironizar sobre el presidente González y su excursión marítima a bordo del yate *Azor.* Una sentencia judicial condenó a la Administración a reponerle en su puesto. Escandalosa fue asimismo la traumática supresión del programa televisivo «La clave», en cuanto su director, José Luis Balbín, osó apartarse de las directrices gubernamentales, que durante varios años había seguido escrupulosamente.[35] Anteriormente, y asimismo por *poco dócil,* había sido desposeído José María Íñigo de su semanal espacio, tan celebrado por el público.

El controvertido e incombustible director general del ente público RTVE, don José M. Calviño, manifestó en una entrevista que estaba dispuesto a *limpiar de fascistas Televisión Española,* declaración difícilmente justificable; sobre todo, cuando uno de los prontamente expedientados fue Mauro Muñiz, presidente de la APLI, sindicato profesional e independiente, mayoritario en TVE. En su pliego de descargos, el buen periodista acusaba a la dirección del Ente de *ejercer actos represivos antidemocráticos* y de no haberle permitido *mantener la libre expresión de sus criterios profesionales.*[36]

Un matrimonio de inspectores de Trabajo destinado en Badajoz fue sancionado por no ceder a presiones políticas: él, suspen-

35. Olvidando, por supuesto, semejantes antecedentes, Balbín declaraba al semanario *Época,* el 15 de enero de 1986: *En TV ha habido listas negras* [...] *Hay personas que al poder no le gustan y que, por tanto, se intenta que no salgan* [...] *El PSOE quería utilizar el programa para su servicio y poner un director del partido* [...] *Calviño es un comisario político.*

36. *ABC,* 9 de enero de 1986, p. 63.

dido de empleo y sueldo; ella, trasladada al País Vasco, aunque posteriormente la Audiencia Territorial de Cáceres revocó tan arbitraria medida. En la Dirección Provincial de Trabajo de la capital pacense se vive, dicen sus funcionarios, *una sicosis persecutoria.*[37]

El mismo día en que ambas anteriores noticias coincidían en la información nacional, Emilio Romero contaba, en su habitual sección del *Ya,* la siguiente anécdota sobre Alfonso Guerra, definitiva para establecer el talante totalitario del vicepresidente del gobierno y su personal interpretación de la libertad de expresión:

En cuanto a comportamientos políticos o de poder, Guerra es un autoritario o un totalitario pleno. No está fabricado para la democracia, sino para dictaduras salvadoras de pueblos oprimidos. Es una especie de nicaragüense, pero en burlón. Yo realizo una entrevista —y no un debate— los miércoles en una cadena de emisoras. Hago solamente preguntas, porque si estableciera la discusión irían muy pocos. Así se me teme desaforadamente. Pero por este espacio han pasado los políticos de todas las ideas, porque yo no ejerzo la descalificación de nadie, y me encuentro muy normal en el pluralismo general de mi país. Han ido también algunos políticos socialistas, y ellos son testigos de mi corrección. Pero un día fue solicitada la presencia de don Alfonso Guerra; su equipo de colaboradores estableció estas condiciones; que ellos eligieran el entrevistador, y hasta el lugar donde tenía que hacerse la entrevista; más los participantes de otras actividades que iban a pasar por las dos horas de ese espacio diverso. Esto no se le habría ocurrido a ninguna personalidad del antiguo régimen. La marca era típicamente soviética. Y aquel espacio radiofónico se vio en la obligación de aceptar tales requerimientos por razones que no vienen al caso.

Finalmente, otro columnista popular, Jaime Campmany, ha fustigado (12 de enero de 1986) con su habitual ironía la proclividad de los políticos socialistas (*esos chicos,* como él los llama) a las actitudes censoras:

Me asalta la duda, si al escribir esto que escribo, estoy cayendo en alguna inconveniencia y me mandan callar como a Ruiz Mateos. Esos chicos utilizan la Constitución no para aplicarla y respetarla, sino para taparte la boca, a ser posible con la

37. Ibídem, pág. 23.

página en donde se establece el derecho a la libertad de expresión. Han aprendido a decir «chist», chito y chitón, y en cuanto alguien dice algo que no les gusta ya están pensando en la manera de callarle.

Menos satírico, aunque mucho más duro, Lorenzo Contreras escribía en una de sus «Crónicas políticas»,[38] a propósito del ya citado cese del presidente de la Audiencia Nacional, don Rafael Mendizábal, *que formaba parte de una especie de «terrorismo» institucional, en virtud del cual los felipistas se hacen respetar incluso por personalidades que disfrutan de posiciones muy consolidadas, al menos en apariencia* [...] *En su afán de buscar la causa del cese* (seguía diciendo) *algunos imaginativos, probablemente con razón, han entendido que no le han perdonado las críticas que formuló en Navarra contra la Ley Orgánica del Poder Judicial.*

Con lo cual se sigue demostrando el *riguroso respeto* que el gobierno del señor González siente hacia la *libertad de expresión,* derecho fundamental de todo ciudadano español, consagrado en la Constitución, artículo 20. Otra prueba más, también clamorosa: el director general de INSALUD, don Fernando Magro, dirigió en enero de 1986 una circular a todos los médicos dependientes del organismo oficial, en la que se les prohibía hacer declaraciones a los medios informativos, sin la previa y expresa autorización de las respectivas Direcciones Provinciales. La práctica totalidad de partidos políticos (excepto el PSOE, obviamente), Colegios de Médicos, de Farmacéuticos, de ATS, sindicatos médicos y organizaciones sanitarias en general reaccionaron escandalizadas ante la atrabiliaria medida, pidiendo el cese del señor Magro e incluso, el del ministro Lluch. El presidente de los ATS, Luis Jurjo, declaró: *Quieren poner esparadrapo en la boca a los profesionales sanitarios y eso es inadmisible.* Enrique de Porres, representante de la CESM, dijo: *El ministro Lluch debe comparecer en el Parlamento y explicar este grave atentado a la libertad.*

Ni que decir tiene que no pasó nada. Pues los atentados contra la libertad de expresión continúan produciéndose a diario, bien de modo tan expreso como en estos casos, bien bajo las formas de la *conjura de silencios.* Valga como ejemplo lo sucedido en Palma de Mallorca, donde, en noviembre de 1985, tuvo lugar una *mesa redonda* sobre *Ética médica y respeto a la vida,* con asistencia de relevantes moralistas, sicólogos y médicos. Todos coincidieron en rechazar el aborto, sin limitación alguna. A las sesiones acudieron todos los medios informativos, televi-

38. «Mendizábal y el "terror" felipista», en *Las Provincias,* 14 de enero de 1986.

Primer asalto tras el ingreso en la CEE

Grupos de agricultores franceses vaciaron siete camiones que transportaban productos españoles. Cuatro de los vehículos son de matrícula española y el resto, francesa. Los hechos se desarrollaron ayer en tres momentos distintos en la carretera que conduce de Nimes a Arles, a más de doscientos kilómetros de la frontera de La Jonquera. Se trata del primer incidente de este tipo que se produce desde el pasado 12 de junio, cuando se firmó el acuerdo para el ingreso de España en la Comunidad Económica Europea. En un camión que transportaba marisco, chirlas concretamente, los asaltantes realizaron una pintada que decía "Solidaridad con los pescadores". En ninguno de los vehículos se registraron daños materiales. Los camiones procedían de Perpiñán, donde tiene su sede el mercado de Saint Charles, en el que se distribuyen los productos procedentes de la península Ibérica. Dos unidades de los Cuerpos Republicanos de Seguridad (CRS) y un helicóptero de la policía francesa intervinieron para evitar que se repitieran los incidentes.

Frutas y legumbres españolas que transportaban camiones franceses aparecen desparramadas por el suelo

Los agricultores de la «dulce» Francia se hartaron de volcar, incendiar y destruir camiones españoles, incluso después de nuestro ingreso en el Mercado Común.

Dicen de Francisco Fernández Ordóñez los pijoteros a la antigua que cambia mucho de ideas; evidente falsedad. Está bien claro que su idea es siempre la misma: estar en el poder. (En la foto, con lord Carrington en Madrid, en enero de 1986.)

El ingreso de España en la CEE fue el éxito póstumo (políticamente, se entiende) del ministro Morán, sobre quien, de golpe y porrazo, dejaron de hacerse chascarrillos. (La firma del tratado de adhesión por F. González, F. Morán y M. Marín en Madrid, en junio de 1985.)

sión incluida; sin embargo, no se facilitó después la menor noticia sobre tales reuniones.

Forzosamente debo referirme (pidiendo excusas por la personalización) al constante vacío que se produce en la mayoría de la prensa y, ni que decir tiene, en la televisión estatal, respecto de mis libros, conferencias y actividades públicas en general. Lo mismo sucede con todos los escritores que permanecen alejados de las tendencias socialistas: el caso de Rafael García Serrano es sangrante. El poeta cubano exiliado Armando Valladares no pudo concluir una conferencia en Tarragona (24 de octubre de 1985), ante la violenta actitud de grupos bien organizados y vociferantes; la fuerza pública no intervino. Tampoco se produjo la menor reacción por parte del Ministerio (llamado) de Cultura ni, naturalmente, hubo *enérgicos manifiestos* de los también llamados *intelectuales,* cuando la Consejería de Cultura del gobierno vasco, presidido entonces (agosto de 1983) por Carlos Garaicoechea *aconsejó* la no proyección en el territorio de Euzkadi de la película de Rafael Gil *Las autonosuyas,* sobre mi novela del mismo título. Por supuesto, el film quedó prácticamente inédito en Vizcaya, Guipúzcoa y Álava.

Y como colofón a tema tan desdichado, que podría continuarse con infinitos ejemplos, es inevitable recordar el trato discriminatorio que el gobierno aplica al diario madrileño *El Alcázar.* Se trata del órgano informativo nacional que con mayor acritud comenta la política socialista; lo mismo hizo, anteriormente, con la de don Adolfo Suárez. Comenzó éste las represalias, cancelando la suscripción de Iberia, que garantizaba varios miles diarios de ejemplares a la editora del periódico y privándole, asimismo, de la publicidad de todas las empresas estatales o paraestatales. Semejantes medidas, absolutamente anticonstitucionales, fueron escrupulosamente respetadas por el gabinete de don Felipe González, que incluso aumentó el cerco económico, marginando a *El Alcázar* en los repartos de millones que mensualmente efectúa el Ministerio (llamado) de Cultura, en cumplimiento de vigentes normas legales.

DYRSA, la editora afectada por tan atrabiliarias medidas de presión (que han obligado a vender el diario a precio superior al de todos los demás de España e incluso, a solicitar el apoyo económico de sus lectores, generosamente prestado a través de una suscripción pública), tiene interpuesto el oportuno recurso ante el Tribunal Constitucional, cuya resolución llegará con el habitual retraso. E incluso, en un alarde de candor, acudió en queja al Defensor del Pueblo, a quien, por supuesto, el gobierno no ha hecho el menor caso (hasta ahora).

La tan cacareada *libertad de expresión* constituye, en definitiva, una de las más escandalosas trampas tendidas por los socialistas a los ciudadanos de este país (antes llamado España).

LAS RELACIONES INTERNACIONALES

Prometió el PSOE en su inefable programa electoral *100 medidas por el cambio,* apoyar a los pueblos que luchan por su libertad (medida 96), cooperar en la lucha contra el terrorismo (medida 97), congelar las negociaciones para la integración en la organización militar de la OTAN (medida 99) e impulsar la reivindicación de la soberanía española sobre Gibraltar (medida 100). Para llevar a cabo semejante desarrollo de las relaciones internacionales, accedió como ministro de Asuntos Exteriores al primer gobierno socialista, don Fernando Morán. Diplomático de carrera y con notorio prestigio en el cuerpo, iba a resultar, inesperadamente, uno de los más curiosos personajes de la historia política española.

Pues sin especial motivación, se convirtió en sujeto pasivo de centenares, quizá millares de chistes, originales muchos, adaptados otros de viejos chascarrillos, que daban de Morán una versión ridícula y, evidentemente, injusta. ¿Fue a causa de su aspecto físico, desmañado y nada atractivo? ¿Quizá por alguna de sus desafortunadas declaraciones iniciales, como aquélla en Barajas, cuando a la llegada de una de las reuniones de Bruselas, dijo a los periodistas que prefería que le mentasen a su madre, antes que plantearle preguntas acerca de las negociaciones sobre el Mercado Común? ¿O el instinto popular intuyó la poca fortuna de su política exterior? Tampoco era justo achacarle los constantes errores de la misma; el primer responsable, obviamente, era su inspirador máximo, el presidente del gobierno. ¿Y no se trataría de una astucia de éste, para salvar su imagen, a costa de hundir la de su ministro? De ser así, el sacrificio del señor Morán en favor de su jefe político resultaría ejemplar y patético.

Por lo demás, Felipe González prescindió en ocasiones importantes de la asistencia, incluso física, de su ministro de Asuntos Exteriores, recabando el total protagonismo. Por ejemplo, en la entrevista con al-Gadafi, celebrada en Palma de Mallorca, ante el asombro del país entero y de las cancillerías extranjeras. Las ostensibles muestras de cariño dispensadas por el presidente del gobierno español al dictador libio fueron correspondidas por éste con unas insolentes declaraciones a la prensa cuando todavía estaba en territorio nacional y con una actuación posterior absolutamente contraria a los intereses de España. Lo mismo ocurrió con Fidel Castro, otro dictador marxista agasajado por Felipe hasta el delirio, que poco después ofendía burdamente, en un discurso lamentable, la obra descubridora y civilizadora de España en América. Más adelante y a pesar de ello, el intento de secuestro de un exiliado cubano en plena calle madrileña a cargo de funcionarios de la embajada castrista encontraba muy tibia reacción en el gobierno socialista.

Agachó también la cerviz, en su nombre, don Fernando Morán al concluir unos acuerdos con su colega británico, dentro del inacabable contencioso de Gibraltar. Frente a la tozudez inglesa de negarse a plantear siquiera el tema básico de la soberanía del Peñón, el ministro español ofreció una penosa estampa de mansedumbre, accediendo a levantar las restricciones fronterizas vigentes desde los tiempos (tan bravos, en cambio) de Fernando María Castiella. Así, se volvió a abrir la famosa verja y sus consecuencias están a la vista: empobrecimiento fulminante del comercio en La Línea, Algeciras y Ceuta y saneados negocios, por el contrario, para los *llanitos,* en cuyas tiendas se dejan las divisas los turistas andaluces.

Curiosamente, la promesa de *apoyar a los pueblos que luchan por su libertad* la cumplió fervorosamente Felipe González, en el caso de Nicaragua, volcándose en favor del régimen sandinista, que tan férrea dictadura ejerce en aquella República. Muchos miles de millones de pesetas ha prestado el gobierno socialista español al presidente Ortega, recibido también en Madrid con pompa y boato, huésped distinguido de la Moncloa, mimosamente tutelado por el presidente de nuestro Ejecutivo, que no en vano tiene encomendadas por la Internacional Socialista, cerca de aquel país, funciones que se asemejan bastante a las de un *gauleiter.*

En contraste con las atenciones sin cuento tenidas con estos tres dictadores, la visita a España de Ronald Reagan en 1985 supuso una auténtica vergüenza nacional, que hizo sonrojarse a todos los ciudadanos medianamente serios. Una feroz campaña tolerada y aun auspiciada por el gobierno con absoluto descaro, en la que tuvo fundamental participación la televisión estatal, afrentó de forma lamentable la figura del presidente norteamericano, sin detenerse ante el insulto ni la ofensa soez. Semejante diferencia de trato con el representante de una democracia tan indiscutible como la de los Estados Unidos carecía de toda lógica, y dejó al descubierto en este caso la sumisión de los socialistas a las consignas antiamericanas de Moscú.

El sectarismo y la desfachatez de los telediarios alcanzaron aquellos días cotas indescriptibles. Era de ver y de oír al corresponsal en los Estados Unidos, Diego Carcedo, describiendo al presidente Reagan como personaje torvo, inepto y sin la menor asistencia popular. La tirria que este periodista le tiene a mister Ronald es visceral y hasta enfermiza; lo mismo intenta convencernos de que sus días políticos están contados, como nos lo presenta físicamente moribundo a causa de sus verrugas. Semejante fobia a Norteamérica por parte de TVE es constante, y conviene recordar la inmediata dependencia del medio del vicepresidente Guerra, su máximo controlador. También con ocasión de la gran bajada de la Bolsa de Nueva York, en enero de 1986, se cubrieron de gloria los informativos al anunciar la inevitable, la angustiosa y apocalíptica bancarrota de la economía USA, sumida en un desastre que iba a superar con creces la famosa depresión de 1929. Era tan trascendental (recalcaron) la noticia que la señorita Mateo la repitió al término del programa, con trémolos de angustia en la voz. Lo que se callaron fue que si las cotizaciones en Wall Street habían bajado 39 puntos, era porque en los días precedentes alcanzaron subidas espectaculares. De modo que la cosa no tenía importancia; ya se vio.

La política exterior del gobierno González ha estado marcada por las contradicciones, los renuncios y los desaires. Hasta el gobierno de Guinea Ecuatorial se permitió desafiar a España en el asunto del sargento Mikó, mezcla de drama y sainete, cuyo final nunca conocimos. Buques de la Armada francesa ametrallaron salvajemente pesqueros españoles sin que se les exigieran las explicaciones y las reparaciones mínimas. Igualmente belicosos, los agricultores de la *dulce* Francia se hartaron de volcar, incendiar y destruir camiones españoles, incluso después de nuestro ingreso en el Mercado Común. Un buque soviético hundió el pesquero español *Alcocó:* tres muertos y ninguna reacción oficial. Tampoco en las constantes agresiones de las patrulleras polisarias.

La presencia de nuestro país en la Europalia de Bruselas fue presentada por los medios informativos afines al PSOE como un grandioso éxito. Ciertamente, las riquezas artísticas presentadas causaron admiración, aunque también se produjera la extraña anécdota de la desaparición de uno de los cuadros expuestos, devuelto misteriosamente a los dos días. Lo que no se contó a la opinión pública fue que a los visitantes de la exposición se les entregaba un panfleto escrito en castellano, flamenco, francés, euskera, gallego y catalán que repartían los integrantes de la coral La Guineu, enviada oficialmente por el gobierno español para amenizar el certamen y, naturalmente, pagada por aquél.

En el panfleto, los coralistas catalanes dejaban constancia de que Europalia-85 *no es lo que debería ser,* ya que, según seguía explicándose en el texto multilingüe, la participación del *Estado Español* omitía la coexistencia, dentro del mismo, de diversas culturas, diversas lenguas y *diversas naciones*. Para demostrarlo, se incluía un curioso mapa de lo que, en otros tiempos, llamábamos España, con especial realce en negro de todo el litoral mediterráneo, desde Salses (Francia) hasta Guardamar (hoy, todavía Alicante). Debajo se especificaba, ya con todo detalle, el presunto territorio de los Països Catalans, que se adjudican una franja del sur de Francia, incluido Perpignan; las tres provincias valencianas; llegan por el Oeste hasta Fraga (no confundir con don Manuel), y por supuesto se zampan también las islas Baleares.

El demencial plano se completaba con una narración sui géneris de presuntos antecedentes históricos, comenzando en el siglo XI, para terminar expresando el deseo de los firmantes (la *coral* en cuestión) de *constatar delante del público europeo que visita esta Europalia, donde se nos presenta como una variante regional de una presunta «cultura española», nuestra condición de nación sometida, nuestra aspiración de ser, dentro de Europa, una nación libre.* Hay que imaginar la sorpresa de los visitantes ante semejante denuncia. Que fue pacientemente tolerada por los representantes oficiales en Bruselas del gobierno de la Moncloa y sobre la que ningún corresponsal de prensa ofreció la menor información a los españoles.

Semejante apología del separatismo (que, obviamente, vulnera el principio de la indisoluble unidad de España, prescrito en la Constitución y tantas veces glosado en sus discursos por S. M. el Rey) se repite con frecuencia, y no sólo a escala doméstica, sino en el extranjero. Además de este panfleto de Bruselas, pueden citarse varios casos similares. Uno de singular gravedad, pues se produjo en un folleto publicitario editado por el Departamento de Comercio y Turismo del gobierno vasco, que preside el presuntamente moderado señor Ardanza, y que comienza con estas palabras: *El pueblo vasco está establecido en varias regiones, impregnadas de una gran personalidad, que corresponden hoy a dos Estados: España y Francia.* El gobierno socialista de París reaccionó con presteza, protestando de que en el folleto se citara a Bayona y San Juan de Luz como si no fuesen municipios franceses. El gobierno socialista de Madrid no se dio por enterado.

Ni tampoco el fiscal general del Estado consideró oportuno intervenir (ni en la Moncloa hubo la menor conmoción) cuando el *New York Times* y otros periódicos norteamericanos insertaron una publicidad, también oficial, del gobierno de Vitoria (según ellos, Gasteiz) donde se dice: *Euzkadi, el País Vasco: la más antigua nación de Europa y la más joven de la CEE. Estratégica-*

mente colocada entre España, Francia y el golfo a
lector neoyorquino se habrá quedado convencid
nuevo país independiente y soberano ha surgido
Continente.

En fin, sigamos con las relaciones internacionale
notorio, a don Fernando Morán, el hombre de los
sustituyó en la cartera de Asuntos Exteriores, durant
parcial del verano de 1985, el incansable don Francisco
dez Ordóñez (*Pacordóñez,* para los amigos), otro singula
naje de nuestra fauna política. Presidente del INI durante el franquismo, ministro de Justicia y de Hacienda con la UCD de Adolfo Suárez, fugaz militante en un partido liberal, presidente después del Banco Exterior de España, se convirtió en socialista fervoroso y pasó a ocupar el palacio de Santa Cruz. Dicen de él los pijoteros a la antigua que cambia mucho de ideas; evidente falsedad. Está bien claro que su idea es siempre la misma: estar en el poder.

Con Fernández Ordóñez, la política felipista ha seguido la misma tónica que con Morán, pues resulta evidente que la orienta, la decide y la dirige el presidente del gobierno. Aunque se enfriaron los amores con Castro y al-Gadafi, los cuales pusieron muy difícil el mantenimiento público de la luna de miel, se reforzaron los lazos (y continuaron los créditos) con el dictador nicaragüense Ortega. Siguió la injerencia (muchas veces impertinente) en la política interna de aquellas naciones que, para las ideas del señor González, sí que son dictaduras, como Chile y Colombia. Las relaciones con la Unión Soviética y países del Este en general (que según esas mismas ideas felipistas no deben ser dictaduras) ni que decir tiene que se intensificaron con especiales y significativas muestras de cariño. Y como máximo logro de la diplomacia socialista, se establecieron relaciones diplomáticas con Israel. Todavía es prematuro (al menos cuando estas líneas se escriben) anticipar las consecuencias que semejante medida puede depararnos.

EL INGRESO EN LA CEE: «EL GRAN TRIUNFO»

Aunque ni que decir tiene que el *gran triunfo* del gobierno de don Felipe en materia internacional lo constituyó el ingreso de España en la Comunidad Económica Europea. Fue el éxito póstumo (políticamente, se entiende) del ministro Morán, sobre quien, de golpe y porrazo, dejaron de hacerse chascarrillos. La prensa il y dirigida echó las campanas al vuelo y, obviamente, ésta será la baza fundamental del PSOE en su próxima y ya cercana campaña electoral. Ríos de tinta, millones de palabras, secuencias y más secuencias de filmaciones televisivas fueron descargadas sobre el abnegado pueblo español, magnificando hasta el delirio la hazaña conseguida.

Una frase espectacular, al tiempo que absolutamente necia, se repitió por todos lados: *¡Ya somos europeos!* El rigor intelectual de don Julián Marías le obligó a refutar en seguida[39] tan palmaria insensatez: el ilustre discípulo de Ortega recordó a los amnésicos y a los enloquecidos que España fue Europa antes que ninguna otra nación del Continente y con especial mérito, pues pudo optar por aproximarse mejor a África.

El ingreso en la Comunidad suponía la culminación de más de veinte años de arduas negociaciones, en las que intervinieron ministros de dos regímenes distintos y de numerosos gobiernos sucesivos. Todos ellos, en mayor o menor medida, fueron poniendo los materiales para una obra que, en efecto, remataría la Administración socialista. Aunque, al decir de muchos expertos, con notoria precipitación, sensibles deficiencias y excesivas concesiones, contrarias a los intereses económicos de España, ya que la principal preocupación del gobierno del señor González no fue conseguir por fin la admisión de España en el Mercado Común, sino poder utilizarla como anzuelo fundamental en su propaganda de cara a las elecciones generales de 1986.

Muchos sectores agrícolas e industriales mostraron pronto su repulsa a las condiciones en las que se efectuaba la incorporación a la CEE; se anticipaba que la rama textil sufrirá en breve plazo un *choque brutal,* al desaparecer las medidas proteccionistas de que venía gozando.[40] Miguel Ramírez, coordinador nacional de política agraria de Alianza Popular, manifestaba en Valladolid (14 de enero de 1986) que *la entrada en tales condiciones en la organización comunitaria supone un durísimo golpe para el sector agropecuario.* Ha podido leerse que será preciso arrancar

39. En una conferencia pronunciada en el Club Siglo XXI, de Madrid, el 17 de enero de 1986. Días más tarde (el 4 de febrero) reafirmaba, en declaraciones a la agencia Colpisa: *España está en Europa desde antes de haber España. ¿Qué tiene que ver incorporarse a algunas instituciones europeas —que es lo que hemos hecho— con estar en Europa? Es una manera de decir muy incorrecta e impropia y muy desorientadora. Porque puede hacer pensar que antes no estábamos en Europa.*

40. *Diario Vasco,* 24 de diciembre de 1985. Abundando en semejantes criterios, el *International Herald Tribune,* edición parisién, escribía en febrero de 1986: *El sector textil español es muy probable que pierda el 20 por ciento de sus exportaciones, lo que acarrearía una pérdida de 100 000 puestos de trabajo. En la industria de bienes de equipo, la sacudida será mucho peor, puesto que el 50 por ciento de sus trabajadores están amenazados de perder el empleo.*

millares de olivares y de viñedos, ante la necesidad ineludible de reducir la producción de aceite y de vino. En estas primeras semanas de pertenencia al tan anhelado Mercado Común, es notoria la desorientación y aun las suspicacias de economistas y hombres de negocios. *Los españoles tienen miedo a su entrada en la CEE,* escribía un observador extranjero, el periodista francés Robert Lacontre.[41]

Claro está que un selecto lote de españoles está, por el contrario, satisfechísimo: son los *eurodiputados* y los funcionarios de la representación oficial en Bruselas y todos aquellos que, nombrados digitalmente desde la Moncloa, están ya cobrando sus correspondientes *eurosueldos*. Pero que la adhesión se ha llevado a cabo con indudables anomalías lo confirman algunos hechos incomprensibles: como que los emigrantes españoles no puedan todavía beneficiarse de las tarifas postales comunitarias, o que en el aeropuerto londinense de Heathrow continuemos siendo discriminados los españoles a la hora de utilizar sus puertas de acceso a la aduana. O que no cesen las agresiones a los transportes españoles de verduras en las carreteras y las estaciones de Francia.

Por supuesto que la integración en la Comunidad Económica era conveniente; habrá que pensar, sin embargo, que debió realizarse con mayores cautelas. El conocido empresario vasco Luis Olarra ha escrito, a propósito de esto: *Todo se ha supeditado al cálculo político una vez más. Pero el precio resultante será tanto, que muchos sectores perecerán por no poder soportar las condiciones pactadas.*[42] Por su parte, Emilio Romero comentaba:[43] *Estos tiempos próximos van a ser los que van a desvelarnos nuestra verdadera situación en la Comunidad Europea. Por lo pronto, empiezan a aparecer las alarmas respecto a la competencia de productos extranjeros importados en el mercado nacional. La primera reacción es una presión a la baja sobre los precios, y una reducción de los márgenes de explotación de las empresas. Las notas graves podrían ser el cierre de algunas y el paro correspondiente.*

Lo que sí notamos de modo inmediato, como fulminante consecuencia del acceso a la Comunidad, fue el ahogo de un impuesto europeo, el dichoso IVA. Que en todos los demás países comunitarios fue aplicándose de modo gradual, pero que la voracidad fiscal de los socialistas hizo que en España se impusiera de golpe y porrazo, sin el natural período de aclimatación. Ello

41. En *Figaro Magazine,* París, enero de 1986.
42. *España, diez años después de Franco,* AA. VV., Ed. Planeta, 1986, p. 111.
43. *Vamos a ver lo que nos va a pasar,* en el diario *Ya,* 23 de enero de 1986.

ha provocado una inmensa confusión, un tremendo desbarajuste, del que tardaremos tiempo en reponernos. También la picaresca nacional se ha aprovechado, para sacarle rendimientos particulares al *valor añadido*. En uno de sus delirantes arranques triunfalistas, el gobierno comunicaba, por la voz grave de Luis Carandell, en el último telediario del 2 de enero de 1986 (es decir, cuando apenas llevaba aplicándose 48 horas el IVA y con un día festivo para comenzar), que gracias al impuesto *se habían descubierto ya 25 000 empresas sumergidas*. Fue un éxito de risa.

Para consuelo de cristianos viejos, habrá que dejar constancia de que del *impuesto sobre el valor añadido* puede decirse que es la única fiscalidad que tiene patrono canónico: san Ivo, cuya festividad litúrgica se celebra por la Iglesia el 19 de mayo. En cuanto a que el ingreso en el Mercado Común suponga un *histórico triunfo,* que hay que abonar en cuenta a la gestión de don Felipe Gónzalez y su equipo ministerial, parece a todas luces una estimación excesiva. Incluso no faltan autores que mantienen el criterio de que para la economía española resultaba más beneficioso el Tratado Preferencial firmado por Alberto Ullastres con la CEE en 1970 que esta plena adhesión de ahora.[44]

«CULTURA EN LIBERTAD»

Justo es reconocer el gran despliegue de actividades culturales llevado a cabo por el gobierno socialista a lo largo de estos cuatro años de su legislatura. Con singular entusiasmo ha potenciado conciertos, exposiciones, concursos, manifestaciones escénicas, congresos, publicaciones, ferias literarias y filmotecas. Ha creado premios literarios, generosamente dotados con muchos millones. Muchos otros invirtió también en la publicidad de tales manifestaciones, para que el pueblo tomara conciencia de su interés. La consigna o el *slogan* bajo cuyas directrices desarrolla tan intensa labor ya es conocido: *cultura en libertad.*

Resulta, sin embargo, que semejantes alardes culturales, capaces, por supuesto, de deslumbrar a los ingenuos, parten de una absoluta y férrea politización. Tanto en la selección de textos como en la de sus intérpretes. Lo mismo en los criterios que se imponen a la hora de repartir subvenciones, que en los que determinan el otorgamiento de esos importantes premios. Hay

44. Federico Silva Muñoz, en *Razón Española,* núm. 14, 11 de diciembre de 1985.

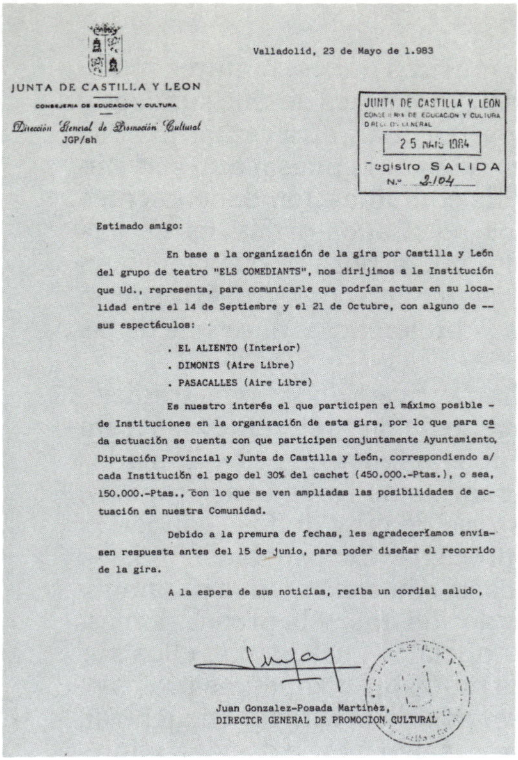

JUNTA DE CASTILLA Y LEON
CONSEJERIA DE EDUCACION Y CULTURA
Dirección General de Promoción Cultural
JGP/sh

Valladolid, 23 de Mayo de 1.983

JUNTA DE CASTILLA Y LEON
CONSEJERIA DE EDUCACION Y CULTURA
DIRECCION GENERAL
25 MAYO 1984
Registro SALIDA
N.º 2104

Estimado amigo:

En base a la organización de la gira por Castilla y León del grupo de teatro "ELS COMEDIANTS", nos dirijimos a la Institución que Ud., representa, para comunicarle que podrían actuar en su localidad entre el 14 de Septiembre y el 21 de Octubre, con alguno de sus espectáculos:

. EL ALIENTO (Interior)
. DIMONIS (Aire Libre)
. PASACALLES (Aire Libre)

Es nuestro interés el que participen el máximo posible de Instituciones en la organización de esta gira, por lo que para cada actuación se cuenta con que participen conjuntamente Ayuntamiento, Diputación Provincial y Junta de Castilla y León, correspondiendo a/ cada Institución el pago del 30% del cachet (450.000.-Ptas.), o sea, 150.000.-Ptas., con lo que se ven ampliadas las posibilidades de actuación en nuestra Comunidad.

Debido a la premura de fechas, les agradeceríamos enviasen respuesta antes del 15 de junio, para poder diseñar el recorrido de la gira.

A la espera de sus noticias, reciba un cordial saludo,

Juan Gonzalez-Posada Martinez,
DIRECTOR GENERAL DE PROMOCION CULTURAL

Comunicaciones como ésta se han enviado profusamente a municipios y comunidades autónomas, ofreciendo compañías y espectáculos teatrales de los «especialmente protegidos» para copar con ellos festivales, ferias y locales en general.

Donde mayores abusos se han cometido, donde los amiguismos se han llevado a cabo con un descaro absoluto ha sido en el cine, del que fue nombrada directora general la señorita Pilar Miró.

La inmadurez de semejante fauna política, su falta total del sentido del ridículo y su obsesión por el gigantismo, los alardes faraónicos y el desmadre pusiéronse de manifiesto con ocasión del fallecimiento del alcalde de Madrid, don Enrique Tierno Galván.

un catálogo de escritores adictos, músicos afines, pintores predilectos, intelectuales (?) bienamados, directores de cine sumisos y empresarios con carné, que se reparten una y otra vez las ayudas económicas, al tiempo que se benefician de la puesta a su servicio publicitario de todos los medios de comunicación dependientes del Estado. Suele ocurrir que los resultados artísticos de sus empeños fallen más de lo debido, y con pocas excepciones, el fracaso económico es total. Da lo mismo; no por eso el Ministerio que llaman de Cultura modifica sus preferencias ni se sale de las listas autorizadas.

En el teatro, por ejemplo, se han subvertido las más tradicionales normas. Así, se concede una atención preferente y se trata con mimo enternecedor a los grupos *amateurs,* a los llamados *talleres,* a las agrupaciones vanguardistas (más bien *progres*), que pasean por España un repertorio de muy dudosa calidad y, por lo común, absolutamente procaz e incluso blasfemo. Se lucran de subvenciones sustanciosas, son contratados por municipios y comunidades autónomas socialistas, y la prensa domesticada y los medios informativos oficiales vuelcan con ellos sus más encendidos elogios. Mientras tanto, las compañías profesionales, como muchos actores cargados de prestigio, encuentran serias dificultades para contratarse, salvo que se decidan a integrarse en el sistema. Se programa con abusiva reiteración a unos autores de clara filiación política, con olvido total de *los otros.* Y los premios se conceden y las glorias se reparten con unos criterios exclusivamente políticos también.[45]

Como el público no siempre se deja engañar (muchas veces, sí), buena parte de estas *muestras culturales* se representan en la más triste de las soledades sin que sus montajes lleguen siquiera a amortizarse. También puede ocurrir (caso de *Pablo Iglesias,* obra montada en homenaje al fundador del PSOE, glorificada, ensalzada, publicitada al máximo y que, pese a todo, no fue a ver

45. Al respecto, fue muy curiosa, a la par que expresiva, la reacción de la cantante Pilar Abarca, de la que se dijo en los papeles que estaba protegida por el PSOE. Lo negó con energía (*ABC,* 27 de enero de 1986), aunque reconociendo *estar incluida en la relación de artistas recomendados por la Comunidad Autónoma de Madrid para los festejos de verano.* Y agregaba: *Si era elegido alguno de ellos, podría gozar de una subvención (sic).*

Dato confirmativo: el muy socialista ayuntamiento de Gijón contrató al grupo Els Comediants, cabecera de la lista de *recomendados,* para actuar en los festejos del Antroxu de 1986. Y aprobó para ello un presupuesto de 3 115 000 pesetas, pese a que la consignación total prevista para las fiestas era de 4 000 000 nada más. Los artistas catalanes, ni que decir tiene, representarían por las calles *Dimonis,* esa obra que ya ha escandalizado por sus (presuntas) blasfemias e irreverencias a muchas ciudades españolas (*El Comercio,* 22 de enero de 1986).

El gran pintor Álvaro Delgado declaraba en *Ya* (2 de febrero de 1986): *Se está utilizando la cultura como baza política.* El hecho resulta, en efecto, palmario.

nadie) que los astutos empresarios, tras embolsarse la subvención estatal, dejen sin pagar la nómina de la compañía. El espectacular fracaso se repitió, meses después, con otra función hagiográfica, *Proceso a Besteiro,* que apenas duró tres semanas en cartel, no obstante su costoso lanzamiento. Está claro, pues, que al público le importan un rábano las recreaciones históricas de los apóstoles del PSOE.

Donde mayores abusos se han cometido, donde los amiguismos se han llevado a cabo con un descaro absoluto, ha sido en el cine, del que fue nombrada directora general la señorita Pilar Miró, conocida realizadora de películas. Recuérdese que su film *El crimen de Cuenca* estuvo secuestrado por la autoridad judicial, en virtud de querella interpuesta porque contenía presuntas injurias a la Guardia Civil. El Tribunal Supremo casó la sentencia y entonces pudo estrenarse, con un clamoroso éxito de público. Bien; pues la señorita Miró comenzó su labor administrativa publicando unas *nuevas normas* de protección a la industria, que ésta rechazó en gran parte, aunque los turiferarios y acólitos de doña Pilar reaccionaron con presteza, lanzando una campaña de frenéticas exaltaciones y presentando el invento como modélico, ejemplar e inmejorable.

El sistema de protección tenía, sin embargo, poco de original; era una copia mala del promulgado veinte años atrás por José María García Escudero, y entregaba la concesión de ayudas económicas (hoy indispensable para poder realizar una película) a una comisión integrada, naturalmente, por funcionarios ministeriales y profesionales con carné. Los cuales repartieron a manos llenas los millones entre los adictos, sin preocuparse siquiera de guardar las formas. Así, se benefició de una de las primeras subvenciones el ex ayudante de dirección de la señorita Miró, Miguel Ángel Díez; poco después, uno de los miembros del organismo repartidor o Subcomisión de Valoración, Fermín Cabal, recibía también la subvención, y otro integrante de la misma, Carlos Orengo, intervenía consecutivamente nada menos que en tres películas subvencionadas.

Un 80 por ciento de las películas producidas en este período no consiguieron amortizar siquiera la mitad de las subvenciones recibidas, al constituir tremendos fracasos comerciales. El escándalo fue tan grande, que el 16 de octubre de 1985 la señorita Miró tenía que comparecer ante el Congreso de los Diputados para responder a las imputaciones que le efectuaba el diputado de la Oposición Gabriel Camuñas. Quien la acusó de *amiguismo* y *dirigismo* en el desarrollo de su política cinematográfica, con cita expresa de títulos y directores que se habían beneficiado de la generosidad estatal, sin más razón aparente que el ejercicio intensivo de un nepotismo descarado.[46] También aludió a los costosos viajes realizados por doña Pilar y una elegida corte de fieles seguidores, con el pretexto de *difundir el cine español por el mundo,* aunque ese mundo fuera, por ejemplo, Bombay, donde ni siquiera los films norteamericanos tienen buena acogida, pues el 98 por ciento de las películas que se exhiben en la India son nacionales.

La directora general trampeó como pudo las imputaciones, apelando incluso a ejemplos cuya falsedad se demostró bien pronto. Lo cierto era que entre 1982 y 1984 el número de películas españolas producidas había descendido en un 51,30 por ciento (de 146 a 75), y más todavía bajó la asistencia de público a los locales cinematográficos, hasta el punto de que el Ministerio (llamado) de Cultura llevó a cabo una campaña publicitaria por la televisión, incitando a la gente a ir al cine. ¿Y quién iba a ser tan entusiasta que se metiera a ver cualquiera de aquellas cintas, pretenciosas, politizadas hasta la náusea, aburridas y malas que habían realizado los protegidos de la señorita Miró, a costa del dinero de todos los contribuyentes? Naturalmente que también hubo algunas buenas y hasta excelentes, pero fueron la excepción.

Aunque el error más grave de doña Pilar, su más incalificable olvido, fue el de no reparar en que con la entrada de España en el Mercado Común se hacía forzoso cambiar de arriba abajo la vigente legislación cinematográfica, que contempla discriminaciones y privilegios en favor de los films nacionales, incompatibles ahora con las normas comunitarias. Así, cuando el primero de enero de 1986 se llevó a cabo la plena adhesión de nuestro país a la CEE, la industria del cine no tenía prevista medida alguna que le garantizara su supervivencia. Entonces, la señorita Miró tomó una decisión heroica: dimitir. Arguyó que le ilusionaba mucho llevar a cabo su viejo proyecto de un *Werther* a su manera y dejó la Dirección General (o Instituto de Cinematografía) en plena hecatombe.

46. Según una resolución del Servicio de Recursos de la Subsecretaría del Ministerio de Cultura de 23 de enero de 1986, dictada en el expediente 666/85, considerando 4.º, *las subvenciones siempre se han calificado como actos discrecionales y es precisamente su discrecionalidad lo que constituye el elemento definidor y característico de toda clase de subvenciones, de tal forma que el criterio de la decisión misma es discrecional,* de lo que resulta *la facultad que asiste a la Administración en esta materia, tanto para otorgar o denegar, como para fijar el contenido preciso del acto de subvención.*

Por supuesto que la primera premisa es falsa, pues muchas subvenciones son concedidas por la Administración atendiendo a factores objetivos; pero en todo caso, las concluyentes manifestaciones de la resolución en cuanto a la interpretación de la *discrecionalidad,* obviamente dejan expedito el camino para toda clase de cacicadas y favoritismos: como así ha venido ocurriendo.

La *cultura en libertad,* preconizada por el PSOE, está siendo eso: un alarde de medios económicos puesto al servicio de campañas ideológicas concretas. A veces, el gasto se justifica, porque en el teatro y en la literatura y en el cine y en el arte abundan, por supuesto, las gentes con talento que, además, son socialistas. Pero en la mayoría de los casos el despilfarro resulta penoso. Y siempre debe indignar la constante discriminación, la indisimulada marginación de autores, músicos, intérpretes, cineastas que han pasado a la más negra de las listas oficiales y de cuya obra, por importante que sea, jamás se hace siquiera referencia.

Aunque se trate, por ejemplo, de José Luis Garci, el único director español que ha conseguido un Oscar en Hollywood, premio a su película *Volver a empezar.* Por enfrentamientos personales con la señorita Miró, por divergencias políticas (Garci pertenece al PCE), por las oscuras razones que fueran, cuando después de su éxito universal solicitó la protección para su película *Sesión continua,* le fue concedida en la cuantía mínima y con rebaja del presupuesto. Lógicamente indignado, Garci reaccionó con energía, publicando varios artículos en los que demostraba los nepotismos y arbitrariedades que jalonaban la gestión de la señorita Miró. Y anunció que renunciaba a seguir dirigiendo películas, decisión que, por desgracia para la producción nacional, ha mantenido hasta el presente.

Con la misma cicatería, concedió la entonces directora general una subvención, también mínima (doce millones de pesetas), con presupuestos recortados, nada menos que a Rafael Gil, uno de los más ilustres realizadores del cine español, garantía siempre de buen rendimiento comercial en todos sus films. Con singular descaro (y antes de que la ridícula ayuda fuese notificada) semejante subvención sirvió de argumento a la señorita Pilar para defenderse de las acusaciones de *amiguismo* que, como antes dijimos, le efectuó en el Congreso el diputado popular Gabriel Camuñas. Para entonces, y en clamoroso contraste, había despachado una subvención de 150 millones de pesetas en favor del film *El caballero del dragón,* obra de uno de sus más dilectos protegidos y que ha constituido un estrepitoso fracaso en su estreno.

El resumen de la política presuntamente cultural desarrollada durante estos años del *cambio* puede reflejarse en la certera frase de Rafael Pérez Escolar: [47] *la contracultura se ha vestido de cultura.* Pues, en efecto, a falta de un auténtico rigor en la aplicación del concepto, *lo que se desparrama por doquier* (y sigo con el mismo autor) son *verbenas, cascabeladas, romerías, dominga-*

47. *La herencia de un intelectual,* 28 de enero de 1986.

das, retretas y mojigangas que pretenden embelesar por la vía de la evasión a un pueblo angustiado por problemas candentes —la inseguridad, la droga, el paro—; a un pueblo a quien se ha dado circo a falta de pan.

EL CAOS ECONÓMICO

No es éste un estudio técnico; en realidad, sólo pretende abocetar los más relevantes perfiles de la España gobernada por el socialismo del señor González, coloreando con especial intensidad aquellos que me parecen dignos de mayor atención. Y que más inmediatamente afectan al ciudadano medio, al *español-de-a-pie* que trabaja, sufre, paga impuestos, se divierte a ratos y después vota, olvidándose en demasiados casos de las experiencias padecidas. Al hablar, pues, del caos económico, procuraré hacerlo brevemente y con el menor empacho posible de tecnicismo. Aunque, de forma inevitable, tendré que acudir a las estadísticas, a los datos numéricos. Me horrorizan; pero en este apartado resultan indispensables.

Como síntesis dramática de la situación, puede valer la declaración de la Comisión Episcopal de Pastoral Social de 25 de setiembre de 1984, en la que se afirmaba: *La verdad desnuda es que España, hoy, es más pobre que hace diez años, en una proporción aproximada al 20 por ciento. Las diferencias entre pobres y ricos son ahora mayores que entonces.* ¿Y cómo no iba a suceder así, si en 1975 el número de parados era de 256 571 (1,91 por ciento de la población activa) y en el segundo trimestre de 1985 la cifra había aumentado nada menos que hasta 2 892 200, equivalente al 21,9 por ciento de esa misma población? La hipertrofia del sector público ha sido nota destacada de estos años; si en 1973 los ingresos y gastos totales de todas las administraciones públicas estaban equilibrados en 922 800 millones de pesetas, en 1984 el gasto total no financiero de esas administraciones ascendió a 9 720 700 millones de pesetas, lo que representa el 38 por ciento del producto interior bruto (PIB); el déficit público alcanzó la cifra de 1 238 300 millones. La posición deudora neta de la economía española frente al exterior se cifraba en 1984 en 32 179 millones de dólares, en tanto que el nivel de reserva de divisas era de 15 788 dólares: menos de la mitad de nuestro endeudamiento exterior.[48] La pérdida del valor adquisitivo de la

48. Laureano López-Rodó, en *España, diez años después de Franco,* Editorial Planeta, p. 101.

peseta, consecuencia de la inflación (que fue del 12 por ciento en 1983) supone que una peseta del año 1984 equivale a 0,19 pesetas del año 1973.[49]

Bajo el gobierno socialista, la ruina de las empresas públicas ha ido en aumento aceleradamente. Las propias previsiones de la Administración fijan sus pérdidas para 1986 en 109 500 millones de pesetas. En cabeza del desastre se encuentran Renfe, Iberia y, en general, la mayoría de empresas del INI.[50] Pero los *números rojos* aparecen también en buena parte de las demás. Así, en 1985, y entre los tres fabricantes españoles de vehículos industriales pesados (camiones de más de nueve toneladas), no vendieron más de 3 500 unidades; en 1974, las ventas habían pasado de 20 000.[51] También ese año se batieron todos los récords en el descenso de fletes. Y la flota mercante española, que en 1978 arrojaba un TRB de siete millones y medio, había descendido a poco más de cinco.[52]

Componente decisivo del problema económico nacional es la baja situación de nuestros niveles de productividad. Según reciente estudio del Dresdner Bank, entre los doce países industrializados con los que mantenemos la mayor parte de nuestro comercio exterior, España ocupa el último lugar por el valor producido en hora trabajada: un 52, frente a 134 los EE. UU., 95 Francia, 88 Japón, 72 Italia y 64 el Reino Unido. En cambio, con este último país y Suecia, figura España en cabeza de las naciones con mayor salario por unidad producida: es una consecuencia lógica de lo anterior. De ello parecen no enterarse las llamadas *grandes centrales sindicales*, que a pesar de tan dramática realidad todavía insisten en reducir a 35 las horas de jornada semanal y en solicitar constantes alzas de salarios.

La Confederación Española de Organizaciones Empresariales del Metal (CONFEMETAL) denunciaba, en enero pasado, que los impuestos crecían más que la producción. Pues la poltica fiscal está alcanzando cotas insuperables para muchos pequeños y medianos empresarios y no se diga para los ejercientes en profesiones liberales, acosados no sólo por la Hacienda Pública, sino también por la insaciable gula de los municipios y las comunidades autónomas.[53]

49. *Informe Económico 1984,* del Banco de Bilbao.
50. Carmen Tomás, en *Ya,* 6 de enero de 1986.
51. *Actualidad Económica,* 13 de enero de 1986.
52. *Cinco Días,* 18 de enero de 1986.
53. Una sentencia del TC declaró nulos los recargos municipales sobre el IRPF, institucionalizados por el ministro Boyer. En consecuencia, 416 ayuntamientos tendrán que devolver unos 11 000 millones de pesetas.

En fin: creo que no merece la pena insistir más en hecho tan evidente como el del caos económico de la España socialista. Todos somos testigos diarios del creciente e imparable deterioro de la riqueza nacional, que ha hecho descender a nuestro país diez puestos en la relación de los más industrializados y que afectó también a la *renta per cápita* de los ciudadanos, inferior hoy a la de 1975. Como fórmula muy eficaz para paliar semejante desastre, el gobierno del señor González no dudó en manipular determinadas estadísticas o en privar del acceso a sus fuentes de datos a la Oposición. Durante el verano de 1985, actualizó (según dijo) el sistema de cálculo de los índices de los precios de consumo. Tan rara astucia le permitía declarar después que su aumento durante el mes de diciembre había sido tan sólo de un 0,4 por ciento. Lo cual contradice la lógica, como también las tradiciones todas del mundo entero, que acreditan (por razones elementales) que el último mes del año es siempre el de mayor encarecimiento en estas partidas. Pero se trataba de convencer al abnegado personal de que la inflación en 1985 apenas había rebasado las previsiones oficiales, y el ministro de Economía no vaciló en facilitar tan sorprendentes estadísticas.

La capacidad de fabulación de *estos chicos*, como también los llamaba el difunto Tierno Galván, no tiene límites. Lo mismo que su proclividad al desmesurado gasto público, razón básica de los déficits acumulados del Estado. Un extranjero, Robert Lacontre, enviado especial a Madrid del *Figaro Magazine*, escribía en enero último, como resumen de la situación económica de España al entrar en el Mercado Común: *Crecimiento cero; inflación, 8%; paro, 22%... Un 80% de los jóvenes están sin trabajo y desembocan en el mercado de trabajo cien mil por año. Un español de cada cinco está en paro... El troceo en 17 regiones autonómicas multiplica el número de funcionarios y cuesta a los contribuyentes 85 000 millones de francos al año (unos 1,7 billones, traducido a pesetas)... El favorito*[54] *de Willy Brandt en la Internacional Socialista se ahoga en las dificultades... El poder socialista ha decapitado a la diplomacia española, colocando a los «compañeritos» en los puestos clave...*

La consecuencia que extraía el corresponsal (a quien no hay que suponerle, imagino, dependencias de la derecha española) era que en nuestro país, *después de mil días de poder socialista, la angustia.*

Así de claro.

54. *Chouchou* en el original.

Cierto que los diez millones de votos confirieron a los socialistas la teórica representación del pueblo español, pero éste ha venido clamando después contra muchas de las leyes aprobadas.
(Manifestación contra la LODE, en diciembre de 1983.)

¿De qué sirvieron las movilizaciones populares, promovidas por esa entusiasta mujer que es Carmen Alvear, cabecilla fervorosa en la defensa de los derechos de padres y educadores, conculcados por la legislación del ministro Maravall?

¿Qué lograron los cientos de millares de obreros reconvertidos con sus marchas, sus concentraciones y sus conciertos de cacerolas y sus asambleas y sus huelgas de hambre?

UNA DEMOCRACIA CON DICTADORES DENTRO

Me permito tomar el titular de Emilio Romero, que con él abría una de sus diarias crónicas políticas,[55] para enjuiciar los modos autoritarios, despóticos en ocasiones, con que vienen actuando los socialistas desde que se instalaron en el poder, y voy a basarme fundamentalmente en opiniones ajenas, que las mías podrían estimarse viciadas de parcialidad, aunque bien sabe Dios que procuro embridar los sentimientos y potenciar la objetividad cuando me enfrento con la realidad cotidiana de mi patria y tengo que contarla. Bien, pues en ese artículo escribía el ilustre maestro de periodistas:

En una democracia no caben las dictaduras, porque atentan a la esencia misma del régimen político, aunque los dictadores de las varias especies pueden asomar bajo la enramada legal. Estamos delante de una situación en la que están proliferando los dictadores y los déspotas, cubriéndose bajo la tela de araña de la mayoría, o del poder asignado por el sufragio universal. Parece que los viejos hábitos no se extinguen y únicamente aparecen camuflados, pero existen. Podría decirse que aquel régimen cambió el país con modos políticos no aceptables, y ahora se ponen en ejercicio modos autoritarios de comportamiento, sin que veamos los cambios a favor de los españoles por ninguna parte.

La gran ambición de nuestra clase política contemporánea es el poder. Esta ambición se ha correspondido siempre con nuestros políticos, pero nunca en los grados actuales. A lo largo de todo el siglo XIX y en el primer tercio de este siglo la ambición política tenía altas dosis de idealismo y de romanticismo. Pero el poder ahora no es una ambición romántica, sino una forma de instalación social. Las vanidades juegan un papel mayor que los fervores ideológicos y políticos. En esta situación, el gran objetivo es el poder, y a continuación hay que conservarlo al precio que sea. En el caso concreto de nuestro socialismo, las cosas son más dramáticas, porque una buena parte de nuestros dirigentes socialistas no tenían una vida profesional brillante. Habían salido de la Universidad hacia la lucha política y no se habían cuidado de ser buenos abogados, buenos médicos, buenos ingenieros o buenos investigadores. A todo esto, se añadía el acompañamiento popular del socialismo en ese ancho mundo de los «desheredados». El descubrimiento del poder por esta gente ha sido el maná. Primero era la ilusión de conquistarlo y ahora la de mantenerlo. Este dramatismo social no se produce en la Europa democrática,

55. *Ya*, 15 de enero de 1986.

con una clase política bastante profesionalizada. Las alternativas de poder en Europa son fáciles y sin graves consecuencias. Es hasta una exigencia indispensable de la buena salud democrática. Pero el socialismo español es otra cosa. Una vez que han gozado del poder, con tantos enchufes y canongías, ¿qué podrían hacer fuera, si regresaran a la oposición? A esto no está acostumbrado todavía nuestro socialismo. Su primera ascensión al poder mayoritario, desde hace más de cien años, ha sido ésta. También sería la primera vez si un día regresara a la oposición. En estos trances la obtención y el mantenimiento del poder alcanza situaciones de tragedia griega. Éste es uno de los problemas más serios de nuestra democracia.

Resulta curioso (y, por supuesto, altamente significativo) comprobar cómo todos los comentaristas políticos, aun los situados más a la izquierda, resaltan de continuo esta morbosa delectación del PSOE hacia el mando, esta sorprendente caída de los (presuntos) herederos de Pablo Iglesias en los más clásicos y denostados vicios de los gobernantes autocráticos. Pablo Sebastián, director entonces del semanario *Interviu,* escribía en su periódico, el 6 de enero de 1986:

Las cosas están mal, pero pueden empeorar. Yo, de todas maneras, deseo que mejoren y espero que el horizonte de Europa que se abre el día uno de enero de 1986 no se vea nublado por la ambición de quienes piensan que la permanencia en el poder es un objetivo más urgente e importante que el propio respeto de las libertades democráticas.

Otro periodista de bien acreditado talante liberal y brillante pluma, Lorenzo López Sancho, comentaba en su «Planetario» de *ABC* (10 de enero de 1986), a propósito de la *angustia* de los españoles actuales:

¿Estamos angustiados? Unos, sí; otros, no. La escala de las opiniones va desde el doctor del Sol, que angustiado por la política del ministro señor Lluch se suicida, a la del nuevo jerarca innominado, que descubre los placeres de las corbatas de Celine y del caviar iraní.

Este personaje del *jerarca innominado* es una de las más curiosas aportaciones del socialismo a la vida política española. Fascinados por un mundo que ni siquiera eran capaces de intuir, *estos chicos* han dado rienda suelta a su entusiasmo de nuevos ricos y, en efecto, ahora se perecen por las elegancias en el vestir, las exquisiteces en el comer y toda la extensa gama de lujos sociales. Dejan en mantillas a aquellos *estraperlistas* de los años cuarenta, que también descubrieron los encantos de la buena vida y derrochaban sus ganancias ilícitas en las veladas erotizadas de Rigat o Pasapoga. Pero ellos, al menos, se gastaban un dinero que era suyo, con independencia del modo irregular como lo hubiesen obtenido. En cambio, los jóvenes y deslumbrados políticos de ahora satisfacen buena parte de sus caprichos con cargo a los presupuestos generales del Estado. O sea que les pagamos su tren de vida fastuoso entre todos los contribuyentes.

También de izquierdas, también indiscutiblemente entusiasta de la verdadera democracia, también escritor espléndido y lleno de desengaños, Antonio Burgos lamentaba en su «Recuadro» de *ABC* (13 de enero de 1986):

Lo malo no es lo granujas que son, sino lo pronto que han aprendido a serlo.

Es natural que el periódico más opuesto a la política del gobierno, *El Alcázar*, cargue las tintas en sus críticas. Escribía G. Campanal, en su diaria sección «La casa de cristal», el 1 de febrero de 1986:

Sólo tenían resentimiento y envidia. A Tierno lo enterraron como a una reina, Barranco se puso el collar que inventó Arias, Leguina abrió un palacio en la Puerta del Sol, González se construye un palacete en Baleares y se amonta *en el* Azor, *Guerra desaloja aviones para él y su séquito, Castellano luce los odiados velillos y puñetas. Y el señor Peces-Barba se construye un templo faraónico para la total sacralización de la casta política, de la que se erige sumo sacerdote, y mata un barrio noble para que el Parlamento le cueste al Estado unos miles de millones más y los señores parlamentarios tengan vivir de cinco estrellas y ambiente de gobernante centroamericano, según el modelo clásico: lujo y fausto en palacio; zocos y mendigos alrededor.*

En la «Crónica de España», del mismo periódico, Juan Blanco (4 de enero de 1986) les decía todo esto:

Un escándalo más, por incompetencia de la muchachada, a añadir a los Flick, los Flock, los negocios de Murcia, el expolio y venta posterior de Rumasa, las promesas incumplidas, el asalto político a la Justicia, la trituración de los ejércitos, las incompatibilidades, no en la política, por supuesto, las jubilaciones antici-

padas de quienes molestan, los abortos y los «centros de planificación familiar», las votaciones presidenciales del Tribunal Constitucional, el giro de la OTAN, la dedocracia institucionalizada y el nepotismo. ¿Y éstos son los de la ética, la honestidad y los cien años de honradez? Pues que baje don José María el Tempranillo y los Siete Niños de Écija y lo vean.

Un socialista *histórico,* el abogado Pablo Castellano, diputado a Cortes, presidente de la Comisión de Justicia del Parlamento, nombrado miembro del Consejo General del Poder Judicial en la toma por asalto de este organismo, opinaba, pese a todo, con esta crudeza sobre los rumbos del PSOE en el gobierno: [56]

Hablar hoy día de socialismo y clase trabajadora está demodée, *porque no está en la modernidad. Yo estoy en la del siglo XIX, pero otros están descubriendo la moda del XVII y por ese camino descubrirán la de los Tercios de Flandes... Si Pablo Iglesias viviera hoy, estaría preocupado porque con el nombre de la izquierda se haga una política de derechas y porque la democracia española se haya convertido en una democracia delegada, ni representativa ni participativa... Recordar hoy la declaración de principios del PSOE produce rubor y debe parecer un sarcasmo a la luz de lo que estamos viviendo.*

Volvamos a Emilio Romero, que hacía la siguiente síntesis de la actuación política de los socialistas en *Interviu* (4 de enero de 1986):

Lo que sucede es que son una clase social y no solamente un partido y se han instalado en el Estado con ilusiones de botín. El carnet ha sido una credencial y el socialismo es una verdadera fuerza de ocupación.

La inmadurez de semejante fauna política, su falta total de sentido del ridículo y su obsesión por el gigantismo, los alardes faraónicos y el desmadre, así como la constante utilización propagandística de todas las situaciones, en íntima asociación con los tonos cutre, de infinita cursilería, que suelen adornar sus realizaciones, pusiéronse de manifiesto en ocasión del fallecimiento del alcalde de Madrid, don Enrique Tierno Galván, en enero de 1986. Apoderáronse de su figura, muy digna de respeto, para explotarla inicuamente, en una farsa con proyección electo-

56. Declaraciones en Palma de Mallorca a la Agencia EFE, 3 de enero de 1986.

ral tan lamentable como vergonzosa. A propósito de la cual, Ramón Pi decía en *Época* (3/9 de febrero de 1986):

Con lo que muy pocos contaban era con las desmesuras esperpénticas protagonizadas por unas esferas oficiales que han perdido notoriamente el sentido del ridículo. El entierro realizado con materiales de guardarropía; los empellones por figurar en los primeros lugares del cortejo fúnebre, siempre más propicios al encuadre de las cámaras de la televisión; la insólita visión de un cadáver con gafas (!) y otras muestras del más carbonizado humor negro, como el intento de algún genio de pedir caballos a la cuadra Mendoza (cuadra de caballos de carreras, como todo el mundo sabe) para el tiro de la disparatada carroza funeraria... Todo eso forma una especie de aguafuerte entre macabro y propio de La niña de luto, *absolutamente desalentador.*

Porque no se trata únicamente de una cuestión de estética, ni de la desgraciadísima ocurrencia de haber confiado, como se dice, la responsabilidad de la organización del entierro a ese personaje inenarrable que se llama Lluís Reverter. Se trata de comprobar cómo en los sectores supuestamente responsables se está perdiendo todo asomo de espíritu crítico o, al menos, autocrítico. Los mismos que se reían sotto voce *—no había otro modo de hacerlo— de los aspectos grotescos del franquismo... son ahora los que contemplan impertérritos, y hasta con cara de solemnidad, estos excesos de opereta que ni Tierno merecía, ni el pueblo de Madrid esperaba para nada, ni el decoro público se supone que podría consentir.*

Cuando cosas como la vivida la última semana pueden ocurrir sin que se levante una oleada de indignación, aunque se traduzca en carcajadas y epigramas sarcásticos, es que se está llegando a una situación de aceptación de la indignidad, cuando menos en las formas. Y de las formas a los contenidos hay un solo paso, y eso es altamente alarmante.

Alejandro Muñoz Alonso, catedrático de Opinión Pública, denunciaba [57] que, desde el acceso al poder del gobierno socialista, la democracia española es menos sólida que en 1982 y analizaba así la situación del país:

Unas instituciones cada vez menos independientes, unas entidades profesionales y privadas sometidas a presiones casi insoportables, un sutil ambiente de temor ante las posibles represa-

57. *Democracia bajo mínimos,* 10 de enero de 1986.

lias de un poder tan enorme y que, como todo poder, tiende al abuso. En suma, una democracia enferma, donde el ejercicio de algunas libertades empieza a tener ribetes de heroísmo, especialmente para ciertas categorías de ciudadanos.

El Parlamento se ha convertido en una mera Cámara de registro, en una correa de transmisión de la omnímoda voluntad de la mayoría socialista. Su misión ya no es otra sino poner el sello legitimador a los deseos del Poder.

Es ésa una palmaria realidad que, sin embargo, el PSOE parece ignorar. Desde el presidente del gobierno a cualquiera de los jefes y jefecillos de la extensa y bien dotada burocracia socialista, todos hablan de las decisiones parlamentarias con cínica gravedad, como si creyesen, en serio, que responden plena y auténticamente a la *voluntad popular.* Cierto que sus diez millones de votos les confirieron la teórica representación del pueblo español; pero éste ha venido clamando después contra muchas de las leyes aprobadas en las Cortes, en ocasiones tan masivamente (LODE, aborto, atribuciones) que ignorar tal rechazo multitudinario, repitiendo el sonsonete de que la hegemonía del partido gobernante fue consecuencia de las urnas y sin matizar el papel de las minorías en una auténtica democracia, supone un colosal fraude político.

El Parlamento actual cumple, en efecto, una tarea rutinaria, de refrendo inevitable de la voluntad del gobierno. Descartada la posibilidad de que ningún proyecto de ley por aquél presentado vaya a ser rechazado, las sesiones carecen de todo interés; quizá por ello buen número de *padres de la Patria* se desentienden de los debates dejando el hemiciclo en triste soledad mientras los diputados de turno cubren el requisito formal (e inútil) de hablar en pro o en contra. Después, a la hora de votar, se anima la sala, pulsan obedientes sus botones y los 202 *síes* de rigor consagran oficialmente la norma. Entonces, el señor Peces-Barba, con divertida solemnidad, da cuenta de los resultados de la votación, como si en algún momento alguien hubiese podido dudar de ellos.

Otro comentarista relevante, el abogado Ramón Hermosilla, destacaba[58] que el PSOE había incumplido los dos objetivos básicos que esgrimió en su propaganda electoral: la salida de la OTAN y la entrada al trabajo de los 800 000 españoles que carecían de él. También se refería a cómo *de la predicada austeridad exigida a los dirigentes públicos,* que tanto reclamaron a los demás, habían pasado a *hacer escarnio de sus propios dichos, en*

58. *Perspectivas 1986,* 12 de enero de 1986, en *ABC.*

cuanto han alcanzado a su vez el solio gobernante. Éstas eran sus conclusiones:

El catastrofismo no es un invento maniqueo de la oposición, sino el juicio objetivo que merecen hechos innegables en los que convergen conductas torpes, errores crasos, desaciertos gubernamentales y legislativos patentes. España está mal gobernada, los asuntos públicos se hallan mal dirigidos, este vehículo en el que todos viajamos aparece mal conducido.

Sin embargo, al gran *chauffeur* (o al gran mecánico, como suele decirse ahora) se le antoja que todo funciona admirablemente. En este sentido, la actitud del señor González y su equipo es de una prepotencia constante y absoluta; al tiempo que revela un desprecio total hacia las críticas y aun las opiniones contrarias. *Pasan* de ellas con la sonrisa en los labios, sin importarles un ardite ni las razonadas censuras que los más destacados personajes de la vida española les dedican, ni siquiera las cada vez más frecuentes muestras exaltadas de protesta, a cargo de su propio electorado: trabajadores de Astano y de Altos Hornos del Mediterráneo y de Hunosa y de Corberó y de la Compañía Telefónica (víctimas éstos de una incalificable reducción en su sistema de previsión: como tantos y tantos mutualistas y jubilados de distintos sectores). Les da igual; ponen el rodillo en marcha y continúan avanzando, impávidos, hacia las metas políticas que se trazaron. En el camino, por supuesto, van quedando despojos de la riqueza nacional, de la prosperidad de los ciudadanos y aun de bastantes ilusiones almacenadas por los votantes de buena fe.

Tal es el inmenso fraude, la colosal engañifa del *cambio,* el jaleado programa socialista de gobierno, recogido en aquellas famosas *cien medidas,* de las que ni una sola de las fundamentales ha sido cumplida, ni siquiera en parte. Pues a pesar de ello, se los oye hablar, se les lee, se los ve por la televisión y rebosan felicidad y optimismo. Están convencidos de presentarse ante el pueblo con la conciencia tranquila por el deber cumplido. No se sabe qué sorprende más en ellos: si su desparpajo o su inconsciencia. En algunos, por supuesto, lo que se manifiesta, sin lugar a dudas, es un cinismo abrumador. En casi todos, la seguridad con la que mienten, el descaro con el que explican una versión de la situación española que nada tiene que ver con la realidad. Es sabido, por otra parte, que los grandes mentirosos terminan por creer en sus propios embustes.

¿Será necesario que diga que escribo todas estas cosas, que aporto todos estos datos, que recojo tantas opiniones ajenas y cuento corruptelas, abusos y crasos errores políticos con el profundo convencimiento de que ello no servirá absolutamente para nada? La crítica a la gestión del gabinete socialista del señor González, por fundamentada que esté, por constructiva que pretenda ser, por muy honestamente que se realice, está condenada siempre al cesto de los papeles. ¿De qué sirvieron las movilizaciones populares, promovidas por esa entusiasta mujer que es Carmen Alvear, cabecilla fervorosa en la defensa de los derechos de padres y educadores, conculcados por la legislación mendaz del ministro Maravall? ¿Y las ruidosas protestas corporativas de médicos, arquitectos, ingenieros y abogados contra las medidas degradatorias para sus oficios, acordadas por el gobierno? ¿Ha tenido la menor consecuencia práctica el masivo repudio de la programación, orientaciones partidistas y corrupción moral de RTVE? Los cientos de millares de obreros *reconvertidos,* ¿qué lograron con sus marchas y sus concentraciones y sus conciertos de cacerolas y sus asambleas y sus huelgas de hambre?

Todo da igual; todo es clamar en el desierto. Anticipo el destino de este libro: ser silenciado rigurosamente por la inmensa mayoría de los medios informativos vinculados, en alguna medida, con el gobierno. Quizá algunos pocos se ocupen de él: para descalificarlo de arriba abajo, aunque sin aportar argumentos contrarios a los míos. Aludirán, según costumbre, a esos tópicos desacreditados y necios que, sin embargo, repiten monorrítmicamente en casos similares: desestabilización, posturas *fachas,* cerrilismo antidemocrático, nostalgias caducas. Son las majaderías que estoy acostumbrado a escuchar. Carecen de la más mínima base, pero forman parte de una táctica antigua y eficaz: evitar con el escarnio y el presunto desprecio la exigencia mucho más honrada de rebatir dialécticamente las imputaciones que se les hacen.

Tengo la experiencia de otro libro, en cierta medida similar a éste, mi *¡Viva Franco! (con perdón),* editado en 1981. Un silencio sepulcral acogió su salida; cuando algunos pocos lo comentaron, lo hicieron para cubrirme de dicterios, aunque ninguno intentó siquiera refutar mis juicios, ni, por supuesto, desmentir datos, informaciones y citas históricas. Aquel libro está hoy en 130 000 ejemplares; sus reediciones son constantes. Ello demuestra que, por encima de consignas y campañas, se mantiene en buena parte de los españoles una intuición clara que les permite adivinar dónde está la verdad.

Otros hay, por el contrario, que permanecen ajenos a las cuestiones nacionales, inhibidos de los dramas del país, atentos tan sólo al mantenimiento de su vida vegetativa, por hueca y estéril que resulte. Diríase de ellos que transitan por un predio extraño, sin importarles que el fuego o el granizo estén devastando su riqueza, como si su única preocupación fuese ir trampeando momentáneamente los peligros, tan sólo interesados por caminar dando tumbos, aunque sin plantearse la exigencia de encontrar solución para el desastre y aun para su misma integridad.

Seis años de *transición* y, sobre todo, casi cuatro de *cambio* han dado la vuelta, de arriba abajo, al tradicional modo de ser de los españoles. Aquella imagen orgullosa, siempre digna, singularmente crecida en los momentos graves, equiparable a la nobleza del hidalgo que todo lo cifraba en el honor, incluso aquella leyenda sobre nuestra exaltada pasión, han cedido paso a una triste apariencia de mansedumbre, indiferencia y resignación frente a los problemas y aun ante las afrentas. ¿Quizá el consumismo tiene parte de culpa en este deterioro de las *virtudes raciales*? Entonces, resultaría que el desarrollo de los años sesenta alimentó una generación alérgica a los requerimientos sentimentales y espirituales, obsesionada tan sólo por el hedonismo y dominada por un escepticismo atroz. Lo cual tiene un nombre en su jerga: pasotismo.

Sorprendentemente, hasta las más prestigiosas instituciones olvidan e incluso abjuran de sus principios y de sus tradiciones y de sus glorias, para sumarse a esa general *aceptación de la indignidad* de que hablaba Ramón Pi. Nadie osa levantar una voz que rompa el silencio hecho de renuncios y de iniquidades. Nadie intenta salir de esta abulia, de este absentismo, de esta creciente sensación de indiferencia colectiva ante los más terribles acontecimientos; ni siquiera quienes, por oficio, quizá tuvieran obligación, al menos, de alertar a los dormidos. Todo vale y todo se digiere. La capacidad de reacción del pueblo español, incluso su capacidad crítica, han sido borradas. Entonces, quienes gobiernan tan cómodamente a la sumisa grey construyen un mundo a su aire, para su uso privado, y hasta se inventan una historia que los acomode.

Rafael García Serrano lo diagnosticaba certeramente en su *Dietario personal:* [59]

59. *El Alcázar,* 8 de febrero de 1986.

... No sabría decir si vivimos en una época de cinismo absoluto o de total irresponsabilidad. Acaso las dos cosas. Desde luego uno piensa si esto es vivir, y desde luego hasta duda de que realmente nuestro tiempo constituya una época, una simple locura o una pura memez. Cualquiera sabe. ¿Se trata de un sueño malo, de una atroz pesadilla?...

España desaparece en un hormiguero tribal, la economía se desbarata en el más alegre de los despilfarros, el paro aumenta, la inseguridad social atemoriza cada vez más a un pueblo pávido, irresoluto, estupefacto, drogado; el terrorismo cobra nuevas víctimas, generales, almirantes, jefes, oficiales, soldados, guardias civiles, policías, tanto de la Nacional como del Cuerpo Superior, obreros, antiguos jerarcas provinciales o municipales, españolitos de a pie (niños, niñas, simplemente niños), sin otro delito que el de no abdicar de su Patria, ¿y qué hacen el Gobierno, el Parlamento, los partidos? Protestan enérgicamente, pero no ponen remedio a nada. No se enteran, charlan frívolamente sobre el sexo de la OTAN... Nunca se vio una mascarada semejante, ni un pueblo que la soportase sin ira.[60]

Siempre he creído que quienes podemos dejar testimonio veraz de este tiempo estamos obligados a hacerlo. Pues su versión oficial, la dirigida y manipulada, podría confundir a futuros historiadores, si no se le enfrentara otra, no acomodaticia, sí auténtica. Es lo que pretendo. Disculpen si en este *cambio* que cuento resalto con exceso las vertientes negativas. Pero de las otras, pienso que ya existe una constante bibliografía hagiográfica más que suficiente.

Y ahora, por favor, pasen a intentar divertirse con la *letra* de ese *cambio*.

60. Sobre la creciente irritación del pueblo español con el gobierno, escribía Antonio Burgos (*El referéndum de Cádiz,* 10 de febrero de 1986), comentando el tono de protesta que caracterizó las fiestas de Carnaval de este año, en la hermosa *tacita de plata: Otros le llaman al gobierno «los del IVA-va-va y los 40 ladrones». Así de fuerte. Y no se olvide que es una crítica popular, no hecha desde la derecha, sino desde la izquierda obrera del barrio de La Viña.* Y Ramón Pi, en *Época* (7 de abril de 1986), decía nada menos que esto: *España es hoy, para el felipismo, como una finca particular, donde los señoritos no consienten que se les levante la voz.*

SEGUNDA PARTE

La letra

Varias docenas de acepciones tiene en el diccionario el vocablo *letra*. Para evitar malentendidos, aclaro que cuando hablo aquí de *la letra del cambio,* lo hago partiendo tan sólo de tres posibles interpretaciones. A saber:

a) La letra, como *texto* que acompaña a una canción. Estas letras que siguen, pues, bien podrían acoplarse a la música del cambio. En otras épocas, tal música hubiera sido, evidentemente, *La Internacional.* Pero los actuales herederos de Pablo Iglesias, teóricos sucesores ideológicos de Marx, se sonrojarían hoy, manipulando de tal forma un símbolo que, aunque caído en desuso, todavía les merece cierto respeto. La música actual más propia para las *letras del cambio* quizá sea, entonces, un pasodoble, por aquello de su vinculación andaluza; o un vals muy lento, que tiene resonancias de lujos, boatos y ringorrangos, con champán (francés) como bebida y un frufrú de faldas femeninas anticipando el encanto del hechizo final.

b) La letra, en su sentido de *pagaré* u obligación cambiaria. Se trataría, obviamente, de un efecto librado por el Poder y aceptado (con indudable vicio de nulidad, a causa de un consentimiento plagado de errores) por el ingenuo pueblo español. Que, sin embargo, no tiene otro remedio que pagarlo. ¡Y de qué manera lo está pagando!

c) La letra, como *signo* de expresión escrita. Las letras con las que se rellenan las páginas de los *boletines oficiales* (con la frivolidad que podrán comprobar); las que sirven para componer pintadas en las paredes, a través del fosforescente spray; las que, desbaratadas por los conocidos duendes de las imprentas, malordenadas o perdidas, enrevesan titulares de prensa, cambian de sentido severos decretos y convierten en bufa una frase pretendidamente grave.

De esas tres modalidades o acepciones de *la letra* se va a ocupar la segunda parte de este libro, acoplándolas todas, por supuesto, al *cambio.* Mi intervención en las páginas que siguen es casi siempre de mero acompañamiento; a ratos, de ilustración;

otras veces, de comentario. Ya que lo verdaderamente chocante reside (disculpen el pleonasmo) en la literalidad de tales letras. Como diría monsieur Mitterrand, *voilà!*

EL CONTORNO

Naturalmente, la *letra del cambio* surge en un contorno propicio para tanto dislate. Dan fe de él, a modo de resumen, estas noticias diversas, seleccionadas entre tantas otras. La colonia y el tabaco que pagan todos los valencianos, puesto que forman parte de los gastos oficiales de la Presidencia, no benefician a una moza llamada Asunción (como la del vino), según podría considerarse en una apreciación ligera. Resulta que ése es el apellido del presidente de la Diputación Provincial, con lo cual la cacicada quizá resulte menos grave. Gravísimo, en cambio, hay que considerar el hecho (ya referido anteriormente y aquí acreditado) de que a un paciente le desalojaran de su habitación, en la Residencia Sanitaria de Lugo, llevándole a un pasillo para que su lugar fuese ocupado por un militante socialista: lo que demuestra que aún hay clases, a pesar de que (teóricamente) estos chicos que hoy mandan amamantaron su ideología en las ubres igualitarias de Carlos Marx.

El vecino de Torrelavega que quiso suicidarse al saber lo que tenía que pagar a la Hacienda Pública sentó un peligroso precedente, pues muchos podríamos seguir su ejemplo. Y a propósito de ejemplos, ahí queda el del cura Agapito, casado él, aunque no como Dios manda, y que tiene intención de volver a *ejercer* su oficio. Entiéndase, retornar a lo que, en antiguos tiempos, ¡oh, qué tiempos!, solía llamarse *la dignidad eclesiástica.*

Tampoco la dignidad de los muertos goza ahora de excesivo respeto. El 19 de julio de 1985 sucedió en el cementerio de Palma de Mallorca lo que resume el titular de *El día de Baleares:* los familiares tuvieron que encargarse de dar tierra a dos personas fallecidas, al negarse a hacerlo los tres sepultureros de servicio, que alegaron exceso de trabajo. Eran doce los cadáveres pendientes de enterramiento y sólo seis lo tuvieron, ya que los empleados se marcharon del camposanto a las dos de la tarde, tras justificar su actitud por la ridiculez de sus sueldos y comunicar a los presentes que, si querían, se encargasen ellos de la fúnebre tarea. Obviamente, el cementerio de Palma depende funcionalmente del Ayuntamiento (socialista) de la capital balear.

La oferta de viviendas de protección oficial en Jerez de la

14 / LAS PROVINCIAS

En gastos de Presidencia

La Diputación paga la colonia y tabaco de Asunción

El Progreso — JUEVES, 31 de Mayo de 1984

Malestar en la Residencia Sanitaria

Un paciente fue desalojado al pasillo para dejar su lugar a un militante socialista

DM/Viernes, 24 de mayo de 1985 — *Torrelavega*

Intentó suicidarse al enterarse de lo que tenía que pagar a Hacienda

Los familiares tienen que enterrar a sus muertos en el cementerio de Palma

El cementerio de Palma fue ayer escenario de un hecho excepcional y descorazonador, ya que dos fallecidos tuvieron que ser enterrados por sus propios familiares, pues no había quien hiciera el trabajo (Pág. 11)

6 ALERTA Miércoles, 27 de junio de 1984

Los curas casados de Cantabria (III)

Agapito Ibáñez no se casó por la Iglesia, porque tiene intención de ejercer nuevamente

SOLO PARA MILITANTES del PSOE o de UGT

94 VIVIENDAS DE PROTECCION OFICIAL DE 3 Y 4 HABITACIONES EN

«EL PAQUETE»

PRECIOS FIJOS **SIN ENTRADA**

—Los de 4 habitaciones a pagar en 17 años a razón de 20.000 pesetas al mes durante los dos primeros años, y el resto con hipoteca en las condiciones del Banco Hipotecario de España.

—Los de 3 habitaciones desde 17.000 pesetas al mes y el resto en las mismas condiciones que los de cuatro.

Inútil sin presentar el carnet acreditativo, con antigüedad mínima de un año y el recibo de la última cuota. Estas ventajas tienen vigor durante todo el mes de enero. Si quedasen pisos disponibles después de este mes se otorgarían a militantes sin antigüedad.

PROMOTORA DE «EL PAQUETE, S.A.»
C/. Porvera, 27-5ª planta
Teléfonos 343508 y 343547
Jerez de la Frontera

Diario de Jerez - Lunes 31 de diciembre de 1984

Frontera *sólo para militantes del PSOE o de UGT* provocó en su momento (diciembre de 1984) considerable revuelo. La promotora intentó justificar después tan anormal anuncio; pero el texto de la convocatoria no tiene vuelta de hoja. Se exige la presentación del carné socialista y el recibo de la última cuota. Las ventajas se distribuyen según la antigüedad en el partido de los solicitantes. De esto no había habido, ni siquiera en los más cerrados tiempos de FET y de la JONS. A pesar de que entonces no estaba en vigor una Constitución que consagra la igualdad de derechos de los ciudadanos: hasta de los que no somos socialistas.

POR LA BOCA MUERE EL PEZ

O también, en boca cerrada no entran moscas. La excesiva locuacidad resulta peligrosa y de ahí que al buen callar llamen Sancho.

Tan prudentes refranes debió de tenerlos en cuenta el excelentísimo señor don Enrique de la Mata Gorostizaga, procurador en las Cortes franquistas; miembro, también entonces, del Consejo del Reino; enterrador más tarde del sindicalismo vertical y hoy presidente de la Cruz Roja Internacional, antes de efectuar una afirmación pintoresca: la de que durante su estancia en El Salvador pudo visitar a más de 400 presos políticos, *pero se le prohibió*

Con Enrique de la Mata, presidente de la Cruz Roja

«NO ES COHERENTE MANTENER UNA ESTRUCTURA DE LA SEGURIDAD SOCIAL ACOMODADA A LOS PLANTEAMIENTOS DEL REGIMEN ANTERIOR»

«EN EL SALVADOR HEMOS PODIDO VISITAR A 400 PRESOS POLITICOS PERO NOS HAN PROHIBIDO EL ACCESO A LOS DESAPARECIDOS» *el acceso a los desaparecidos.* Ciertamente, cuando alguien desaparece resulta difícil acceder a él.

¿Y el emocionante orgullo paterno de don José Antonio Maravall Casesnoves, para quien nunca hubo ministro mejor que su hijo, al menos *desde Romanones*? Curioso techo de comparación, que habrá llenado de alegría al gran cantante Raphael, nieto político (y nunca mejor dicho) del ilustre conde. Hay que disculpar la obnubilación de quien fue alto cargo en el Ministerio de Educación Nacional, que regía (años cuarenta) don José Ibáñez Martín, con criterios ciertamente muy alejados de los ahora impuestos en ese mismo departamento por su retoño, el responsable de la LODE y de la sectaria política educativa que sufrimos. El cariño nubla el entendimiento; salvando las naturales distancias, también el padre de Landrú tenía en alta estima a su hijo.

«Desde Romanones, ningún ministro mejor que mi hijo», afirma el padre de Maravall

Lo del alcalde-consorte del pueblo de Juveles (Granada) sí que tiene gracia. Tan ejemplar municipio, íntegramente socialista, está regido por una digna dama que tiene como concejales, entre otros, a su padre, su suegro y dos cuñados. Decidió la buena alcaldesa prohibir las tradicionales fiestas de la localidad, al decir de los vecinos, porque años atrás y en esas mismas fechas el esposo de la primera autoridad local había sido detenido, acusado de (presuntas) faltas. Y vean, vean cómo este marido defiende las plenas facultades de su señora en el ejercicio del cargo al que fue elevado por la voluntad popular: la motivación genital de sus decisiones no tiene desperdicio.

9 - 8 - 84 **IDEAL - Pág. 15**

Se ha denunciado ante el gobernador civil, secretario provincial del PSOE y Guardia Civil

Fuerte tensión en Juviles al prohibir la alcaldesa las fiestas populares

Los vecinos achacan la prohibición a una venganza personal del marido de la alcaldesa, quien ha dicho en público que «las fiestas se harán cuando el coño de mi mujer ordene y tenga gana», al tiempo que levantaba el vestido de su esposa ★ La Corporación municipal de Juviles es totalmente del PSOE, y en ella figuran el padre de la alcaldesa, su suegro y dos cuñados

Como tampoco, la frescura del *tovaritch* Alexandre Kuznetsov, cuando presenta a la URSS como celosa, impecable y ejemplar tutora de los derechos humanos. En sus pintorescas declaraciones a *La Verdad,* el secretario de la Embajada soviética en Madrid aseguró que su país no tenía que recibir lecciones de

La Verdad — **MURCIA**

Alexandr Kuznetsov, secretario de la embajada soviética

«En la URSS nunca ha habido persecución política»

nadie en la materia, pues allí *nunca hubo persecución por ideas políticas.* Millones de *purgados* se estremecerían en sus tumbas y el padrecito Stalin se habrá tronchado de risa, allá donde esté, que supongo que será en los infiernos (con perdón).

Mi querido amigo Paco Rabal, actor eminente, uno de los más ilustres representantes de mi quinta (que es la del 47), nos hizo

Mi casa

Nostalgia del descanso

Francisco Rabal (*)

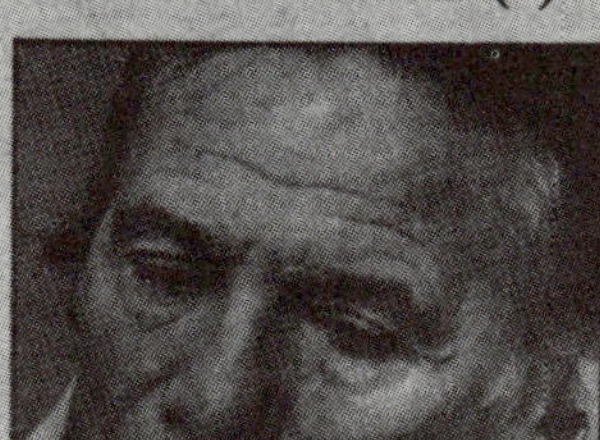

HE tenido muchas casas. Hasta los seis años, recuerdo al menos tres diferentes. Mi padre era minero y eso le hacía cambiar con frecuencia. Después vinimos a la provincia de Madrid, donde trabajaba en el ferrocarril, y a medida que cambiaba de túnel, cambiábamos de pueblo y de casa. Después vivimos mucho tiempo en una casa que yo la sigo soñando todas las noches.

Era un lugar muy entrañable para mí, allí murió mi madre y allí empecé mi carrera como actor. Era una casa pobre, con un patio de vecindad en el centro, pero tenía la virtud de estar rodeada de vecinos ilustres: Menéndez Pidal (la casa estaba donde hoy está la calle que lleva este nombre), Nicolás Salmerón, el que sería presidente de la República, Dámaso Alonso.

TODOS ellos se portaron maravillosamente con nosotros, nos dejaban utilizar el teléfono, nos visitaban sus médicos. A mí, particularmente, me ayudó mucho Dámaso Alonso, en mi incipiente camino de poeta.

un flaco favor a sus coetáneos con estas declaraciones en *Diario 16*. Pues nosotros venga de presumir de maduros todavía de buen ver y va él y cuenta que de niño vivía en una casa próxima a la de don Nicolás Salmerón, *el que sería presidente de la República.* Ya lo había sido, Paco, y muchos años atrás, cuando la de 1874. Y como se murió en 1908, a los setenta de edad, resulta sorprendente que te dejase utilizar el teléfono de su casa, treinta y tantos años más tarde.

En cuanto a lo de José María Calviño, justifica con creces su resistencia a abandonar el cargo de director general y mandamás supremo de Radio Televisión Española. Todos estábamos convencidos de la enorme capacidad de presión del medio informativo de Prado del Rey; todos conocíamos su poder de convicción. Lo que nadie podía suponer era que, como afirmó Calviño en *Diario Montañés,* llegase diariamente *a los hogares de más de 30 000 millones de españoles.* Lo cual, entre otras cosas, justifica los altos precios de la publicidad en la tele; a ver, con semejante audiencia...

DM/Domingo, 17 de noviembre de 1985

Calviño dice que su cargo ha sido como un «potro de tortura»

Segovia (Efe).—El director general de Radiotelevisión Española (RTVE), José María Calviño, dijo ayer en Segovia que su cargo «ha sido un potro de tortura» desde que tomó posesión.

Calviño viajó a Segovia como miembro del jurado del II Premio de Periodismo «Cirilo Rodríguez», que ha sido concedido a Diego Carcedo, corresponsal de TVE en Nueva York.

Sobre la reforma del Estatuto de la Radio y Televisión, y en relación con la elección de director general de RTVE, Calviño señaló que «lo importante es que goce de garantías de estabilidad y que sea una persona con el suficiente equilibrio y ponderación para llevar a cabo una empresa que va a tener a partir del año que viene 77.000 millones de presupuesto, cerca de 8.000 horas de emisión, 12.000 trabajadores y llega todos los días a los hogares de más de 30.000 millones de españoles».

CURIOSAS NOTICIAS MUNICIPALES

Debíamos estar curados de espanto, ya que cada día nos enteramos de noticias insólitas. Por ejemplo: que convocada por Orden del Ministerio de Educación y Ciencia de 29 de octubre de 1985 (*BOE* de 1 de noviembre) la provisión, en libre designación, de la plaza de director provincial del departamento en Asturias, estableciendo un plazo de quince días para presentar las solicitudes, el periódico *Comunidad Escolar,* que edita y distribuye el propio ministerio, comunicase ya en su número de 4 de noviembre el nombre del agraciado con el cargo. Hay que suponer el disgusto de los demás aspirantes; incluso de los que todavía no habían presentado su instancia, porque aún faltaban diez días para terminar e l plazo. No digo que el hecho suponga nepotismo descarado; pero, desde luego, lo parece.

En cambio, sólo puede estimarse como una muestra delicada de agradecimiento la solicitud efectuada por el Movimiento Ecológico Extremeño y debatida en pleno por el Ayuntamiento de

LA CHISPA DE LA NOTICIA

Calle para «Chocholoco»

El Movimiento Ecológico Extremeño pide al Ayuntamiento de Badajoz que ponga a una calle de la ciudad el nombre de María Agudo, más conocida por «Chocholoco», en reconocimiento a la función social desarrollada a lo largo de su vida.

La solicitud fue hecha en el pleno ordinario del Ayuntamiento cuando en el turno de intervenciones delpúblico tomó la palabra Carlos Espada, líder del Movimiento Ecológico Extremeño, y dijo: «Recientemente ha fallecido la señora María Agudo, alias «Chocholoco», que ejercía la profesión más antigua del mundo. El 80 por ciento de las señoras pacenses, decentemente casadas durante varias generaciones, han llegado vírgenes al matrimonio debido a María Agudo, porque las euforias viriles de los respectivos novios eran apaciguadas por la señora «Chocholoco».

Carlos Espada añadió que en consideración a la función social desarrollada por esta señora, ruega a la corporación que a una calle de la ciudad se le ponga su nombre.

Badajoz, por la que se interesaba que la capital pacense dedicase una de sus calles *a la señora María Agudo, alias «Chocholoco», recientemente fallecida.* ¿Y qué méritos había contraído en vida para merecer semejante distinción? Nada menos que ejercer durante muchos años *la profesión más antigua del mundo.* La difunta fue (con perdón) puta en Badajoz. Según los ecologistas patrocinadores del recuerdo viario, la señora (sic) desarrolló una encomiable *función social.* Se comprende que a los ecologistas, en Alemania, los llamen *los verdes.*

El alcalde de Bayona (Pontevedra) también defiende la riqueza ecológica de su pueblo y por eso ordenó arrestar a un rebaño de ovejas que comían yerba en los jardines municipales; como ya había hecho anteriormente con una vaca, responsable de la misma infracción de las ordenanzas. La noticia cuenta que el rebaño fue conducido por la fuerza pública hasta el Ayuntamiento, aunque no explica si una vez allí observó o no buena conducta. En cuanto a la vaca, ¿ingresaría en los calabozos? ¿Quién se encargaría de ordeñarla? Quizá el concejal de Hacienda, acostumbrado a muñir los ahorros del vecindario.

El alcalde de Bayona «arrestó» a un rebaño de ovejas

El alcalde del Ayuntamiento pontevedrés de Bayona se está haciendo popular por sus ocurrencias. Hace dos años ordenó a la Policía Municipal el arresto de una vaca que irrumpía en los jardines municipales del lugar de La Palma y pacía allí apaciblemente. Ahora, dos años después de aquel suceso, el mismo alcalde ha ordenado el arresto, nada menos, que de un rebaño de ovejas. Las razones argumentadas son claras: las ovejas estaban haciendo lo mismo que la vaca que fue detenida hace dos años; comer hierba en los aledaños de los jardines de La Palma. El rebaño fue conducido por guardias municipales hasta el Ayuntamiento. El dueño, el mismo de la vaca detenida hace dos años, pagó la multa y se llevó sus ovejas.

Que el muy ilustre Ayuntamiento (socialista) de Azuqueca (Guadalajara) remitiese un acuerdo plenario a la Asamblea General de las Naciones Unidas, demuestra el

Azuqueca

El Ayuntamiento remite un acuerdo... ¡a la ONU!

alto grado de responsabilidad y confianza en sí mismos que caracteriza a estos consistorios. Hondamente preocupado por la marcha del mundo, el concejal del PSOE Lucas Escartí Rodríguez solicitó que el municipio se dirigiese al secretario general de la ONU, exhortando al organismo para que, de una vez por todas, pacificara las relaciones entre las grandes potencias, animándolas a terminar con la carrera de armamentos. Por unanimidad se aprobó la propuesta y tan humanitario y ejemplar mensaje salió con dirección a Nueva York. Pese al tiempo transcurrido (esto sucedía en 1984 y se contaba en *Flores y abejas*), el señor Pérez de Cuéllar todavía no se ha dignado contestar. Es un grosero.

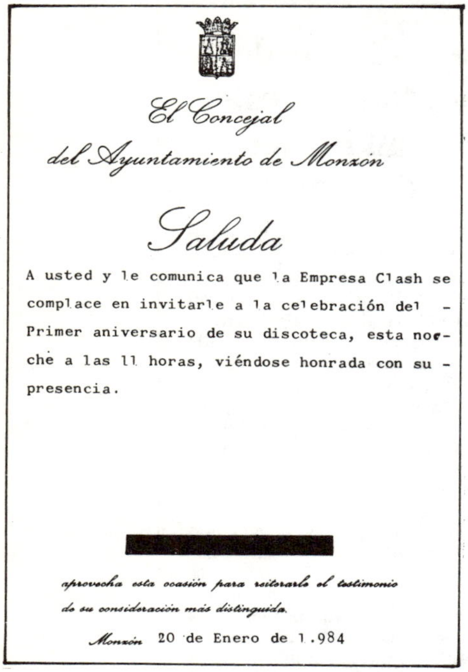

El Concejal

del Ayuntamiento de Monzón

Saluda

A usted y le comunica que la Empresa Clash se complace en invitarle a la celebración del - Primer aniversario de su discoteca, esta noche a las 11 horas, viéndose honrada con su - presencia.

[redacted]

aprovecha esta ocasión para reiterarle el testimonio de su consideración más distinguida.

Monzón 20 de Enero de 1.984

Finísimo, en cambio, ese concejal (socialista) del Ayuntamiento de Monzón (Huesca) que invitó a sus amigos y clientes a la celebración del primer aniversario de su discoteca, en un *saluda* oficial, remitido por medio de los propios policías municipales, según se explicó en *Ecos del Cinca,* enero de 1984. Tan ejemplar aprovechamiento de cargo público en beneficio privado fue reiterado por el concejal del Ayuntamiento de Zaragoza Pedro Clemente Polo (del Grupo Mixto), quien (al decir de *Heraldo de Aragón*) distribuyó también unos *saludas* oficiales, con el escudo de la ciudad, anunciando las rebajas en los productos textiles de su fábrica. Por supuesto que el interesado se apresuró a explicar que todo había sido *un malentendido:* un error de las secretarias.

Lo de otro pequeño error, el de la Comisión de Festejos del Ayuntamiento de Almendralejo, fue narrado, a su vez, por *Hoy* de Badajoz: resulta que, sin ninguna mala fe, sólo por un ligero despiste, los responsables municipales confundieron las fechas del Carnaval de 1985, señalando su comienzo el 22 de febrero,

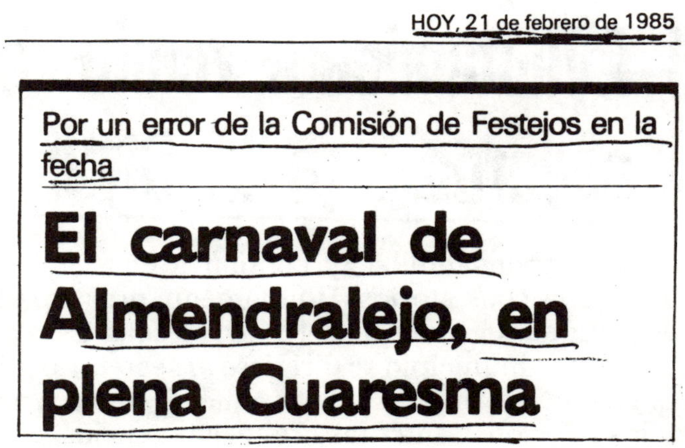

HOY, 21 de febrero de 1985

Por un error de la Comisión de Festejos en la fecha

El carnaval de Almendralejo, en plena Cuaresma

cuando ya era viernes de Cuaresma. Impresos los programas, fijados los carteles, entusiasmado el mocerío, ¿cómo iban a rectificarlo, con el gasto que eso podía suponer? O sea que a lo hecho, pecho; y a vivir tres días de jolgorio, que terminaron el domingo 24 enterrando a la sardina, y con desprecio absoluto del calendario litúrgico. Bien mirado, en *este país* y ahora, todos los días son Carnaval.

PROBLEMAS DE SINTAXIS

Hay que tener especial cuidado con la sintaxis. Y como actualmente son muchos los que escriben sin haber pasado por la escuela (me refiero a la de Periodismo), algunas de las cosas que dicen resultan demenciales. Ahí tienen, por ejemplo, la (presun-

Fraga replica al presidente de Iberia

MADRID, 22. — El presidente de Alianza Popular, Manuel Fraga, ha polemizado con el presidente de Iberia, Carlos Espinosa de los Monteros, por el accidente de aviación ocurrido el pasado martes en las inmediaciones del aeropuerto vizcaíno de Sondica.

En unas declaraciones hechas a través de la oficina de prensa de AP, Fraga destaca que Iberia es una compañía nacional "cuyos elevados déficits son pagados con dinero de todos los españoles" y "explota prácticamente en exclusiva las líneas aéreas españolas".

Asimismo, asegura, ha tenido "constantes conflictos sociales", entre los que destaca la huelga de pilotos en la cual se produjeron bastantes despidos, "entre ellos —afirma— el del avión siniestrado, readmitido posteriormente por acertadas sentencias de los tribunales".

ta) réplica del señor Fraga Iribarne al presidente de Iberia: según el autor de la noticia, el líder aliancista manifestó que, entre los muchos despidos producidos en la compañía aérea, figuraba *el del avión siniestrado.* Las desgracias nunca vienen solas: primero, el Boeing se estrella y, después, le despiden de la empresa.

Tampoco es manca la redacción de la noticia (de EFE) sobre la fuga y captura en Zaragoza de un «peligroso» atracador, al que los guardias conducían esposado, pese a lo cual consiguió escapar durante un rato. Lo curioso no es eso, sino que los agentes, para reducirle, hicieron varios disparos *al aire,* y uno de ellos, léanlo en el original, *afectó a un automóvil del Ayuntamiento de la ciudad,* en el que viajaba el teniente de alcalde Santiago Vallés, camino del dentista. Admirables automóviles estos que tienen los munícipes socialistas de la capital aragonesa, capaces de volar. Pues sólo así se comprende que le atinaran los disparos hechos *al aire* por la policía.

> ## *Huye esposado*
>
> Funcionarios de la Policía Nacional de Zaragoza tuvieron que realizar varios disparos al aire para impedir la fuga de un «peligroso» atracador esposado, informó ayer la agencia *Efe*.
>
> Los agentes, que consiguieron finalmente reducir al fugado, hicieron varios disparos al aire, uno de los cuales afectó a un automóvil del Ayuntamiento de la ciudad, en el que se había conducido al teniente de alcalde Santiago Valles para extraerle una muela, según indicaron a *Efe* medios municipales.

Diario 16 convirtió en galanteador callejero a un mes del año. Tal resulta, al menos, de la noticia sobre un (presunto) violador dejado en libertad (según costumbre) en Madrid, horas después de haber sido detenido. El individuo, Manuel R. D., abordó a la víctima *en el mes de noviembre pasado, que esperaba a una amiga en la calle de Atocha*. Ahí queda eso. Noviembre, tenido por serio y hasta fúnebre (el mes de las ánimas),

> Diario 16/30 enero-86
>
> ## La víctima, alarmada
>
> ## **Dejan en libertad a un presunto violador horas después de ser detenido en Madrid**
>
> MADRID.—*Manuel R. D.*, de treinta y dos años, presunto violador de una joven de dieciocho años, fue puesto en libertad poco después de ser detenido y puesto a disposición judicial, según fuentes policiales, que recogieron las angustiosas llamadas de la víctima y de su madre.
>
> El supuesto violador, de cuya detención informaba ayer la Jefatura Superior de Policía de Madrid, apareció a última hora de la tarde del martes por diversos bares del distrito Centro, de Madrid, jactándose de su puesta en libertad.
>
> Según informaba ayer la Jefatura Superior de Policía, *Manuel R. D.*, conceptuado como delincuente habitual, muy violento y con veinte antecedentes policiales, abordó a la víctima en el mes de noviembre pasado, que esperaba a una amiga en la calle Atocha, a la que introdujo a la fuerza en un taxi, después de que ésta, que lo conocía de vista, rechazase su invitación a tomar una copa en un bar cercano.

citándose con chavalas en el metro de Antón Martín. Para que te fíes del calendario.

Lo que dijo Europa Press al informar sobre la cena celebrada por S. M. el Rey con Felipe González, *enmarcada dentro de los contactos habituales,* resulta sorprendente y no por el uso de la desacreditada frase, ni siquiera porque, no obstante tratarse de una reunión *privada* entre las dos máximas autoridades de la nación, se cuente en la noticia lo que *previsiblemente* hablaron el soberano y el presidente del gobierno, sino porque el redactor de

El Rey cenó con Felipe González

MADRID, 10.— El Rey don Juan Carlos recibió a las nueve de esta noche, en el palacio de la Zarzuela, al presidente del Gobierno, Felipe González, con quien cenó posteriormente en privado

Las mismas fuentes indicaron que esta audiencia se enmarca dentro de los contactos habituales que mantienen el Monarca y el presidente del Gobierno para despachar asuntos de Estado.

Felipe González permaneció durante toda la tarde de hoy reunido con la delegación que le acompañará mañana a Lisboa, preparando la visita oficial a este país.

Es previsible que el presidente haya informado al Rey don Juan Carlos sobre el contenido y objetivos de este viaje, en el que se persigue mejorar las relaciones con el país vecino. El presidente explicó también al monarca los resultados de su reciente viaje a Austria.

Es probable que ambos monarcas hayan comentado acontecimientos que han acaparado el interés de los medios de comunicación y de la opinión pública, tales como estados de opinión en las Fuerzas Armadas, acciones terroristas en el País Vasco, etc. (Europa Press.)

la gacetilla, sin duda seguidor entusiasta de don Felipe, eleva a éste a la jerarquía regia, al escribir: *Es probable que «ambos monarcas»...* Por mucho interés que ahora tengan los socialistas en desvirtuar su pasado, tan fervorosamente republicano, parece excesivo que quieran colocar en el trono al secretario general del PSOE.

Incluso un diario tan pretendidamente riguroso como *El País* incurre en flagrantes planchas sintácticas. Observen cómo dio la noticia (23 de junio de 1985) del asesinato del embajador de España en Zimbabue: precisando que murió *con sus palos de*

Descartados móviles políticos

El embajador de España en Zimbabue fue golpeado hasta morir con sus palos de golf

Seis muertos en 1983

Con los dos jóvenes muertos ayer, son seis los presuntos fallecidos en el presente años cuando manipulaban explosivos. Ésta es la relación de muertos y explosiones.

— 3 de febrero de 1983: muere en un hospital madrileño Angel María Fernández Ruiz de Oñate, que había resultado herido en Vitoria cuando manipulaba un artefacto que explotó en un coche.

— 19 de abril de 1983: dos jóvenes, Félix Badiola Exqaburu y José Antonio Gárate Askasibar, mueren en Mondragón al explotarles el artefacto que manipulaban.

— 12 de julio de 1983: Antxon Tolosa González pierde la vida cuando manipulaba un artefacto en el puerto de San Sebastián.

golf, cuando lo cierto fue que le golpearon con ellos *hasta morir.* Sensible diferencia, achacable al modo defectuoso como se unieron las palabras, para construir la oración. Este mismo periódico publicaba el 14 de agosto de 1983 una noticia curiosísima, acogida al titular *«Seis muertos en 1983».* Con los dos jóvenes muertos ayer, decía, «son seis los *presuntos fallecidos* en el presente año, cuando manipulaban explosivos». Que después de estar enterrados, los pobres, varios meses, todavía su fallecimiento no resultara fehaciente, sino que siguiera considerándose *presunto,* se me antoja demasiada prevención.

Ocurre que el uso y abuso en esto de las presunciones es muy característico de los actuales tiempos, cuando muchos periodistas procuran eludir la responsabilidad que podría venírseles encima de efectuar afirmaciones rotundas. De ahí que los etarras sean siempre presuntos, lo mismo que los violadores y los drogadictos y los atracadores. Claro que tampoco hay que pasarse; y el *BO* de Correos y Telecomunicación se pasó de qué manera, al incluir la Resolución de la Dirección General, concediendo la Medalla de Oro del Mérito Postal a un funcionario que, cuando se dirigía a iniciar su diario servicio, fue *presuntamente asesinado* en atentado terrorista. O sea que la condecoración se le otorgaría *ad cautelam,* por si la *presunción* no se confirmaba. Evidentemente, el disparate es también consecuencia de una oración mal compuesta: lo que querría decirse, imagino, era que la muerte sucedió a consecuencia de un *presunto atentado terrorista.*

Boletín Oficial
DE
CORREOS y TELECOMUNICACION

Depósito Legal: M. 22.603 - 1975

AÑO XI	Martes, 9 de julio de 1985	NUM. 72

DIRECCION GENERAL

1.282 Concesión de Medalla de Oro de la Orden del Mérito Postal

Cuando se dirigía a iniciar su diario servicio, ha sido presuntamente asesinado en atentado terrorista, en Amurrio, don Estanislao Galíndez Llano, funcionario Auxiliar Postal y de Telecomunicación, Escala de Clasificación y Reparto.

Para reconocer públicamente su acrisolado sentido del deber a lo largo de su dilatada vida profesional, por acuerdo de esta fecha, y en uso de las atribuciones que me confiere el Reglamento de la Orden del Mérito Postal, aprobada por Orden Ministerial de 6 de octubre de 1960, he tenido a bien conceder, a título póstumo, a don Estanislao Galíndez Llano, la Medalla de Oro.

Madrid, 26 de junio de 1985.—El Director general, P. S., el Secretario general, *Angel Félix de Sande Borrega.*

Ilmo. Sr. Subdirector general de Correos, Secretario de la Orden del Mérito Postal.

DEPORTE PINTORESCO

La literatura deportiva resulta muy apta para el disparate, porque el entusiasmo de los cronistas los hace incurrir, muchas veces, en fórmulas narrativas absolutamente sui géneris. Ahí tienen la información enviada desde Buenos Aires por el corresponsal del diario *As,* en la que se describe de forma muy plástica el gol de la selección argentina de fútbol, que le dio la

BUENOS AIRES, 18. (Por télex. De nuestro corresponsal.)

CUMPLIENDO la mejor actuación en los partidos de las eliminatorias de la Copa Mundial de la FIFA, la selección argentina le ganó merecidamente a Colombia el domingo último por uno a cero, con gol de Jorge Valdano, en la primera parte, al minuto veinticinco, cuando ante un centro desde la derecha de Passarella, cabeceado hacia el centro del área por Trosser, el jugador del Real Madrid introdujo, con un cabezazo espectacular, el esférico en la portería, ante el disgusto del portero colombiano.

victoria sobre Colombia en una eliminatoria previa al Mundial y que, por cierto, marcó el madridista Valdano. Lo curioso es que, al decir del cronista en su brillante redacción, el *espectacular cabezazo* introdujo el *esférico* en la portería, *ante el disgusto* del portero colombiano. Hombre, no iba a ponerse a dar saltos de alegría, en vista de que habían eliminado a su equipo.

El diario *Marca* hacía un resumen altamente elogioso de la victoria de la selección española sobre la soviética: ya que ésta

> No ha sido un partido brillante, pero se ha ganado a la selección soviética, considerada como la mejor europea en 1485, lo cual es un buen principio cara a México.

está considerada, especificaba, como la mejor europea *en 1485*. Lo cual, en efecto, tiene mucho mérito, habida cuenta de que el fútbol moderno comenzó a jugarse en Inglaterra en 1863, pero ya en los siglos XII y XIII los italianos practicaban un *gioco di calcio* que alcanzó gran notoriedad. Resalta asimismo la noticia que el hecho de que los soviéticos fuesen tan estupendos en 1485 es un buen principio *cara a México*. Y toda una hazaña histórica. Pues mantener así la forma durante algo más de cinco siglos demuestra la tan alabada disciplina en el trabajo de los rusos.

Pacho es un destacado ciclista colombiano que llegó a Barajas después de haberse tenido que retirar del Tour de Francia a

MARCA CONTRAPORTADA • MARCA CONTRAPORTADA • MARCA CONTRAPORTADA • MARCA CONTRAPORTADA

Llegó a Barajas totalmente maltrecho

Pacho, en la hora del dolor

Llegó sonriente a Barajas, como si nada hubiea pasado. Es su estado natural. Pero la procesión iba por dentro. Nada más atravesar el control de aduanas, se acercó a Víctor Cordero, el hombre del Zor, ahora en España, y le confesó a media voz: *«Vengo maltrecho.»* No era para menos. En su brazo izquierdo lucía un aparatoso vendaje, bajo el cual se adivinaba un enorme boquete, cosido con ocho puntos. Arras- a Madrid, donde permanecerá hasta las 2,30 de hoy, en que tomará rumbo a Bogotá.

—Voy a permanecer lo que resta de mes en mi país para regresar a primeros y tomar parte en las pruebas que restan del calendario.

Herido en su amor propio

Lo que más le duele, aparte de los golpes, que son muchos, es en su amor propio, no en *traba estupendamente y con posibilidades de cumplir en Francia. Estas primeras etapas eran de transición, había que sobrellevarlas, para esperar que en la montaña pudiéramos dar la batalla.*

Se siente apesadumbrado, no encuentra las palabras para demostrar su herida en el amor propio y recurre al silencio, mirando fijamente a su «jefe». Este asevera todas sus afirmaciones e intenta quitar hierro al

—Tengo que resarcirme ganando alguna prueba. Me da igual una que otra. La más importante es la Vuelta a Cataluña y voy a ir por ella.

De momento, hasta que llegue, podrá participar en la ronda a Burgos y la Hucha de Oro, en el mes de agosto. Aunque él no lo diga, el Zor perdió el jueves a su líder, y ya van dos.

Miguel A. MORENO

«Un corredor me dio por detrás. Fue tremendo»

«Tengo que resarcirme ganando alguna prueba»

causa de un accidente y le contó los pormenores del mismo a Miguel A. Moreno, también del *Marca*. La entrevista apareció con un titular ciertamente equívoco: *Un corredor me dio por detrás. Fue tremendo*. Parece que sí; que eso duele bastante. Además, ahora puede traer graves complicaciones para la salud.

Algunos son patéticos: el doctor Teodosio Alba, propietario de una clínica en Torrelavega, anunciaba a la prensa (*Diario Montañés,* 18 de setiembre de 1985) su decisión de donarla, sencilla-

El doctor Alba cedería su clínica a cambio de mantener su puesto de trabajo

mente a cambio de que le permitiesen seguir ejerciendo en ella su especialidad de traumatólogo. La decisión del INSALUD de resolver su concierto con las clínicas privadas de la ciudad, reduciendo a 120 el total de camas, obligaba al doctor a cerrar su centro hospitalario.

¿Y qué decir de esos dramáticos ofrecimientos de un riñón a cambio de un puesto de trabajo? Que se repiten en dos distintas

Teléfonos: ALICANTE, 204411
ELCHE, 452843 / ELDA, 380346

La verdad

VIERNES
24 DE MAYO DE 1985

Ricardo Ríos, un joven parado de Monóvar

Cambia un riñón por un puesto de trabajo

Se ha tenido que separar de su mujer y su hija, por falta de medios económicos

GRATIFICARE

hasta un millón de pesetas, a quien me proporcione un puesto de trabajo fijo, de auxiliar administrativo o similar, en empresa solvente o entidad bancaria. Tengo estudios de bachiller, mecanografía, informática y conocimientos de contabilidad. DIRIGIRSE POR ESCRITO, EN SOBRE CERRADO, a: «Nueva Alcarria". Sigüenza, 8. (Ref. 1984)

OFERTAS

CEDO UN RIÑON a cambio de un puesto de trabajo. 897269.

localidades, Monóvar y Bilbao; en esta última, la inclusión del anuncio en la rutinaria sección de *ofertas* resulta del todo esperpéntica. Otro desempleado, de Guadalajara, sorprende anunciando que gratificará con un millón de pesetas a quien le proporcione puesto de trabajo. ¿Qué sueldo piensa cobrar el original parado para poder amortizar tan suculento premio?

Los *anuncios por palabras* se han enriquecido (es un decir) en estos años del *cambio* con nuevas y tentadoras secciones: las intituladas *Masajes, Saunas* o *Contactos*. Hasta en los periódicos tenidos antes por serios y respetables pueden leerse a diario las más insólitas ofertas eróticas, sin distinción de sexos, con detallada exposición de las diversas especialidades aberrantes a disposición de la clientela y la tranquilizadora advertencia de que pueden pagarse los servicios con tarjetas de crédito. Ahí tienen uno de esos anuncios, en el que un *matrimonio joven* se oferta para intercambios, *tríos para él o ella, juntos o por separado.* Eso sí: garantizan discreción. Son gente seria, vaya.

> **MATRIMONIO** joven para intercambios, tríos para él o ella. Juntos o por separado. Discreción. [redacted]

Inaudito es el otro anuncio, publicado en *Sur* de Málaga: como a pesar del auge que está tomando la inseminación artificial, es claro que ningún sistema puede mejorar el natural o clásico, este *caballero de mediana edad* se ofrece *con fines procreativos.* Para que nadie dude de la rectitud de sus intenciones, precisa que la oferta se efectúa *para matrimonio, estéril él.* El aspirante a semental asegura también la más absoluta reserva y discreción. Es todo un profesional de la procreación.

> **PARA** matrimonio, estéril él, se ofrece caballero mediana edad con fines procreativos. Absoluta reserva y discreción. Escriban con señas o teléfono al Apartado [redacted]. Málaga

Finalmente y dándole la razón al señor Almunia, ministro del Trabajo, que siempre dice que el problema del paro no está tan difícil como pretenden los agoreros, ahí queda un anuncio solicitando empleadas. Claro que se trata de unas empleadas algo especiales, chicas para *top-less,* que imagino que todos ustedes saben que consiste en servir a los clientes de determinados bares o *pubs* a pecho descubierto. Tomen la frase en su literal sentido: con las glándulas mamarias (o tetas) a la vista del consumidor. El presumible rubor de tan singulares camareras

> **SE NECESITAN**
> **CHICAS**
> **PARA**
> **«TOP-LESS»**
> ***5.000 pesetas DIARIAS, más interesantes porcentajes, además HOTEL o APARTAMENTO***
> Teléfono 163764, St.ª Lola o Mara
> *
> **Abstenerse NO APTAS**

y hasta sus reservas ante la oferta se compensan con el bonito sueldo de mil duros diarios que se les asegura, más *interesantes porcentajes*. Y por si algo faltara, *hotel o apartamento,* se supone que por si desean continuar el servicio más íntimamente, efectuando horas extraordinarias. El anuncio lo dice bien claro al final: *abstenerse NO APTAS*. O sea flacas, arrugadas y blandurronas.

LOS BOLETINES OFICIALES

Los boletines oficiales son la Biblia de la Administración. El más ilustre es el del Estado, también llamado *Gaceta de Madrid;* pero asimismo se publican, puntualmente, los de ámbito provincial y aun local y últimamente, con esto de *las autonosuyas,* las respectivas comunidades se dan el gustazo de plasmar su intensa y fructífera actividad legislativa (especialmente, en materia fiscal) en sus correspondientes boletines.

Parece que tan instructivas e indispensables publicaciones deberían cuidar al máximo no sólo los aspectos materiales, eliminando posibles erratas, sino más todavía, la redacción y sintaxis de sus disposiciones. Pues ocurre al revés. En sus páginas abundan, de unos años a esta parte, las planchas, los errores y las equivocaciones sonadas, que después hay que rectificar. Algunos parecen increíbles; aunque ahora, con estos chicos socialistas y su *cambio,* lo más irreal puede convertirse siempre en verídico. Por ejemplo: el *BOE* número 21, de 24 de enero de 1986, publicó el Real Decreto 98/86, del Ministerio de Asuntos Exteriores, designando al ministro del Interior, don José Barrionuevo, embajador extraordinario en misión especial, para representar a España en la toma de posesión del nuevo presidente de Honduras, don *Roberto Suazo Córdoba*. Al siguiente día, se publicaba la corrección de errores: resulta que el nuevo presidente hondureño se llama *José Azcona del Hoyo*. Respetable metedura de pata, por tanto.

Mucho se comentó la errata deslizada en el *BOE* que insertó el Acuerdo de la Comisión Permanente de Justicia nombrando un juez unipersonal suplente del Tribunal Tutelar de Menores de Melilla. Firmaba la disposición don Federico Carlos Sainz de Robles, como presidente del Consejo General del *J*oder Judicial. Sucedía esto el 14 de setiembre de 1984; lo que nadie podía imaginar entonces era que el aparente desliz, la jugarreta de los conocidos *duendes de imprenta,* iba a constituir una especie de premonición. Cuando, en el verano de 1985, la nueva Ley Orgáni-

BOLETIN OFICIAL DEL ESTADO

GACETA DE MADRID

21851 *ACUERDO de 14 de septiembre de 1984, de la Comisión Permanente, por el que se nombra Juez unipersonal suplente del Tribunal Tutelar de Menores de Melilla a don Angel Gallego Hernández.*

De conformidad con el artículo 3.° de la Ley de Tribunales Tutelares de Menores de 11 de junio de 1948, modificado parcialmente por Decreto de 26 de febrero de 1976, a propuesta de la Sala de Gobierno de la Audiencia Territorial de Granada,

La Comisión Permanente del Consejo General del Poder Judicial, en su reunión del día de la fecha, ha acordado nombrar a don Angel Gallego Hernández, Juez de Distrito de Melilla, para el cargo de Juez unipersonal suplente del Tribunal Tutelar de Menores de dicha capital, que ejercerá simultáneamente con su actual destino.

Madrid, 14 de septiembre de 1984.—El Presidente del Consejo General del Joder Judicial, Federico Carlos Sainz de Robles Rodríguez.

ca reformaba el sistema de designación de los miembros de ese Consejo, otorgando de hecho la plena facultad al gobierno, muchos magistrados se sintieron afectados en participio por el lujurioso verbo.

Este mismo *BOE* no tuvo inconveniente en inventarse una nueva provincia, la de Ceuta, precisamente en una Orden Ministerial por la que se ampliaban las enseñanzas en los institutos de Formación Profesional: es de esperar que, antes que ningunas otras, las de geografía política. Compensando el fallo, con su Real Decreto 19/85, de 9 de enero, la inefable *Gaceta* se marcaba un

19210 *ORDEN de 23 de junio de 1981 por la que se amplían las enseñanzas con el curso de adaptación a los Institutos de Formación Profesional de Ceuta número 1 y Ceuta número 2, de la provincia de Ceuta, y Cieza y Puente Tocinos, de la provincia de Murcia.*

tanto importante, acreditativo de la extensa visión de futuro de sus redactores-legisladores. Pues el entonces ministro de Asuntos Exteriores, don Fernando Morán, firmaba una disposición un año antes *(dado en Madrid, a 9 de enero de 1984)* de que, a su propuesta y según explicaba el texto, fuese deliberada por el Consejo de Ministros *(en su reunión del día 9 de enero de 1985).* A lo mejor era un chiste más de los suyos.

MINISTERIO DE ASUNTOS EXTERIORES

513 *REAL DECRETO 19/1985, de 9 de enero, por el que se nombra Embajador extraordinario en misión especial para que represente a España en los actos de la toma de posesión del nuevo Presidente de la República de Nicaragua, excelentísimo señor don Daniel Ortega Saavedra, al excelentísimo señor don Javier Solana Madariaga, Ministro de Cultura.*

A propuesta del Ministro de Asuntos Exteriores, y previa deliberación del Consejo de Ministros en su reunión del día 9 de enero de 1985,

Vengo en nombrar Embajador extraordinario en misión especial para que represente a España en los actos de la toma de posesión del nuevo Presidente de la República de Nicaragua, excelentísimo señor don Daniel Ortega Saavedra, al excelentísimo señor don Javier Solana Madariaga, Ministro de Cultura.

Dado en Madrid a 9 de enero de 1984.

JUAN CARLOS R.

El Ministro de Asuntos Exteriores,
FERNANDO MORAN LOPEZ

Bien es cierto que el ministerio responsable de tan sorprendente anticipación puede justificar semejantes lapsus por el enorme, muy espinoso y siempre trascendental trabajo que le abruma. Es, obviamente, uno de los departamentos más ocupados de

Mº DE ASUNTOS EXTERIORES

6011 *DECLARACION común de intención para la realización de un proyecto europeo de investigación relativo al destete temprano de lechones (Acción COST 85). Bruselas, 24 de julio de 1980.*

Declaración común de intención para la realización de un proyecto europeo de investigación relativo al destete temprano de los lechones. (Proyecto COST. 85.)

Los signatarios de la presente declaración común de intención, expresando su intención común de participar en un proyecto europeo de investigación relativo al destete temprano de los lechones, convienen en lo siguiente:

SECCION 1

1. Los signatarios tienen la intención de cooperar en un proyecto para fomentar la investigación en el campo del destete temprano de los lechones, a continuación denominado «proyecto».
2. El principal objetivo de este proyecto es producir más lechones más gruesos por cerda y por año. Las materias seleccionadas implican muchos trabajos de investigación aplicada acerca de los medios más rentables de producción de lechones a la vez, dentro del marco de sistemas con costes elevados y de sistemas con costes reducidos.
3. Los signatarios expresan su intención de realizar dicho proyecto en común según la descripción general y el esquema indicativo de participación posible que figuran en el anejo II.

todo el gobierno, cuyas extensas competencias alcanzan, incluso, a la investigación en el campo del destete temprano de los lechones. Ahí está, para confirmarlo, la *declaración común de intención* (¿no sería mejor decir *intenciones*?) recogida puntualmente en el siempre apasionante *BOE*.

Cuya capacidad para sorprendernos resulta infinita. El Consejo Supremo de Justicia Militar (organismo, por cierto, a extinguir, gracias a la política socialista), dependiente del Ministerio de Defensa, relaciona las pensiones concedidas a personal civil. Figura en primer lugar de las beneficiarias nada menos que la *viuda* de un capitán *capellán* de la Armada. ¿Acaso y en virtud de la libertad de cultos, ejercen su ministerio sacerdotal en nuestros buques de guerra los pastores protestantes? Debe ser eso. ¿Y cómo ha de interpretarse la aparición del equívoco vocablo *anales* en una Ley de la Comunidad Autónoma de Cantabria que afecta a sus presupuestos generales? ¿Significa acaso que tales presupuestos huelen mal?

MINISTERIO DE DEFENSA

Consejo Supremo de Justicia Militar.

Pensiones.—En virtud de las facultades conferidas a este Consejo Supremo de Justicia Militar, y en cumplimiento de lo dispuesto en la legislación vigente, se publica a continuación relación de pensiones concedidas a personal civil.

Madrid, 21 de junio de 1982.—El General Secretario, *Carlos Rodríguez del Pino.*

RELACIÓN QUE SE CITA

Madrid.—Doña M. Josefa Vidal Vázquez, viuda del Capitán Capellán 1.º de la Armada don José Manuel Pereiro Lamela.—Sueldo regulador: 74.120 pesetas.—Porcentaje: 40.—Pensión mensual que le corresponde desde el año 1982: 29.648 pesetas.—Fecha de arranque: 1 de febrero de 1982.—Dirección General del Tesoro (4).

29372 Miércoles 18 septiembre 1985 BOE núm. 224

V. Comunidades Autónomas

PAGINA

CANTABRIA

Leyes. Iniciativa popular.–Ley de 5 de julio de 1985 de Iniciativa Legislativa Popular. II.E.1 29521

Presupuestos. Créditos extraordinarios.–Ley de 10 de julio de 1985 de Crédito Extraordinario para financiar el Plan de obras para compensación de la supresión del Impuesto sobre el Producto Minero. II.E.2 29522

Presupuestos Generales. Anales.–Ley de 5 de julio de 1985 de concesión de un aval [redacted]mporte de 250 millones de pesetas a la Empresa «Gestión de Magefesa en Cantabria, Sociedad Anónima» (GEMACASA). II.E.2 29522

La ristra de disposiciones que a continuación reproduzco, publicadas en los boletines del 2 y 15 de abril de 1985, confirman

BOLETIN OFICIAL DEL ESTADO
GACETA DE MADRID

Año CCCXXV — Lunes 15 de abril de 1985 — Núm. 90

el intenso ejercicio de la de*do*cracia por el gobierno del señor González. Como éstas, podía haber traído al libro muchos centenares más. Todos los ministerios, sin duda impelidos por un común deseo de aminorar el paro, convocan la provisión de numerosos puestos de trabajo; aunque, eso sí, *por libre designación*. En consecuencia, los funcionarios de la Administración Civil del Estado serán nombrados en los distintos departamentos gubernamentales a gusto de sus titulares, como (por lo visto) debe ocurrir en toda democracia que se precie.

Aunque hay excepciones que creo de justicia resaltar. Pues para cubrir plazas de *camineros* en la provincia de Lugo, habrá que efectuar, en cambio, unas *pruebas selectivas*. Más solemnemente se convoca la provisión (en propiedad) de la plaza de

BOE núm. 79 — Martes 2 abril 1985 — 8751

MINISTERIO DE EDUCACION Y CIENCIA

Funcionarios de la Administración Civil del Estado.–Orden de 20 de marzo de 1985 por la que se convocan a libre designación, entre funcionarios de carrera, puestos de trabajo vacantes en el Ministerio de Educación y Ciencia. C.14 8790

Orden de 28 de marzo de 1985 por la que se convocan a libre designación, entre funcionarios de carrera con destino en los Servicios Centrales del Departamento y de sus Organismos autónomos, puestos de trabajo vacantes en el Ministerio de Educación y Ciencia. C.14 8790

MINISTERIO DE JUSTICIA

Cuerpo Técnico de Instituciones Penitenciarias.–Resolución de 6 de marzo de 1985, de la Subsecretaría, por la que se anuncia la convocatoria pública para cubrir mediante libre designación determinados puestos de trabajo. C.9 8785

Funcionarios de Instituciones Penitenciarias.–Resolución de 6 de marzo de 1985, de la Subsecretaría, por la que se anuncia la convocatoria pública para cubrir mediante libre designación determinados puestos de trabajo. C.9 8785

Funcionarios de la Administración Civil del Estado.–Resolución de 20 de marzo de 1985, de la Subsecretaría, por la que se anuncia convocatoria pública para proveer puestos de trabajo por el sistema de libre designación. C.9 8785

Funcionarios de la Administración Civil del Estado.–Orden de 30 de marzo de 1985 por la que se anuncia convocatoria pública para proveer puestos de trabajo por el sistema de libre designación. B.11 8773

Resolución de 26 de marzo de 1985, de la Oficina del Portavoz del Gobierno, por la que se anuncia convocatoria pública para proveer puestos de trabajo por el sistema de libre designación. C.8 8784

Funcionarios de la Administración Civil del Estado.–Orden de 27 de marzo de 1985 por la que se anuncia convocatoria pública para cubrir mediante libre designación determinados puestos de trabajo. C.14 8790

MINISTERIO DE TRANSPORTES, TURISMO Y COMUNICACIONES

Funcionarios de la Administración Civil del Estado.–Orden de 28 de marzo de 1985 por la que se convocan a libre designación, entre funcionarios, puestos de trabajo en el Ministerio de Transportes, Turismo y Comunicaciones. D.5 8795

MINISTERIO DE CULTURA

Funcionarios de la Administración Civil del Estado.–Orden de 28 de marzo de 1985 por la que se convoca la cobertura de diversas plazas de libre designación en los servicios centrales y periféricos del Departamento. D.5 8795

MINISTERIO DE SANIDAD Y CONSUMO

Funcionarios de la Administración Civil del Estado.–Orden de 27 de marzo de 1985 por la que se anuncia, para su provisión por libre designación, puestos de trabajo en los Servicios Centrales y periféricos de este Departamento y en los Servicios periféricos de la Administración Institucional de la Sanidad Nacional. D.6 8796

Médicos, Farmacéuticos, Químicos y Biólogos especialistas. Resolución de 1 de abril de 1985, de la Subsecretaría, por la que se convoca la adjudicación de plazas en Centros e Instituciones para iniciar programas de formación de especialistas en el año 1985. D.7 8797

CONSEJO DE SEGURIDAD NUCLEAR

Cuerpo Técnico de Seguridad Nuclear y Protección Radiológica.–Resolución de 25 de marzo de 1985, del Tribunal calificador para el ingreso en la Escala Superior del Cuerpo Técnico de Seguridad Nuclear y Protección Radiológica, por la que se hace pública la relación de aprobados. D.9 8799

ADMINISTRACION LOCAL

Sepulturero del Ayuntamiento de La Unión.–Resolución de 25 de febrero de 1985, del Ayuntamiento de La Aunión (Murcia), referente a la provisión en propiedad, mediante concurso-oposición de una plaza de Sepulturero de los cementerios municipales. D.9 8799

sepulturero en el cementerio municipal de La Unión (Murcia). Está clarísimo que los chicos del PSOE no quieren abusar de sus prerrogativas, colocando también *a dedo* a sus amados compañeros con carné en puestos tan poco estimulantes.

Sabido es que las comunidades autónomas dedican preferente atención a sus servicios de inspección fiscal; casi tanta como a los de posterior exacción de impuestos. Así, pues, no puede extrañar que la de Madrid, regida por el muy original señor Leguina (a quien malévolamente llaman *el chuletari*), necesite proveer tres plazas de inspectores. Y para que no se diga (y sin que sirva de precedente), lo hace convocando concurso-oposición libre. Lo que no acaba de quedar claro es el *cuadro de inutilidades* al que deben someterse los aspirantes, que se publica como Anexo II de las Bases.

Nada más empezar a leer la relación de taras físicas que incapacitan para acceder al concurso, nos tropezamos con la

B. O. C. M. LUNES 19 DE NOVIEMBRE DE 1984

BASES DE LA CONVOCATORIA MEDIANTE CONCURSO-OPOSICION LIBRE PARA CUBRIR EN PROPIEDAD TRES PLAZAS DE INSPECTORES FISCALES

ANEXO II

Cuadro de inutilidades con relación a la aptitud física para el Servicio de Inspección Fiscal

a) Enfermedades generales.

1. Obesidad manifiesta en la que el perímetro abdominal exceda en 15 centímetros al torácico.

b) Enfermedades de los tejidos.

2. Cicatrices que por su extensión o adherencia a los órganos profundos o al esqueleto comprometan el funcionamiento de tales órganos o los movimientos de los miembros.

3. Dermatosis, eccemas y ulceraciones extensas.

c) Enfermedades del aparato digestivo.

4. Falta o pérdida de uno o ambos labios.

5. División congénita o perforaciones adquiridas y extensas en la bóveda palatina, cuando dificulten notablemente la emisión de la palabra o la deglución.

6. Falta o pérdida total de la mandíbula inferior o parcial de las mandíbulas que determinen trastornos funcionales graves (masticación, deglución o emisión de la palabra).

7. Falta o pérdida total o parcial de la lengua.

d) Enfermedades de los aparatos respiratorios y circulatorio.

8. Tartamudez muy graduada o permanente.

9. Deformación del tórax que modifique o dificulte la respiración o circulación o entorpezca los movimientos del tronco.

10. Pecho en quilla marcado.

11. Varices importantes o que se marquen claramente en bipedestación.

12. Lesiones valvulares.

13. Hipertensión o hipotensión marcadas.

e) Enfermedades del aparato locomotor.

14. Amputación de cualquier dedo o parte del mismo, en ambas manos, que sean incompatibles con los esfuerzos y actividades propias del cuerpo.

15. Falta del dedo gordo del pie.

16. Pies semiplanos o con arco plantar poco marcado.

17. Atrofias y anquilosis de un miembro que sean incompatibles con los esfuerzos y actividades propias del cuerpo.

18. Cuerpos móviles intraarticulares que comprometen el libre funcionamiento de un miembro o articulación importante.

19. Secciones o roturas musculares e inserciones viciosas de los músculos que originen lesión funcional considerable.

20. Escoliosis, cifosis o lordosis, que sin ser marcadas produzcan asimetría en la bipedestación.

21. Acortamiento de una extremidad inferior, con asimetría de las articulaciones coxofemorales en bipedestación.

22. "Gena varum" y "genu valgum"

obesidad manifiesta, entendiendo por tal aquella en la que *el perímetro abdominal exceda en 15 centímetros al torácico.* Ciertamente, eso es estar gordo. Pero ¿por qué un caballero así de grueso no puede ser inspector fiscal de la Comunidad de Madrid? ¿Cuál es la razón de que se declare tan rotundamente su incapacidad para el puesto? ¿Quizá se supone que más de una vez tendrá que salir por pies, eludiendo la agresión física de algún contribuyente demasiado violento? De ser así, comprendo que se le exija una presunción de ligereza en la carrera.

Sin embargo, reconozco mi incapacidad para comprender la motivación de otras dos causas de incapacidad: la décima, *pecho en quilla marcado,* y muy especialmente la decimoquinta, *falta del dedo gordo del pie.* ¿Qué influencia puede tener tan insignificante mutilación a la hora de levantar actas de infracción fiscal? ¿Y por qué, precisamente, es el dedo gordo el determinante de la inutilidad y no cualquiera de los cuatro restantes? ¿Quiere insinuarse (Dios me libre de pensarlo siquiera) que los inspectores fiscales de la CA de Madrid pueden escribir sus actas con los pies? Misterio.

En cuanto a la causa vigésimo segunda, lo de *«gena varum»* y *«genu valgum»,* declaro humildemente que no sé qué diantres quiere decir. Aunque, desde luego, suena a pecado sexual. De modo que me parece muy bien.

En cambio, protesto por la redacción del *edicto* del señor juez de 1.ª Instancia número 2 de Logroño y su partido, publicado en el *BO* de la Rioja el 14 de mayo de 1985 y en el que se relacionan los bienes de un deudor (vamos a decir que presunto) que salen a pública subasta. El lote 4) está explicado genialmente: *Tiene algo en el tomo 914, folio 109,* dice la severa prosa legal, que anteriormente ha descrito con pelos y señales las distintas fincas propiedad del ejecutado, *pero dicho tomo no se encuentra en el Registro.* Y atención a lo que viene: *la encargada dice que posiblemente se encuentre en reparación, dada su antigüedad* (del tomo, no de la encargada).

Comprueben la literalidad de tan poco galante precisión en el original que reproduzco. Y coincidan conmigo en que estos boletines constituyen una fuente inagotable de diversión. Hasta cuando se equivocan, lo cual ocurre muy a menudo, y, sobre todo, a partir del *cambio.* La frivolidad con que se redactan ahora las disposiciones legales es un trasunto fiel de la incompetencia o la desidia de los actuales burócratas. De ahí que continuamente el *BOE* tenga que publicar las correcciones de sus propios errores, haciendo buena la frase aquella según la cual los socialistas sólo aciertan cuando rectifican.

BOLETIN OFICIAL DE LA RIOJA

Martes, 14 de mayo de 1985

EDICTO

1344/1453

Don Valentín de la Iglesia Duarte, Juez de Primera Instancia número dos de Logroño y su Partido.

BIENES DE TELESFORO MARIN VILDA.— 1) Tomo 1.284, folio 151, libro 11 finca 1.610, Rústica, finca en Pradillo de Cameros en términos de los Linares de 13 áreas, 92 centiáreas, según título y de 21 áreas y 40 centiáreas según catastro. Linda: Norte, Graciano de Laz, Sur, Ayuntamiento, Este, poyo y Oeste, Río Iregua.

Se vende a Doña María Venus Vento-Ferrera Córdoba para su sociedad conyugal con Telesforo. Sin Cargas.

2) Tomo 1.284, folio 153, libro 11, finca 1.611. Rústica finca en Pradillo de Cameros en término de las Zarzosas o las Llanas Bajas, de 24 áreas y 36 centiáreas, según título y 30 áreas y 20 centiáreas según catastro. Para la misma sociedad conyugal. Sin Cargas.

3: Tomo 1.244, folio 241, libro ilegible, finca 1.469. Urbana, casa con jardín en la calle carretera núm. 4 sita en Pradillo de Cameros. Sin Cargas.

4) Tiene algo en el tomo 914, folio 109, pero dicho tomo no se encuentra en el Registro. La encargada dice que posiblemente se encuentre en reparación, dada su antigüedad, (del tomo, no de la encargada).

...

El 9 de febrero de 1985, la *Gaceta de Madrid* de nuestros pecados insertó la *corrección de errores* que ahí tienen, deslizados en el Real Decreto 2134/84, por el que se trasvasaban a la Comunidad Autónoma de Aragón determinadas competencias. Total, las equivocaciones afectaban nada más que a *veintisiete* apartados, y algunas eran tan insignificantes como haber escrito 153 108 000 millares de pesetas, en vez de 153 603; confundir 231 840 con 98 640; 3 979 176 con 5 602 576 y 993 con 1 378. Tampoco es manco lo de decir *pesetas* en vez de *pesetas millares,* quizá para reducir así la apariencia de dispendio excesivo. Por increíble que resulte, estas cosas suceden en la Administración y no consta que lleven consigo las consecuentes exigencias de responsabilidades.

Otro *Boletín* de notoria importancia es el de las Cortes Generales, Congreso de los Diputados. En él se nos informa rigurosamente del contenido de los apasionantes debates que sostienen

3312 Sábado 9 febrero 1985 BOE núm. 35

2481 *CORRECCION de errores del Real Decreto 2134/1984, de 26 de septiembre, por el que se traspasan a la Comunidad Autónoma de Aragón los servicios del Estado correspondientes a las competencias asumidas por aquélla en relación con los tributos cedidos, asesoramiento jurídico, defensa en juicio y fiscalización-intervención.*

Advertidos errores en el texto del mencionado Real Decreto, publicado en el «Boletín Oficial del Estado» número 287, de fecha 30 de noviembre de 1984, se transcriben a continuación las oportunas rectificaciones:

Página 34547, en la primera columna, primer párrafo, quinta línea, donde dice: «artículo 48», debe decir: «artículo 48 y disposición adicional segunda».

Página 34547, en la segunda columna, quinta línea, donde dice: «Asesoras», debe decir: «Asesorías».

Página 34547, en la segunda columna, en el artículo 4.°, segunda línea, donde dice: «las relaciones 3.1», debe decir: «la relación 4».

Página 34548, en la primera columna, en el anexo, en el párrafo certifican, línea sexta, donde dice: «Ley 30/1983», debe decir: «Ley 38/1983».

Página 34548, en la primera columna, apartado A), segundo párrafo, antepenúltima línea, donde dice: «queden», debe decir: «quedan».

Página 34549, en la primera columna, apartado B), cuarto párrafo, décima línea, donde dice: «de», debe decir: «que».

Página 34549, en la primera columna, apartado A), en el subapartado 1 y letras, al final, donde dice: «1.», debe decir: «i».

Página 34550, en la primera columna, último párrafo, tercera línea, detrás de «cuando» intercalar «se».

Página 34550, en la segunda columna, apartado D), 5, donde dice: «fine», debe decir: «fines».

Página 34550, en la segunda columna, apartado F), 1, quinta línea, donde dice: «afectado», debe decir: «afectados».

Página 34550, en la segunda columna, apartado H), donde dice: «qu ese», debe decir: «que se».

Página 34551, en la primera columna, apartado 2. Asignaciones presupuestarias, donde dice: «pesetas», debe decir: «Pesetas millares», y donde dice: «153.108.000», debe decir: «153.603».

Página 34551, en la primera columna, apartado 3.1, a) Costes brutos, donde dice: «105.382», debe decir: «107.013». Donde dice: «156.272», debe decir: «157.903».

Página 34551, en la segunda columna, apartado b) A deducir, donde dice: «156.272», debe decir: «157.903».

Página 34551, en la segunda columna, apartado J), tercera línea, donde dice: «en», debe decir: «de».

Página 34551, en la segunda columna, apartado K), cuarta línea, donde dice: «hipotecarios», debe decir: «hipotecario».

Página 34552, en la primera columna, comienzo, debe decir: «Delegación de Hacienda de Zaragoza».

Página 34552, en la segunda columna, antes de «Inventario detallado...», debe decir: «Delegación de Hacienda de Huesca».

Página 34553, en la primera columna, antes de «Inventario detallado...», debe decir: «Delegación de Hacienda de Teruel».

Página 34554, en la primera columna, relación 2.1 Personal de carrera adscrito a los servicios que se traspasan por costes centrales e interdepartamentales a la Comunidad Autónoma de Aragón, donde dice: «José M.ª Bescos Ruiz», debe decir: «José M.ª Bescos Ramón».

Página 34554, cuadro inferior derecha, relación 2.1. Personal de carrera adscrito a los servicios que se traspasan por Costes Centrales e Interdepartamentales a la Comunidad Autónoma de Aragón-vacantes presupuestarias, en la línea de Insp. Fin. en Trienios, debe decir: «231.840», en Grado debe decir: «98.640» y en paga extra, donde dice: «141.792», debe decir: «196.872», y en total retribuciones básicas, donde dice: «992.544», debe decir: «1.378.104», y en el total anual, donde dice: «3.591.984», debe decir: «3.977.544». En las líneas de Interventores, en trienios, debe decir: «193.200», en Grado debe decir: «98.640», y en las pagas extras, donde dice: «141.792», debe decir: «190.432», y el total de retribuciones básicas, donde dice: «992.544», debe decir: «1.333.024», y en el total anual, donde dice: «2.894.580», debe decir: «3.235.060». En la línea de Abogado E.en Trienios, debe decir: «386.400», en Grado debe decir: «98.640», y en paga extra, donde dice: «141.792», debe decir: «222.632», y el total de retribuciones básicas, donde dice: «992.544», debe decir: «1.558.424», y en el total anual, donde dice: «3.090.544», debe decir: «3.656.444». Siendo el Total General de la relación 2.1: Sueldo: «3.403.008», Trienios: «1.004.640», Grado: «394.560», Paga extra, donde dice: «567.168», debe decir: «800.368», Total Retribuciones básicas, donde dice: «3.970.176», debe decir: «5.602.576», Complemento de destino: «1.965.600», Dedicación exclusiva: «1.761.360», Incentivos: «4.774.572», Total Retribuciones complementarias: «8.501.532», Total anual, donde dice: «12.471.708», debe decir: «14.104.108».

Página 34556, en la segunda columna, cuadro superior, en la aplicación 15.01.112, Servicios Periféricos, Coste Directo, donde dice: «993», debe decir: «1.378», y en Total, donde dice: «993», debe decir: «1.378». Siendo Servicios Centrales-Coste Ind.

Página 34556, en la segunda columna, cuadro superior, en la aplicación 15.03.112, Servicios Periféricos, Coste Directo, donde dice: «1.985», debe decir: «2.666», y en Total, donde dice: «1.985», debe decir: «2.666». Siendo Servicios Centrales-Coste Ind.

Página 34556, en la segunda columna, cuadro superior, en la aplicación 15.06.112, Servicios Periféricos, Coste Directo, donde dice: «993», debe decir: «1.558», y en Total, donde dice: «993», debe decir: «1.558». En el Total Capítulo I, Servicios Periféricos, Coste Directo, donde dice: «12:472», debe decir: «14.103». Siendo Servicios Centrales-Coste Indirecto.

Página 34557, en la segunda columna, cuadro superior, Relación número 3, Valoración definitiva de las cargas financieras de los servicios traspasados, en Coste bruto, Gastos de Personal Real Decreto 1778/1983, donde dice: «12.472», debe decir: «14.103». Total, Costes Centrales, donde dice: «22.560», debe decir: «24.191», y el Total, donde dice: «105.382», debe decir: «107.013», siendo el Total de Coste bruto, y el Total General, donde dice: «156.272», debe decir: «157.903».

Página 34559, en la segunda columna, cuadro inferior, Relación número 4, donde dice: «Valoración definitiva de las cargas financieras de los servicios traspasados», debe decir: «Dotaciones y recursos para financiar el coste efectivo de los servicios traspasados».

Página 34559, en la segunda columna, cuadro inferior, Relación número 4, apartado a) Costes brutos, en Gastos de Personal Capítulo I, donde dice: «10.471», debe decir: «10.741».

los *padres de la Patria* (otros los llaman *padrastros del país*) y de las preguntas que la Oposición efectúa al gobierno y de las documentadas respuestas de éste, acreditativas siempre de su talante democrático, su capacidad de convicción y su natural tendencia a la motivación de sus decisiones.

Bien es cierto que, en ocasiones, la Oposición formula preguntas extrañas, como la recogida en el *Boletín* de 9 de abril de 1985 y elevada por don José Manuel Romay, diputado del Grupo Popular, el cual se interesó por la marcha de los estudios anunciados para la extensión de la *autopsia* alternativa Santiago-Pontevedra. Sin duda confundió al señor ministro de Obras Públicas con un médico forense.

BOLETIN OFICIAL
DE LAS CORTES GENERALES

CONGRESO DE LOS DIPUTADOS

II LEGISLATURA

Serie D: ACTOS DE CONTROL	9 de abril de 1985	Núm. 86

PE 5.183-II	Contestación del Gobierno a la pregunta formulada por el Diputado don José Manuel Romay Beccaria, del Grupo Parlamentario Popular del Congreso, sobre estudios anunciados para extensión de la autopsia, alternativa Santiago-Pontevedra («B. O. C. G.», Serie D-78, PE 5.183-I, de 28 de febrero de 1985)	5659

Altamente significativa, llena de elocuencia en su castrense sobriedad, fue la respuesta dada por el gobierno al diputado don Gabriel Elorriaga, que tenía curiosidad por conocer las facultades estatutarias de la Comunidad Autónoma de Valencia en

Serie D: ACTOS DE CONTROL	29 de marzo de 1985	Núm. 84

Excmo. Sr.: En relación con la pregunta formulada por el Diputado don Gabriel Elorriaga Fernández, sobre Estatuto de la Comunidad Valenciana en materia de aguas subterráneas, tengo la honra de enviar a V. E. la contestación formulada por el Gobierno, cuyo contenido es el siguiente:

«No.»

Lo que envío a V. E. a los efectos previstos en el artículo 190 del Reglamento del Congreso.

Madrid, 11 de marzo de 1985.—El Secretario de Estado, **Virgilio Zapatero Gómez.**

materia de aguas subterráneas. Se le contesta, haciendo constar, eso sí, la mucha honra que siente el secretario de Estado al hacerlo, de manera altamente explícita: NO. Sencillamente, NO. ¿Para qué más explicaciones, caramba?

No se libra este *Boletín* del Congreso de las travesuras de los duendes de imprenta o (vayan a saber) de la deficiente cultura

PE 3.079-II

Excmo. Sr.: En relación con la pregunta formulada por el Diputado don Isaías Zarazaga Burillo, sobre promoción profesional del personal docente e investigador y regulación del año sabático, tengo la honra de enviar a V. E. la contestación formulada por el Gobierno, cuyo contenido es el siguiente:

«Efectivamente el Gobierno tiene muy claro que la creación de "Centros de excelencia" exige un permanente apoyo a la promoción y cualificación profesional del personal docente e investigador de las Universidades.

A este respecto, ha de indicarse que las principales medidas que se propone propiciar el Gobierno para garantizar esta permanente promoción y cualificación profesional se hayan contenidas en el Proyecto de Real Decreto sobre Régimen del Profesorado Universitario, que actualmente se haya en discusión y tramitación, y que ya ha sido sometido al informe preceptivo del Consejo de Rectores, en representación de la Comunidad Académica. Asimismo, habría que indicar que dicho proyecto de Decreto remite, en su caso, a los propios Estatutos de Universidades para que desarrollen las normas correspondientes.

gramatical de algunos redactores de las respuestas gubernamentales. Cuando el diputado don Isaías Zarazaga se interesa por la regulación del año sabático y otros temas de educación, el gobierno responde con amplitud y detalle, resaltando su preocupación por propiciar medidas que garanticen *la permanente promoción y cualificación profesional* del personal docente en las universidades. Falta hace que se dicten cuanto antes para evitar, en lo sucesivo, que siga escribiéndose con *y griega* un tiempo del verbo *hallar*. Y por dos veces consecutivas, para que nadie piensa que fue descuido.

Como diría un coplero: *total, que no tienen fin, las planchas del «Boletín»*.

CHOCANTES INFORMACIONES

Un despiste del corrector, sin duda, permitió que apareciera ese titular ciertamente chocante: según el cual, Asturias se había manifestado *contra* la paz y el desarme. Casi tan sorprendente como que un sacerdote, licenciado en Derecho, después de haber actuado varios años como fiscal del Tribunal Eclesiástico, defendiendo la indisolubilidad del vínculo en las causas de nulidad matrimonial, se dedicase a ejercer como abogado y se especiali-

Asturias se manifestó contra la paz y el desarme

UN SACERDOTE, ABOGADO EN VARIAS DEMANDAS DE DIVORCIO

Un sacerdote, José Arner Bueno, licenciado en derecho, es el abogado que tramita en Lérida, dos de las tres demandas de divorcio presentadas hasta el momento en el Juzgado de Instrucción número 1.

José Arner había actuado en los últimos años como fiscal del Tribunal Eclesiástico, en defensa de la indisolubilidad del vínculo matrimonial en las causas de nulidad.

zara en divorcios en cuanto fue aprobada la discutida ley del señor Fernández Ordóñez. Ni quito ni pongo cura: lo publicó *El Progreso* de Lugo el 19 de setiembre de 1981.

Volviendo a los inextinguibles boletines, el de la provincia de Palencia resulta menos técnico y farragoso que casi todos los demás, e incluso informa con cierta soltura periodística acerca de los acuerdos de los distintos municipios. Por él sabemos que el de Ampudia, al aprobar un aumento de sueldo del señor alcalde y concejales, conoció la sorprendente decisión de uno de ellos

Miércoles, 5 de Octubre 1983

BOLETIN OFICIAL
DE LA
PROVINCIA DE PALENCIA

Textos de decretos y resoluciones

UN CONCEJAL DE AMPUDIA DESTINARA SU ASIGNACION A TRAER BAILARINAS

El «Boletín Oficial de la Provincia», de Palencia, en su número del 5 de octubre, publica, entre otros, los siguientes asuntos:

—Edicto del Ayuntamiento de Ampudia, informando del acuerdo corporativo sobre asignaciones y compensaciones a sus miembros. Las asignaciones y dietas se cobrarán desde el mes de junio a diciembre del año actual. Según el acuerdo, el alcalde cobrará 25.000 pesetas mensuales y el resto, hasta 31.666, que le corresponden, decide que se destine a una obra municipal.

Los concejales cobrarán las siguientes cantidades: Asignación fija: 2.000 pesetas al mes; por asistencia a sesión o comisión, también 2.000 pesetas. La concejal del Grupo Popular doña Ascensión del Valle Torres, decide que la cantidad que le corresponde se destine a una actividad infantil o juvenil. El concejal socialista don Juan José Meléndez Abarquero decide que la cantidad que le corresponde la destinará a traer bailarinas. El concejal socialista don Fructuoso Barona Sánchez dona su cantidad al Club de Tercera Edad.

—Edicto del Ayuntamiento de Reinoso de Cerrato, exponiendo a información pública el proyecto técnico de «alumbrado público» de la localidad, por importe de 2.475.000 pesetas.

(socialista), que hizo constar en acta que destinaría su asignación a *traer bailarinas*. ¿Se trata de un entusiasta del ballet clásico? ¿O más bien las bailarinas que con tanta generosidad desea contratar el señor Meléndez son de las llamadas folklóricas? ¿Cuáles constituyen los fines últimos de tan chocante empeño? ¿Y en qué quedaría el acuerdo municipal?

Dos semanas nada menos llevaba en *paradero desconocido* un vagón de mercancías que había salido de la estación de A Rúa con destino a Vigo, cuando *La Voz de Galicia* (7 de febrero de 1986), naturalmente inquieta, dio la noticia. El periódico había consultado *fuentes de la Renfe,* que restaron importancia al extravío, aclarando además que *no es frecuente que se pierda un vagón.* Menos mal. Que bastantes miles de millones de déficit arroja cada año la explotación de nuestras líneas férreas, para que encima haya que aumentar las pérdidas con semejantes sucesos. Ciertamente chocantes, por no decir increíbles. Porque, vamos, un vagón de tren no es precisamente una *vespa.*

Renfe extravió un vagón de mercancías entre A Rúa y Vigo

Los *ecos de sociedad* constituyen una de las más clásicas secciones de la prensa diaria. En los últimos años, habían perdido parte de su interés; pero, por fortuna, vuelven a ocupar destacados espacios en las páginas de los periódicos. Los llamados *cronistas sociales* tienen un estilo personalísimo, característico, inimitable, que les permite adjetivar con brillantez y prodigalidad a las siempre bellísimas señoritas *que visten por vez primera sus galas de mujer* y lucen (más bien, refulgen) *cual ascua de oro* en la fiesta de puesta de largo. Y a las novias, en el día de su *enlace matrimonial,* de las que suelen ofrecernos puntual detalle del velo, generalmente *de tul ilusión,* que, por descontado, *realza sus naturales encantos.* Resulta también normal que se anticipe, como coletilla, que los recién casados *salieron en viaje de luna de miel hacia distintos lugares del extranjero.*

Pero las costumbres han cambiado mucho en España, que no

VIDA SOCIAL

DIVORCIO

Acaba de obtener el divorcio, según sentencia del Juzgado de Familia de Las Palmas, don Pedro Fraile Nande, conocido por «Nande», hasta ahora casado con doña María Amalia Mizzian Querol. Al divorcio se llegó por mutuo acuerdo de los cónyuges, que fueron aserorados por el letrado Rodríguez Silveira. A ambos les deseamos felicidad en la nueva etapa de su vida.

hay más que ver al buen sacerdote metido a abogado divorcista, y el cambio alcanzó también a los *ecos de sociedad,* y por eso el diario *La Provincia* de Las Palmas de Gran Canaria pudo publicar (17 de febrero de 1982) lo que debe considerarse como actualización y puesta al día de una sección periodística clásica. Pues allí, se cuenta bajo la rúbrica tradicional, el divorcio de un caballero, con foto incorporada y expresa citación del letrado que lo consiguió. (Antes siempre se hacía alusión al sacerdote que oficiaba en la ceremonia nupcial.) Como también antes era inevitable *desear a la feliz pareja toda suerte de venturas en su nuevo estado,* ahora, y para no ser menos, se desea a los divorciados *felicidad en la nueva etapa de su vida.*

Grande fue también la felicidad de don José María Iturbe, que no hay más que verle la cara en la fotografía, cuando después de diez años de experiencias y esfuerzos, consiguió por fin un conejo autóctono vasco. Le puso por nombre *Antón* y lo presentó en la II Bienal del Sector Primario. De piel rojiza y fruto de sucesivos cruces de *untxigorrie* (conejos rojos de las Vascongadas), con *californianos* y *albinos*, gracias a la tenacidad de este industrial, Euzkadi cuenta ya con un conejo idóneo para su clima y sin contaminaciones *maketas*. Enhorabuena.

Menor fortuna, en cambio, tuvo otro animal, *Brisca,* perra loba propiedad de don Juan Hernández, presidente del Gremio de Constructores de Lérida, a la que su amo tenía vigilando una obra en construcción. Un (presunto) individuo entró en ella, con la (presunta) intención de robar las he-

José María Iturbe sujeta entre los brazos al primer conejo autóctono.

Según José María Iturbe, «padre» de la criatura, ha conseguido un conejo autóctono idóneo para el País Vasco

«Antón», el «Bugs Bunny» vasco, hizo su presentación mundial en Itsaslur

rramientas de trabajo, los ladrillos y lo que (presuntamente) cayera al paso; la perra, en cumplimiento de su deber, se abalanzó sobre el (presunto) caco y le puso en fuga, después de rasgarle los (presuntos) pantalones y producirle arañazos en las piernas.

Mas el infortunado ciudadano, tan vilmente atacado por *Brisca,* se presentó muy indignado en el Juzgado de Guardia y denunció los hechos; ya se entiende que no los (presuntos) que se referían al (presunto) robo, sino los indiscutibles de la innoble agresión canina que acababa de padecer. Tras las correspondientes actuaciones, el juez del Distrito número 2 de Lérida condenó a don Juan Hernández a pagar una multa de 2 000 pesetas; más 8 000 pesetas, importe de un traje nuevo para la (presunta)

Perro multado por morder a un ladrón

víctima; más 204 pesetas, de dos vacunas que tuvo que ponerse el pobre agredido, por si las moscas; más 10 899 pesetas en concepto de tasas judiciales; más 884 de intereses. En total, 21 987 pesetas le costó al constructor la fidelidad de su perra a sus obligaciones de fiel guardián.

Puede parecer broma, pero de la veracidad del sucedido dio fe *El Periódico,* en su número del 5 de febrero de 1985 (p. 16). La argumentación de la sentencia condenatoria se basaba, fundamentalmente, en la imprudencia del señor Hernández, que no había colocado en la obra en construcción un letrero donde se advirtiera: *Cuidado con el perro.* De conformidad con tan avanzada teoría, debería también don Juan haberla llenado de pasquines en los que se leyese claramente: *Se prohíbe robar.* ¡Ah! Ni que decir tiene que del (presunto) ladrón nunca más se supo; habrá regresado, seguramente, a su profesión habitual.

D. E. P.

LA GENEROSA Y SUFRIDA SEÑORA

DOÑA AGRICULTURA DIVERSA CANARIA

QUE FALLECIO RECIENTEMENTE, VICTIMA DE LA INCOMPRENSION Y MARGINACION EN EL TRATADO DE ADHESION A LA C.E.E.

Su paciente esposo: Canario Labrador; hijos: Tenerife, Fuerteventura, La Palma, Lanzarote, Hierro, Gran Canaria y Gomera Labrador Diversa; hijos políticos: Cooperativas, Apas, Sat, Cosecheros-Exportadores, Aparceros y Trabajadores Agrícolas; nietos, sobrinos, familiares y allegados

RUEGAN a todos los canarios que han vivido gracias a la generosidad de la difunta su apoyo individual y colectivo, para intentar conseguir el milagro de su resurrección y se sirvan asistir a los actos a celebrar en las capitales canarias —en fecha que oportunamente daremos a conocer— para dar testimonio de nuestra triste orfandad, favor por el cual les quedarán profundamente agradecidos.

Islas Canarias, a 1.º de mayo de 1985

TRES ESQUELAS

Se comentan solas. Las dos primeras reflejan un *humor negro* muy característico de los españoles: anuncian, con mucho cachondeo, la defunción, respectivamente, de la agricultura canaria y de la tecnología en España. En ambos casos, la causa de tan sensibles óbitos hay que achacarla a la desdichada gestión del gobierno socialista. Por un lado, en la precipitación con que, a última hora, firmó el tratado de adhesión a la CEE, por razones meramente electoralis-

†

Rogad a Dios por

LA TECNOLOGIA EN ESPAÑA

Que fallecerá próximamente con la entrada en vigor de la LEY DE COMPETENCIAS DE INGENIEROS TECNICOS ocasionando la práctica desaparición de la INGENIERIA SUPERIOR

R. I. P.

La Industria Nacional, la Cultura, la Universidad y el Progreso les hacen partícipes del dolor de tan irreparable pérdida.

†

EL SEÑOR

Don Moisés Chocarro Esquíroz

(VIUDO DE MAURICIO SENOSIAIN)

falleció en Pamplona el día 3 de enero de 1985, a los 82 años de edad, confortado con los Santos Sacramentos.

———D. E. P.———

tas; por otro, en la famosa *ley de atribuciones* que movilizó (inútilmente) las airadas protestas públicas de millares de estudiantes y profesionales de la ingeniería y la arquitectura.

En cuanto a la tercera esquela, habida cuenta de la edad del difunto, no parece sensato entender que el hecho, poco frecuente, de que dejase un viudo de su mismo sexo haya que achacarlo a desviaciones *gay*. Más bien debió de tratarse de una lamentable errata de imprenta.

EL «ANTERIOR JEFE DEL ESTADO»

Proscritas las obsoletas denominaciones de *Caudillo* y *Generalísimo,* ya saben que ahora, cuando se habla de Francisco Franco, hay que presentarle, sin más, como *el anterior jefe del Estado.* Para el *anterior jefe del Estado,* 1985 fue un año glorioso, pues con ocasión del décimo aniversario de su fallecimiento ocupó mucho más espacio en diarios, revistas, libros, películas, informaciones televisivas, conferencias y seminarios que cualquiera de los políticos actualmente en activo. Además, el tono general de tan abrumadora historiografía fue bastante moderado; como si el paso del tiempo comenzase a serenar las opiniones, haciéndolas más objetivas.

De todos modos, semejante trato, respetuoso (en lo que cabe), no llegó a la sorprendente delicadeza de invitar a Su Excelencia (con perdón) a asistir a la final de la Copa del Rey, de fútbol, tantos años llamada del Generalísimo. Aunque el titular

FRANCO, EN LA FINAL DE LA COPA DEL REY

(del diario *As*) se prestase a confusiones; con lo sencillo que hubiera sido completar el primer apellido de este Franco con el Martínez que tiene de segundo. Ya que se trata del muy prestigioso árbitro, designado para juzgar el trascendental encuentro.

También juega con el equívoco el otro titular, del todo inaudito en estos tiempos. Pues un homenaje a Francisco Franco no es ahora normal: menos todavía, que lo presida don Enrique de la Mata Gorostizaga. Y encima, que se le ofrezca por salvar la vida a

En Marbella

HOMENAJE A FRANCISCO FRANCO POR SALVAR LA VIDA A UN TURISTA

MARBELLA (MALAGA).— Francisco Franco ha sido objeto de un homenaje popular por parte de la Cruz Roja de Marbella, que fue presidido por Enrique de la Mata Gorostizaga, titular de la Cruz Roja Internacional, y por María Salamanca, condesa de Larich, presidenta de la Cruz Roja marbellí.

La causa de este homenaje fue entregar a Francisco Franco Ramos, director del merendero "Cristina" del hotel Don Carlos de Marbella, una placa en reconocimiento por haber salvado la vida al cliente del hotel Bernabé Alvarez, de 65 años, de Madrid.

El turista madrileño había sido dejado ya como muerto por asfixia e incluso se le había tapado la cara con una toalla en la misma playa, en espera de que llegara el juez. Francisco Franco no perdió la esperanza y lo devolvió a la vida tras aplicarle durante media hora la respiración boca a boca, a la vez que le daba masajes cardíacos.

un turista, cuando tanto le echan en cara al *anterior jefe del Estado* su política represiva. Hay que leer el texto para salir de confusiones: el homenajeado fue don Francisco Franco Ramos, director del merendero Cristina, en Marbella.

Son nombres y apellidos que incitan al error. Pero ninguno tanto como los del conductor de un Seat 133 que colisionó con un ciclista, en una avenida de Gijón, causándole lesiones de pronóstico reservado. El automovilista se llamaba, nada menos, que Eleuterio VIVA FRANCO. Apellidos peligrosos en los tiempos que corremos; hasta el punto de que llamarle a gritos por las calles podría provocar más de una reacción desagradable en algún transeúnte del PSOE. Claro que, en compensación, hay que suponer lo mucho que gustaría don Eleuterio a las autoridades y jerarquías del *anterior régimen*.

HERIDO EN UN CHOQUE ENTRE UN TURISMO Y UNA BICICLETA

Un joven fue ingresado en la Residencia Sanitaria de la Seguridad Social de Gijón, alrededor de las tres menos cuarto de la tarde de ayer después de que se registrara un choque entre la bicicleta que él mismo conducía y un automóvil, marca Seat 133, matrícula O-5.77-F, conducido por Eleuterio Viva Franco, en la avenida de los Hermanos Felgueroso, a la altura de su confluencia con la calle de San Rafael.

El muestrario de curiosas noticias sobre el Generalísimo, aparecidas en la prensa del *cambio,* termina con esa otra foto y, sobre todo, con su pie (*As,* 13 de febrero de 1986). Los jugadores de la selección española de fútbol guardan un minuto de silencio, antes del partido que jugaron en Glasgow contra la selección

Dentro del marco de la Eurocopa, España ganó en Glasgow por 1-2, el 20 de noviembre de 1974. Antes del partido, en Hampden Park, se guardaría un minuto de silencio por la muerte del general Franco. Ahí tienen, respetuosamente firmes, a los Roberto Martínez, Migueli, Iríbar y Costas.

escocesa, en recuerdo respetuoso a la memoria del difunto Caudillo. Pero lo sorprendente (con serlo y mucho) no es la rígida posición de firmes del hoy *abertzale* José Ángel Iríbar, sino que el póstumo homenaje se produjera un año antes de la muerte de Franco: 20 de noviembre de *1974,* si hacemos caso del pie.

Claro que nada como un pie para meter la pata.

DOS AVISOS INEFABLES

AVISO

AL PERSONAL VOLUNTARIO FEMENINO DE LA CRUZ ROJA

Ante la absurda e incomprensible actitud del Presidente de la Cruz Roja de Santander, Dn. MANUEL PEREZ, al encargar los uniformes de la Unidad Femenina de Voluntarias de la Cruz Roja de tierra de Santander, y negarse ahora a pagarlos, tendrán cada una que pagarse su uniforme, por lo que deberán pasarse por la SASTRERIA a efectuar su pago.

Se advierte que las que no lo hicieren, serán despojadas del uniforme donde quiera que se las encuentre, por lo que se las aconseja llevar ropa de repuesto, si no quieren verse desnudas en la calle.

Santander, 3 de diciembre de 1984.

Fdo.: **Víctor Manuel Martín.**

DNI: 13.489.339

Sobre todo, el de don Víctor Manuel Martín, maestro sastre de Santander, que amenaza con despelotar en plena vía pública a las señoritas de la Unidad Voluntaria de la Cruz Roja, ya que su presidente no le ha abonado el importe de sus uniformes. Y no es una broma, no; que bien les advierte que deben llevar ropa de repuesto, para evitar el bochorno de verse desnudas en pleno paseo de Pereda.

Lo de la empresa de ahorro (en fase de expansión) que necesita un delegado para la zona de Sant Celoni parece más extraño, aunque menos peligroso. Bien se advierte en el aviso que la selección de aspirantes dependerá de la valía profesional del candidato y de su experiencia; aunque resulta sin duda excesivo que esa experiencia deba ser de *un mínimo de 203 años*. Sobre todo ahora, cuando tanto se anticipan las jubilaciones.

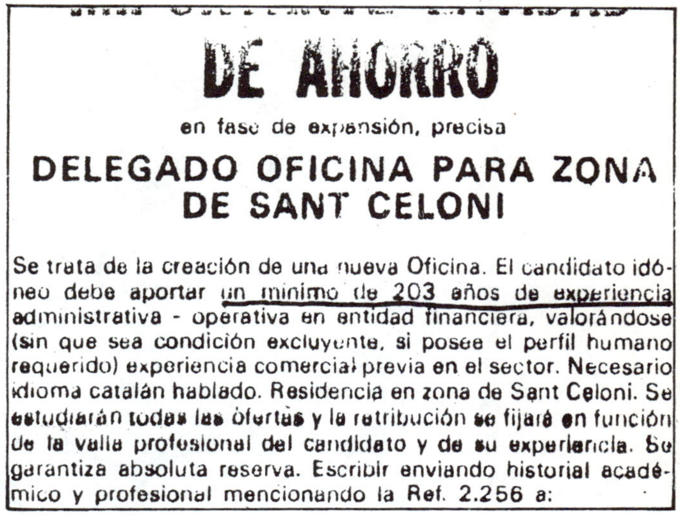

DE AHORRO

en fase de expansión, precisa

DELEGADO OFICINA PARA ZONA DE SANT CELONI

Se trata de la creación de una nueva Oficina. El candidato idóneo debe aportar un mínimo de 203 años de experiencia administrativa - operativa en entidad financiera, valorándose (sin que sea condición excluyente, si posee el perfil humano requerido) experiencia comercial previa en el sector. Necesario idioma catalán hablado. Residencia en zona de Sant Celoni. Se estudiarán todas las ofertas y la retribución se fijará en función de la valía profesional del candidato y de su experiencia. Se garantiza absoluta reserva. Escribir enviando historial académico y profesional mencionando la Ref. 2.256 a:

DOS «CHRISTMAS»

Patéticas felicitaciones, lamentable consecuencia de los casi tres millones de desempleados que ha conseguido crear el gobierno

del señor González, tan optimista a la hora de anunciar su programa electoral (800 000 puestos de trabajo, nada menos), y tan clamorosamente fracasado cuando tuvo que dar trigo en vez de predicar.

Uno de los *christmas* se repartió en Mataró; el otro, en Madrid.

DE CATALUÑA

La Crida a la Solidaritat, extraño organismo con sede en Barcelona, de notorias tendencias separatistas, a la par que absorcionistas, lo mismo consigue expulsar del Scala a Tip y Coll, sin atender al catalanismo de sus nombres artísticos (en Castilla, *Harto* y *Cuello*), que edita un pasaporte de los Països Catalans, que puede solicitar en el domicilio social de la entidad todo aquel que desee mostrar su *desobe-*

diencia lícita a los Estados español y francés, por obligarlos a salir por esos mundos *como españoles o como franceses.*

En vista de lo cual, la Crida ha decidido otorgar su original pasaporte, con el objeto de llamar la atención de *la Europa solidaria de naciones libres e iguales, sin el juego de los Estados actuales, caducos y decadentes.* Quienes lo deseen, habrán de enviar la fotografía, una ficha (que se acompaña, impresa, junto con el llamamiento) y no olvidarse, sobre todo, de remitir 550 pesetas, para los naturales gastos.

Más respetuoso con la Constitución española, el artista Socías y la galería René Metras invitan a la inauguración en Barcelona de una curiosa exposición, la del *componente rojo de silencio básico;* y lo hacen, en cuanto al pintor, presentándole en bilingüe, como debe ser. Así: Antoni-o. O sea, Antoni para los catalanoparlantes, y Antonio, para los de habla castellana. Todos, pues, contentos.

PRESÈNCIES DEL NOSTRE TEMPS

La Galeria René Metrás i Antoni-o Socias vos conviden a la inauguració del component vermell de SILENCI BÀSIC qui tindrà lloc el dia 12 de setembre de 1985 a les 20 hores. L'exposició serà oberta fins el 12 d'octubre.

GALERIA RENE METRAS
Consell de Cent, 331 - telèf. 302.05.39
08007 BARCELONA

En cambio, los puritanos del lenguaje catalán debieron de enojarse con el Banco Comercial de Cataluña, quién sabe si hasta el extremo de retirarles sus imposiciones, por la considerable plancha inserta en sus talonarios de cheques. Concretamente, en los de la agencia de la avenida *Cors Catalans,* según está escrito. Ocurre que no existe en Barcelona ninguna avenida de los *corazo-*

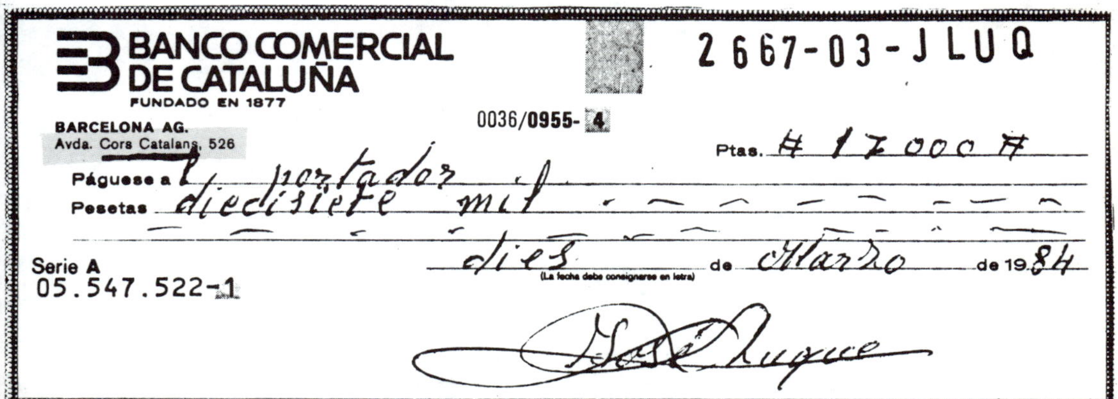
BANCO COMERCIAL DE CATALUÑA
FUNDADO EN 1877
2667-03-JLUQ
BARCELONA AG.
Avda. Cors Catalans, 526
0036/0955- 4
Ptas. # 17000 #
Páguese a l portador
Pesetas diecisiete mil
dies de Marzo de 1984
(La fecha debe consignarse en letra)
Serie A
05.547.522-1

ISLEÑA DE NAVEGACION, S. A.

El Consejero - Director General

D. ENRIC TRUÑO I LAGARES
CONSELLER - REGIDOR DE L'AREA
DE JOVENTUT I ESPORTS.

AJUNTAMENT DE BARCELONA

Agesira Marc, (Cai)
24 d'Enero 1.986

Zeñó :

He recibío zu carta de fesha catorse der corriente me d'Enero.

Nó ha sio una jartá de difisi enterarne de los sucedío, y má o meno eztamo cazi orientao.

Lo que toavía no z'entiende der tó e lo de "Que fem aquest estiu ?" y ezo no lo poemos conchabá. En cuantito lo zepamos le contestaremo con musho arte.

Eá, zeñores, quedar con Dió.

Fdo. : Juan Luis Bandrés Guerrero

nes o de los *coros* catalanes, que es lo que significa *cors* en español; por lo que hay que imaginar que ahora, cuando la entrada en vigor de la nueva ley cambiaria haya obligado a modificar los talonarios de cheques, habrán escrito bien la palabra: *Corts,* con te. O sea, Cortes Catalanas. Eso, sí.

Pero que le vayan con matices idiomáticos a Isleña de Navegación, S. A., empresa de Algeciras a la que se dirigió (solamente en catalán) el Ayuntamiento de Barcelona, solicitando programas y ofertas para la revista *¿Qué hacemos este verano? (Qué fem aquest estiu?),* editada por el área municipal de juventud y deportes. Los destinatarios, con guasa andaluza, contestan a su vez en la que consideran su lengua autonómica: el caló. Con antefirma y sello, para que nadie dude de su identidad.

PAÍS VASCO

Donde la lengua sí que constituye problema es en el País Vasco. No obstante ese esperanzador anuncio, publicado en la prensa de la comunidad, en el cual se asegura que es más *fácil y más*

EL CORREO ESPAÑOL-EL PUEBLO VASCO viernes, 25 de noviembre de 1983 15

Es mas fácil
y más práctico
aprender euskara
que inglés, por ejemplo
Quien todavía apuesta por el

RENTA 1982

DECLARACION ORDINARIA

BIZKAIKO FORU OGASUNA
HACIENDA FORAL DE VIZCAYA

RECUERDE
A LA PRESENTE DECLARACION ES NECESARIO ADJUNTAR:
- FOTOCOPIA DEL D. N. I. DEL DECLARANTE Y EN SU CASO DE SU CONYUGE
- DOCUMENTOS JUSTIFICATIVOS DE LOS GASTOS PERSONALES

RENTA 1.982

DECLARACION ORDINARIA

HACIENDA FORAL DE GUIPUZCOA
GIPUZKOAKO FORU ONDASUNA

PRECIO DEL EJEMPLAR 25

práctico aprender euskera que inglés. Y hasta se razona semejante aseveración. Sin embargo, nadie puede negar la dificultad del milenario idioma, con tantos dialectos distintos, sin raíces conocidas. Es tan difícil, que las haciendas forales de Guipúzcoa y Vizcaya no se pusieron de acuerdo sobre la forma de decir *hacienda* en vasco, según puede comprobarse. Para los guipuzcoanos, *ondasuna;* para los vizcaínos, *ogasuna.* Aunque, claro, al pobre contribuyente no le importaría demasiado el tema, ya que tuvo que pagar en el idioma universal del efectivo metálico.

Indiscutiblemente, no puede negarse el rancio abolengo, la añeja tradición del euskera. ¿Tan antiguo, sin embargo, como

> **VENDO CULTURA**
>
> Tengo una joya de libro de 400 páginas época Napoleón. Escrito por un sabio polígrafo de lenguas primitivas que demuestra que el euskera es la primera lengua, la de Adán y Eva, nada menos. Se traspasa por 10 millones.
>
> Teléf. 4439814. Preguntar por G. A.

pretende el *vendedor de cultura,* que ofrece una *joya de libro* por sólo diez millones de pesetas? Claro que en él, y según afirma en el anuncio, un *sabio polígrafo,* especialista en lenguas primitivas, demuestra que Adán y Eva ya hablaron en vascuence. Pues debió de quedar muy bonito que nuestro primer padre, después de darle el bocado fatídico a la manzana, le dijese a su compañera: *¡Eskarrik-asko!*

Entusiastas de su lengua, estos dos buenos mozos han euskalinizado el conocido nombre del mamífero carnívoro, familia de los cánidos y congénere del chacal, que tanto prolifera en México. Y que sirvió de apodo para sus hazañas a uno de los más famosos

personajes de la literatura aventurera: *El Coyote.* Ahora, *Koiote* en su versión baska.

Por supuesto que el auténtico euskera no es, ni muchísimo menos, tan sencillo de hablar y aun menos de escribir. Hasta el punto de que pueden darse meteduras de pata como la de la FEVE, que puso en todas las estaciones de ferrocarriles vascos de vía estrecha unos grandes letreros anunciando las *combinaciones de trenes*. Por un lamentable despiste del traductor, lo que aquellos letreros decían en vascuence era *enaguas de trenes*. Porque, claro, combinación y enagua pueden ser sinónimos, y lo eran, en este caso. Bien comentaba *El Diario Vasco* (4 de abril de 1984) que tan desdichadas producciones lingüísticas causaban una triste hilaridad a los auténticos euskaldunes.

En otro orden de cosas y pasando de lo idiomático al orden público, tampoco fue manca la equivocación de la Ertzaintza, la tan celebrada policía autónoma vasca, que se confundió de manifestantes y desplegó toda la actividad de su material antidisturbios contra un grupo de trabajadores de la empresa Euskalduna,

La Ertzaintza se equivocó de manifestantes. La Policía Autónoma Vasca utilizó diverso material antidisturbios contra varios cientos de trabajadores de Magefesa que se manifestaron ayer ante la sede del Gobierno Vasco en Bilbao. No obstante, los ertzainas extendieron su acción, disparando también material antidisturbios contra un grupo de trabajadores de Euskalduna que tenía la intención de manifestarse en las cercanías. Un mando de la Ertzaintza pidió disculpas, posteriormente, a los trabajadores de Euskalduna por confundirlos con los de Magefesa. Los incidentes se iniciaron cuando grupo de trabajadores de Magefesa intentaron entrar en la sede del Ejecutivo autónomo. Los ertzainas utilizaron gases lacrimógenos y material antidisturbios para desalojar a los concentrados. (Foto Efe).

que no se metían en nada, tomándolos por los de Magefesa, que ésos si que estaban armando escándalo ante la sede del Gobierno Vasco, en Bilbao. Menos mal que, según aclara la noticia (*Diario Vasco,* 29 de noviembre de 1985), un mando de la despistada

Ertzaintza pidió disculpas a los inocentes sobre los que habían funcionado las mangueras y los gases lacrimógenos. Algo es algo.

No por estas cosas (ni aun por otras, mucho más graves) disminuye el clásico buen humor de los vascos. Con la natural decepción de los vecinos de Gerricaiz (Vizcaya), *los burros de Bilbao ganaron a los locales.* Y el alcalde de Cortezubi (PNV), en su afán de colaborar con la Consejería de Cultura de Ajuri-Enea,

> **Asto - cross: Los burros de Bilbao ganaron a los locales**
>
> Los burros de Bilbao se han impuesto a los animales locales en la tercera edición de la «asto cross» (carrera mixta de burros y jinetes), disputada ayer en Gerricaiz (Vizcaya).

organizó un concurso de tetas (dicho sea con las debidas disculpas) en su pedanía, sita a sólo tres kilómetros de Guernica. El entusiasta promotor declaró a EFE (*Diario Vasco,* 30 de noviembre de 1983): *Quiero que a mi pueblo vengan las mejores tetas de Euzkadi y de todo el Estado.* Asimismo, aceptó la posibilidad de

> Antes organizó el de cabezones
>
> **El alcalde nacionalista de Cortezubi prepara un gran campeonato de tetas**

que algún *travesti* de buen gusto diera el pego al jurado, ya que *no iban a registrarse las partes íntimas.* En cuanto a la posible reacción del párroco, no le preocupaba: *Hoy en día los curas están al corriente de todo,* dijo. Agregando: *Además, el amigo José Félix es un sacerdote moderno, aparte de pariente mío.* Comprendido; por paradójico que pueda resultar, el párroco no se iba a tomar el concurso muy a pecho.

Como en toda España, incluso un poco más todavía, la inseguridad ciudadana es grande en las Vascongadas. Y los delincuentes están tan crecidos, que fíjense lo que sucedió en Astigarraga: un atracador intentó llevarse los fondos de la Caja de Ahorros Provincial. Pero los empleados fueron más rápidos que él y pudieron poner en funcionamiento los mecanismos de seguridad, cerrando herméticamente los blindajes y refugiándose detrás de ellos. Frustrado el robo, su (presunto) autor telefoneó al diario *Egin* (que así lo contaba el 12 de enero de 1986) para protestar indignadamente por la actitud obstativa de tales empleados. *Porque no estaba con el síndrome de abstinente,* declaró, *porque de otro modo habría podido liarme a tiros con la gente.* En resumen: se enfadó porque no le dejaron robar. El colmo.

No es el caso, desde luego, de esas dos bandas de atracadores desarticuladas por la policía en Éibar y cuyos componentes eran tan pobres que sólo tenían una pistola, que se pasaban de unos

8 País Vasco **DV** domingo, 1 de julio de 1984

Detenidos cuatro de sus componentes, heroinómanos de Elgoibar y Azcoitia

Dos bandas de atracadores se turnaban su única pistola

a otros para cometer los robos. Pues a pesar de tan modesto armamento, los jóvenes habían levantado más de dos millones y medio de pesetas, sustraídas en diversos establecimientos bancarios del Bajo Deva. La mayor parte del dinero lo invirtieron en comprar heroína; seguramente por eso nunca les llegó para ampliar su dotación.

Aunque está claro que, para robar, lo de menos son las armas que se utilicen. Cuatrocientas mil pesetas se llevó de una sucursal del Banco de Vizcaya, en La Llagosta (Barcelona), un individuo que usaba, como elemento de convicción, un viejo trabuco. Y era el tercer atraco que, en un mismo mes, se producía en la provincia de Barcelona con semejante arma de fuego. O de lo que sea.

Tercer atraco con trabuco en Barcelona en lo queva de mes

La Llagosta. (Europa Press.) – Un individuo armado de trabuco atracó ayer una sucursal del Banco de Vizcaya en La Llagosta, llevándose 400.000 pesetas. Este es el tercer atraco con trabuco que se produce en el mes de abril en Barcelona.

Seguramente, todos estos problemas de inseguridad, tanto en lo físico como en lo económico, motivaron la triste reflexión de la Asociación de Empresarios de Hostelería de Vizcaya (o *Bizkaia*): *Invertir, generar empleo, ¿para qué?*

Sobran comentarios.

INVERTIR...
GENERAR EMPLEO...

¿PARA QUE?

ESTA ES UNA REFLEXION DE LA

ASOCIACION EMPRESARIOS HOSTELERIA DE BIZKAIA

ANTE LA INSEGURIDAD EN LA INVERSION Y LA DISCRIMINACION EN EL TRATO

Todos los interesados en este tema y en los de MAQUINAS RECREATIVAS, I.V.A. (Impuesto s/Valor Añadido) y PERMISOS MUNICIPALES, pueden acudir a la convocatoria que hacemos al margen.

INFORMAR ES NUESTRA OBLIGACION
INFORMARTE, LA TUYA

HOSTELERIA
BIZKAIA

ASOCIACION EMPRESARIOS HOSTELERIA DE VIZCAYA
Gran Vía, 38-2.º-48009-BILBAO
Teléfonos 424 72 06-05-04

CONVOCATORIA
Hoy, viernes
En el Hotel Carlton
A las 5,15 de la tarde

La GACETA del norte Viernes, 11 de octubre de 1985 **5**

LOS GAZAPOS

Así suelen llamarse, en la jerga periodística, las planchas, erratas y demás consecuencias de la infatigable labor destructora de los tan conocidos *duendes de la imprenta.* Ya que, por simple sentido común, nadie es capaz de escribir algunas insensateces de las que aparecen publicadas. Por ejemplo: notoriamente, los legionarios son unos seductores de reconocido éxito con las mujeres. No obstante

Sábado, **16-11-85**

LA LEGION, EN MALAGA. — El Grupo Liguero de Caballería del III Tercio de la Legión ha llegado a Málaga procedente de Fuerteventura, para instalarse en Ronda. En la foto, el teniente coronel precede a la bandera durante el desembarco. (Telefoto Efe.)

su capacidad como ligones, parece *demasié* que en el III Tercio de la Legión exista un grupo de *ligueros* y, por si algo faltara, de caballería.

Tampoco puede creerse que en un periódico tan indiscutiblemente serio y respetable como *El Alcázar* se admita la existencia de un *Conejo* Supremo de Justicia Militar; que esto del conejo sí que es un buen gazapo y nunca mejor dicho. Como la importación de 24 millones de puros *abanos*, a quienes probablemente se

Rechazado el recurso al «caso Berga»

• El Conejo Supremo de Justicia Militar rechazó en su totalidad el recurso de casación presentado por los seis etarras y un independentista catalán condenados por el asalto al Cuartel de Berga (Barcelona).

24 millones de puros abanos para España

INFORMACION

Viernes, 26 de Octubre 1984

Dictada orden de caza y captura contra tres ultraderechistas

priva de su hache para ver si así salen menos caros. Más maligna interpretación tiene ese otro titular de *Información*, habida cuenta del evidente ensañamiento con que hoy se juzga y persigue a los llamados *ultraderechistas*. Pero ¿hasta el punto de dictar orden *de caza* y captura contra ellos?

Sin embargo, ningún gazapo tan peligroso como éste aparecido en un titular del semanario *Tiempo* (4 de febrero de 1985), que pudo hacer fracasar las conversaciones entre don Fernando Morán y sir Geoffrey Howe, ministros de Exteriores español y

ESPAÑA

La verga española se abrirá hacia un Gibraltar desconocido

británico, que buscaban por entonces un arreglo, aunque fuese en plan chapuza, para el viejo y pestilente tema de la Roca gibraltareña. Pero claro, ¿cómo iban a aceptar los *llanitos* una amenaza de este porte? Nada menos que se les abría hacia

Gibraltar *la verga* española. Y ya saben: según el diccionario, verga, del latín *virga,* es el miembro genital de los mamíferos. Lo cual justificaba plenamente su temor a una violación (del territorio, cuando menos).

PARADEROS

La prosa judicial es, en ocasiones, francamente divertida. Sobre todo, cuando extrema su rigorismo formal, ciñéndose con disciplina prusiana a las exigencias del procedimiento administrativo. Que es lo que hizo la Magistratura de Trabajo número 1 de Vizcaya, al citar como demandada a la *central nuclear de Lemóniz,* emplazándola para comparecer personalmente en la sala de

CENTRAL NUCLEAR DE LEMONIZ.

El 'Boletín Oficial del Señorío de Vizcaya' inserta una cédula de citación de la Magistratura de Trabajo número 1 de Vizcaya. En dicho anuncio "se cita a la central nuclear de Lemóniz para que comparezca en la sala de audiencia de la citada Magistratura de Trabajo" y se señala que la central nuclear de Lemóniz "se halla en ignorado paradero". (TELETIPO-EFE - Bilbao - 12-2-83)

audiencias correspondiente. Y haciéndolo a través del *Boletín* de la provincia, por hallarse (la central nuclear) en *ignorado paradero.* Lo que demuestra, entre otras cosas, lo bien informados que están, en cambio, los terroristas, que tantas veces lo encontraron y hasta pusieron una cantidad considerable de goma-2 en sus instalaciones .

Más de paraderos. El juez de Ronda envió un exhorto al decano de Madrid, solicitando determinada diligencia que debía realizarse en el Ministerio de Obras Públicas. Sorprendentemente, el exhorto fue devuelto sin cumplimentar, por aducir el Juzgado a quien correspondió diligenciarlo que era *desconocida* la dirección del citado ministerio. Como bien dice el juez remitente, cuando reitera el exhorto, ello no parece posible; por lo que insiste en la diligencia, *previa averiguación de la sede* del departamento. Y es que ahora, en realidad, hay veces en que llega uno a dudar de si existen determinados ministerios, por lo poco que

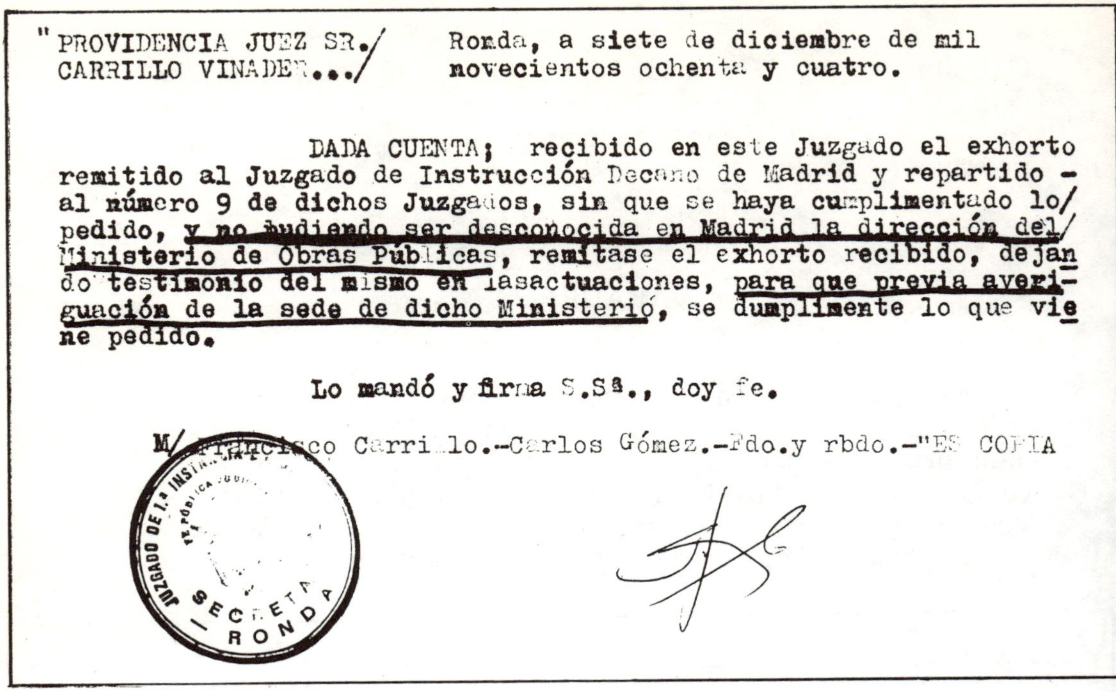

"PROVIDENCIA JUEZ SR./ CARRILLO VINADER.../ Ronda, a siete de diciembre de mil novecientos ochenta y cuatro.

DADA CUENTA; recibido en este Juzgado el exhorto remitido al Juzgado de Instrucción Decano de Madrid y repartido - al número 9 de dichos Juzgados, sin que se haya cumplimentado lo/ pedido, y no pudiendo ser desconocida en Madrid la dirección del/ Ministerio de Obras Públicas, remítase el exhorto recibido, dejando testimonio del mismo en lasactuaciones, para que previa averiguación de la sede de dicho Ministerio, se cumplimente lo que viene pedido.

Lo mandó y firma S.Sª., doy fe.

M/ Francisco Carrillo.-Carlos Gómez.-Fdo.y rbdo.-"ES COPIA

JUZGADO DE 1.ª INSTANCIA ... SECRETARIA RONDA

hacen. Así, el de Obras Públicas. Con Silva Muñoz no ocurrían estas cosas...

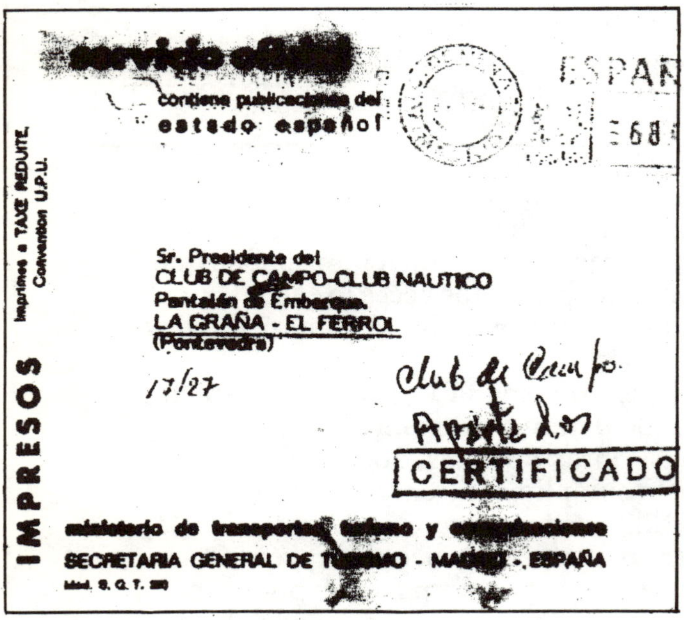

NUEVA GEOGRAFÍA

El Ministerio de Transportes, Turismo y Comunicaciones desconoce la división administrativa de las provincias. De modo que envía, por servicio oficial, las publicaciones del *Estado Español,* pretendiendo que El Ferrol (antes del Caudillo) pertenece a Pontevedra. Cuando cualquier alumno de primero de BUP sabe que es de la provincia de La Coruña. Resulta muy curioso que la plancha proceda, justamente, del organismo de quien dependen, entre otras materias, todas las referentes a las comunicaciones. Estamos aviados.

Muy disgustados (y con toda razón) deben de estar los cacereños con la editorial Escudo de Oro, que publicó unos folletos sobre España, traducidos a diversos idiomas, para facilitar a los turistas sus viajes por nuestro país. Aunque de modo un tanto

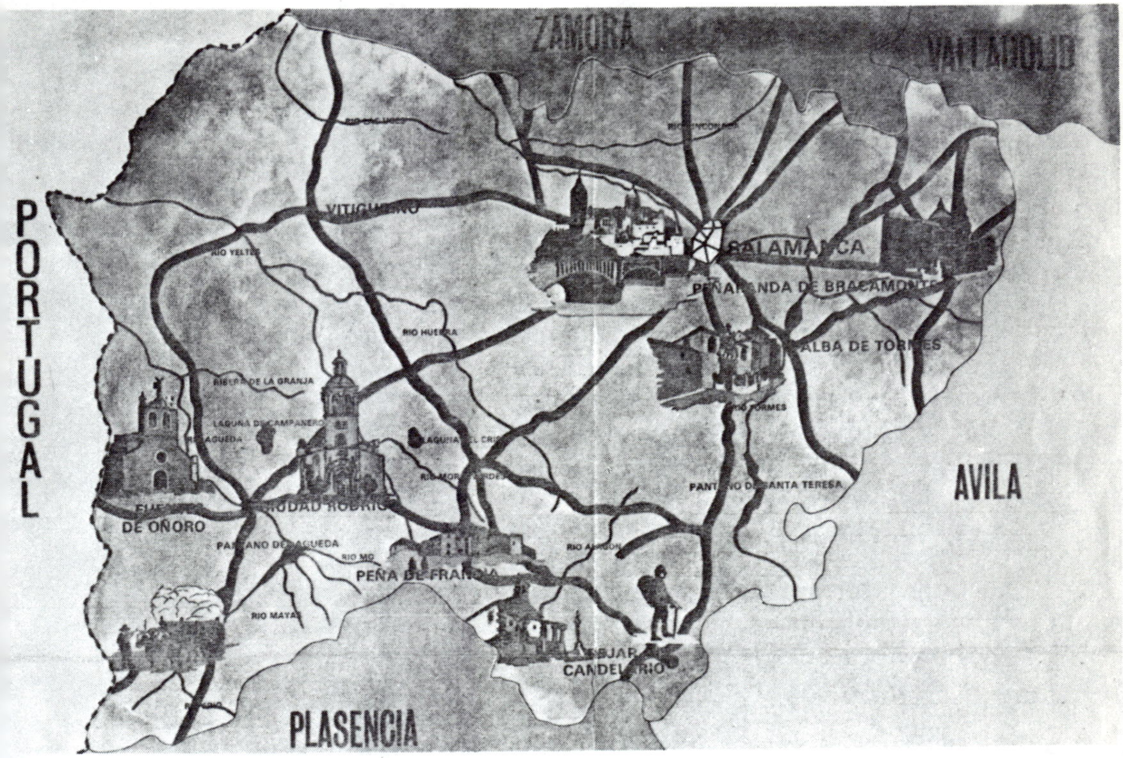

original, pues obsérvese que al sur de Salamanca se crea una nueva provincia, la de Plasencia, enteramente desconocida hasta el momento. Ahí estuvo siempre Cáceres. Pese a lo cual, esa editorial está galardonada con la medalla al Mérito Turístico.

CALENDARIOS

Ante dos hojas de distintos calendarios, pero ambos del mismo año, 1984, surge la duda atroz: ¿en qué cayó el día primero del tórrido mes? Según uno, en jueves; según otro, en miércoles. Debe de estar gafado agosto (pese a lo bien que nos cae a todos,

por coincidir generalmente con las vacaciones), pues verán que en el almanaque del Banco de Valencia para 1983 le dejaron con un día menos: terminaba el 30, en vez del 31. Y es que los bancos ya no saben qué hacer con tal de reducir gastos.

La Caja de Ahorros Municipal de Burgos se metió en mayor berenjenal con su calendario, de tan claras interpretaciones políticas. Un mes de febrero con el día 23 repetido, ¿supone doble incitación al golpismo? ¿Hace más bien referencia

a duplicar el plazo de expropiación de Rumasa, que también tuvo lugar ese día tan famoso? Tan famoso sobre todo para mí, que nací en tal fecha. Soy, por tanto (dicho sea con perdón y sin buscar torcidas interpretaciones) un hombre del 23-F.

LA BUENA VIDA

Una de las mayores sorpresas que nos han deparado estos últimos años ha sido la facilidad con que los socialistas se han aficionado a la buena vida; la descarada sencillez con que han sabido asimilar ciertos hábitos sociales y muchas costumbres mundanas que tan duramente habían criticado siempre. A lo mejor resulta que, cuando anunciaban que traían el *cambio,* se referían a esto: a que iban a mudar rápidamente su forma de ser, dejando los vaqueros para vestirse a la medida en Pajares y sustituyendo la tartera con tortilla de patatas por los manteles de hilo de los restaurantes de cinco tenedores. Don Felipe González ofrece en sí mismo la más elocuente prueba de semejante transmutación: aquel mozo simpático y dicharachero, de chaqueta de pana y camisa a cuadros, siempre descorbatado, siempre jovial y, desde luego, con un indudable tirón popular, se ha convertido en una especie de taciturno milord, embutido en ternos impecables, peinado de modo extraño, con los aladares plateados y muy proclive al frac. Naturalmente, ha perdido en buena medida su carisma de líder obrerista; y por si algo faltase, la maledicencia celtíbera (que es grande) le inventó un romance que, aunque fuese descabellado, quedaba muy en línea con su aventura marinera en el *Azor.*

La letra menuda de estos casi cuatro años de *cambio* está llena de alardes suntuarios, de excesos lujosos, llevados a cabo, muchas veces, con una ingenuidad rayana en la bobería. No es tan fácil vivir a lo grande cuando no se ha llegado a la opulencia de modo gradual; o cuando no se han heredado las costumbres refinadas y el dinero que hace falta para mantenerlas. Estos muchachos, enloquecidos por el poder, deslumbrados por el salto gigantesco que la mayoría de ellos dieron, cuando diez millones de españoles creyeron en sus *cien años de honestidad,* y los auparon a la mayoría hegemónica, han perdido las formas con frecuencia y han ofrecido (y siguen ofreciendo) un espectáculo demasiadas veces penoso; otras, irritante, y casi siempre, espantosamente cursi.

En mi novela *100 años de honradez* ya recogí anécdotas delirantes al respecto; y eso que, cuando la escribí, tan sólo llevaban unos meses en la Moncloa. Pero su anterior presencia en muchos ayuntamientos había propiciado muy divertidas historietas. Recuerdo, por ejemplo, los millones que con cargo a los Presupuestos del Estado invirtió el señor Carvajal, presidente del Senado, en la instalación de un complicadísimo sistema de prevención y seguridad en su vivienda particular, en su chalé de verano y en la *boutique* que tiene su esposa en la madrileña calle de Velázquez. O los cerca de treinta millones que *nos* costó reformar, decorar, amueblar y proteger la residencia del señor ministro de Sanidad, don Ernesto Lluch, en la también madrileña calle del General Oraa.

Singular impresión me produjo (quizá por razones de paisanaje) enterarme de que el alcalde socialista de Alfafar, pueblo de 20 000 habitantes muy cercano a Valencia, se había gastado sesenta millones de pesetas en *adecentar* el edificio de las Casas Consistoriales; por cierto, utilizando en el decorado tan sólo maderas de importación. Y no se diga, conocer la inenarrable convocatoria para *cocinero del Principado de Asturias* en la Diputación Provincial de aquella provincia (*BOP,* 18 de octubre de 1983), en la que, además de exigirse exquisiteces gastronómicas que darían envidia a Paul Bocuse, se imponía a los aspirantes la obligación de jurar lealtad al Rey, respeto a los derechos humanos y fiel cumplimiento de la Constitución.

Todo resulta grotesco, como si se tratara de un rigodón en el que sólo participan nuevos ricos, sin idea de vestir las galas ni de dar los pasos más elementales. Especialmente llama la atención semejante e irresistible inclinación al boato de los gobernantes del PSOE, cuando se piensa en los serios precedentes que dejaron sus antecesores en la historia del partido. Sobrio de costumbres fue el apóstol Pablo Iglesias, que podría despanzurrar a un fraile, pero no dilapidaba un céntimo; modesto en el vivir, Largo Caballero incitaba a la revolución del proletariado, aunque partiendo de una indiscutible honestidad en los temas de finanzas. Prieto era otra cosa, quizá porque le gustaba la buena mesa, como asturiano recriado en el País Vasco. De todos modos, y hasta que patrocinó el expolio del yate *Vita* (del que públicamente se arrepintió en sus últimos años), tampoco se encuentran en su biografía alardes fastuosos ni chanchullos económicos. En sus variadas etapas de ministro, por el contrario, actuó con limpia honradez en el uso del erario público.

Lo que va de ayer a hoy o *sic transit,* si lo prefieren más relamido. Ahora resulta, por ejemplo, que el guardaespaldas del alcalde socialista de La Coruña cobró 200 000 pesetas de *horas extraordinarias* solamente durante el mes de abril (*Faro de Vigo,* 24 de marzo de 1985). Y forrar de tela las paredes del despacho del mismo alcalde costó 700 000 pesetas; cuarenta millones de déficit produjo el Festival de Cine; setenta millones se invirtieron en la reforma de la planta y limpieza de la fachada del palacio municipal de María Pita. Parece natural, por tanto, que los nacionalistas (PSG-EG) acusaran al Consistorio de *malgastar el dinero público.*

La misma acusación hacía un concejal popular del Ayuntamiento de Orihuela ante la *desastrosa situación económica* del municipio (*La Verdad,* 6 de noviembre de 1985). Más fuerte todavía resultó lo de Canarias, donde tres autoridades socialistas fueron condenadas por los tribunales durante el año 1985: el alcalde de San Sebastián de Gomera, por detención ilegal de dos personas; el secretario primero del Parlamento autónomo, por apropiación indebida de dinero, y el alcalde de Valverde del Hierro, por abuso de autoridad (EFE, 24 de diciembre de 1985). Otro alcalde felipista, el de Gordoncillo, fue asimismo condenado por la Audiencia Provincial de León como autor de un (presunto) delito de abuso de su cargo con fines particulares; se le exigió una fianza de 23 millones de pesetas (*El Norte de Castilla,* 27 de junio de 1985).

Evidentemente, huele mal buena parte de la función socialista. Quizá por eso, para evitar malos olores, el Ayuntamiento (PSOE) de Melilla aprobó un crédito de 18 millones para instalar aparatos de aire acondicionado en algunas dependencias municipales y *en el retrete del señor alcalde.* (*El Diario de la Costa del Sol,* edición para Melilla, 5 de noviembre de 1985). Oiga, joven: cuidado con la cistitis.

No tienen freno, por otra parte, en el tema de sus retribuciones. Según cuentas del diputado de AP Alfredo Rodrigo, el bigotudo presidente de la Comunidad Autónoma de Madrid cobrará en 1986 *nada más* que 6 884 356 pesetas, además de *tres millones* para *atenciones protocolarias.* Y encima, la Asamblea de Madrid aprobó un gasto de *cien millones* de pesetas para *mejorar la imagen* del señor Leguina. Deben de estar celosos de la del señor Pujana, presidente del Parlamento vasco (PNV), que se embolsará este año 9 091 770 pesetas de sueldos, dietas y demás gabelas; más de lo que cobra (como remuneración base) don Felipe González, que está en los 7 708 460 pesetas (*Egin,* 28 de noviembre de 1985). Al lado de los cuales, casi da risa lo que se lleva el alcalde (socialista) de Oviedo, que son *solamente* 4 325 000 pesetejas anuales (*La Nueva España,* 2 de octubre de 1985).

Pero es que, además de tan suculentos ingresos, hay jerarcas socialistas que gozan de canonjías suplementarias. Así, el alcalde de Partaloa (Almería) contrató, con cargo a los fondos del Plan de Empleo Rural (PER), a un ciudadano para que se encargase de cuidar las ochenta cabras de su propiedad y de recoger los higos de su finca particular. Por si algo faltara, tan diligente munícipe se autodesignó una dieta de mil pesetas diarias (*Ideal,* 19 de septiembre de 1985). Tendrá higos el hombre; pero desde luego, no está en la higuera. Como tampoco el *conseller* de Trabajo y Relaciones Laborales de la autonomía insular de las Baleares, que, lógicamente impuesto en las competencias de su cargo, concilió con la empresa en la que trabajaba su despido en el IMAC y pasó a percibir, seguidamente, el seguro de desempleo, compatible, en su caso, con el salario que cobra en el Consell (*El Día de Baleares,* 22 de setiembre de 1985).

Aunque donde se manifiesta con esplendidez el entusiasmo de estos muchachos ante su nueva y jamás soñada situación, es en la mesa. Parece que tengan empeñada una noble rivalidad por ver qué ayuntamiento come más y mejor, o qué ilustre político se confirma como más selecto *gourmet.* El tardío descubrimiento del caviar iraní, de la *nouvelle cuisine,* de las reservas de Rioja, de los ricos postres, los tiene literalmente enajenados. De tal modo que el Ayuntamiento de Gijón (suele decirse ahora *de Xixón*), que gastó en 1983 más de dos millones de pesetas en comer y beber, alcanzó al año siguiente los 3 750 000; tan sólo en un refrigerio con ciertos ilustres invitados de la República Democrática Alemana, la facturita del restorán ascendió a 78 210 pesetas (*Hoja del Lunes,* 29 de junio de 1985). En viajes, se habían gastado ese mismo año los abnegados munícipes cerca de cuatro millones.

Solamente en dos meses, el Ayuntamiento de Avilés invirtió 500 000 pesetas en comidas (*La Nueva España,* 26 de octubre de 1985). También se aprobaron, en la correspondiente Comisión, gastos *menudos* como flores (65 000 pesetas) y bar (5 040 pesetas). Este consistorio debe 140 millones a Hidroeléctrica del Cantábrico, alrededor de 15 al Colegio Farmacéutico y unos siete y medio al hospital General de Asturias. Según se manifiesta en el oportuno estadillo, todo eso será pagado *cuando la situación lo permita.* Pues como no moderen su apetito y su sed, me parece a mí que van a tardar.

El alcalde de Elche, con su colega (también del PSOE) de El Robledo y varios amigos y parientes, celebró un banquetito en un restorán de Santa Pola que costó 98 095 pesetas; debidamente prorrateadas, salían a 5 517 por comensal. Vino entonces la discusión para decidir quién se hacía cargo de la cuenta; debió de ser el ilicitano, ya que su camarada le prometió poner el nombre de *Elx* a un parque de su pueblo (*Información,* 10 de noviembre de 1985). En este simpático *marathon* gastronómico/político, que sufragamos entre todos los ciudadanos del país, destaca la buena marca del Ayuntamiento (socialista, se entiende) de Murcia, que en 1985 destinó siete millones de pesetas a comidas y recepciones: dos más de los presupuestados (*La Verdad,* 24 de enero de 1986). No está mal una media que excede de las 500 000 pesetas mensuales, habida cuenta de lo caras que se han puesto las huevas de mujol, las habitas y demás delicias de la cocina murciana.

Admiren ahora la prueba documental de una factura del restorán Wary Nessy, de Villena (Alicante). El 5 de setiembre de 1984 almorzó allí el honorable Lerma, presidente de la Comunidad Valenciana (también llamado *el paellari*), que había acudido a la industriosa villa para presenciar la *entrada* de los moros y cristianos. Anfitrión, naturalmente, el municipio socialista. Eran doce comensales: total del gasto alimenticio, 128 355 pesetas.

.AURANTE

SALON DE BODAS Y BANQUETES

Dirección:
Francisco Navalón González
Isabel la Católica, 17
Teléfono 80 10 47 **VILLENA**

MESA # 1

12	@	25	PAN	300
2	@	345	SOPA-M	690
6	@	325	GAZPA.	1,950
			ESPA-	550
3	@	350	RELL-V	1,050
			EMPERA	550
4	@	600	BESUGO	2,400
			CH-COR	600
4	@	600	SOLOMI	2,400
6	@	25	PAN	150
3	@	345	SOPA-M	1,035
			GAZPA.	325
			EMPERA	550
3	@	600	CH-COR	1,800
2	@	750	P-CABR	1,500
2	@	250	T-HELA	500
2	@	225	PIÑA N	450
2	@	350	PIJAMA	700
6	@	275	CERVE-	1,650
6	@	250	VINO R	1,500
6	@	425	VINO R	2,550
12	@	45	REFRES	540
3	@	425	VINO R	1,275
10	@	25	PAN	250
5	@	550	ESPA-	2,750
			SOPA-C	275
2	@	325	GAZPA.	650
2	@	350	RELL-V	700
2	@	550	LENGU-	1,100
2	@	600	CH-COR	1,200
			EMPERA	550
3	@	750	CHULE-	2,250
2	@	600	BESUGO	1,200
			SERVI+	35,940**

CN1352 CJ1 HR19:49 05-09-84 #0000

RESTAURANTE

SALON DE BODAS Y BANQUETES

Dirección:
Francisco Navalón González
Isabel la Católica, 17
Teléfono 80 10 47 **VILLENA**

MESA # 1

TOTAL ANTERIOR 35,940

	3	@	250	POSTRE	750
				PIÑA N	250
	3	@	250	N-ALME	750
	24	@	40	CAFÉ	960
				COÑAC	80
				COÑAC	60
	6	@	40	CAFE	240
	4	@	80	COÑAC	320
	3	@	100	POSTRE	300
	3	@	275	T-WISK	825
				POSTRE	100
	3	@	225	POSTRE	675
	4	@	40	CAFE	160
TABACO	8	@	295	TABACO	2,360
PERCEBES	4.350	@	4000	MARISC	17,400
OSTRAS.	95	@	175	MARISC	16,625
LANGOSTINOS	1.380	@	6400	MARISC	8,832
ALMEJAS.	3.650	@	5500	MARISC	20,075
ALMENDRAS	8	@	90	APERI-	720
PISTACHOS	8	@	90	APERI-	720
GAMBA.	3.675	@	5500	MARISC	20,213
				TOTAL	128,355
				CAJA	128,355

CN1356 CJ1 HR20:20 05-09-84 #0000

TABACO —— 2.350
MARISCOS —— 84585
TOTAL COMIDA 128.355

Reparen en las 84 585 pesetas de mariscos y las 2 360 de tabaco. En resumen, salieron los eximios representantes del pueblo valenciano a 10 696 pesetas por estómago.

Bien es cierto que quien tiene que dar ejemplo, lo da admirablemente. Durante su primer verano de vicepresidente del gobierno, el señor Guerra (don Alfonso) asistió a la corrida de toros que en la plaza del Puerto de Santa María lidiaron el malogrado *Paquirri,* Galloso y Paco Ojeda. La factura devengada por el

---

DIARIO DE CADIZ - SABADO 10 DE SEPTIEMBRE DE 1983 -

La historia de una factura

259.114

EXCMO. AYUNTAMINETO DEL PUERTO
Plaza del Polvorista s/nº
CIUDAD

Puerto de Sta. María 11 de Agosto 1.983

Muy Sres. nuestros

Adjunto nos complacemos en remitirles factura/s por importe de Pts. 55.582.- (CINCUENTA Y CINCO MIL QUINIENTAS OCHENTA Y DOS.-), correspondiente a los servicios facilitados que a continuación detallamos:

CLIENTE	ESTANCIA	FACTURA Nº	IMPORTE
EXCMO. SR. D. Alfonso Guerra	7/8	60.271	55.582.-
		Total ptas. S.E.U.O.	55.582.-

Rogándoles nos sea cancelado a la mayor brevedad posible, mediante talón nominativo o transferencia a nuestra c/c. nº 481 del Banco de Andalucía de esta localidad, a su mayor comodidad.

Dándoles las gracias por la deferencia que nos han prestado, aprovechamos gustosos la ocasión para saludarles muy atentamente.

J.Gª./m.b. 1256
802 / 83 Fecha.........

José A. Gª. de Miguel
Interventor

Hoteles Meliá

Madrid: HOTEL MELIA MADRID - APARTOTEL MELIA CASTILLA ● Marbella: HOTEL MELIA DON PEPE ● Torremolinos: HOTEL MELIA TORREMOLINOS - APARTOTEL MELIA COSTA DEL SOL ● Mallorca: HOTEL MELIA MALLORCA - APARTOTEL MELIA MAGALUF ● Granada: HOTEL MELIA GRANADA ● Sierra Nevada: HOTEL MELIA SIERRA NEVADA - HOTEL MELIA SOL Y NIEVE ● Córdoba: HOTEL MELIA CORDOBA ● Valladolid: HOTEL OLID MELIA ● Puerto de Santa María: HOTEL MELIA EL CABALLO BLANCO ● Valdepeñas: MOTEL MELIA EL HIDALGO ● Avila: HOTEL 7 CORONAS MELIA ● Alicante: APARTOTEL MELIA ALICANTE ● Tenerife: HOTEL MELIA PUERTO DE LA CRUZ ● Venezuela: HOTEL MELIA PUERTO LA CRUZ - HOTEL MELIA CARIBE ● Irak: HOTEL MELIA AL MANSOUR.

NOTA: LAS ENTRADAS DE BARRERA APARTE

ilustre socialista, por su medio día de estancia en el motel El Caballo Blanco, se elevó a 55 582 pesetas (aparte las entradas de barrera). La facturita fue remitida al Excmo. Ayuntamiento del Puerto, que tiene alcalde comunista, el cual la devolvió para que se dirigiera a *Concejales del Ayuntamiento del Puerto,* matiz, sin duda, muy importante y que debió de justificar su pago. Tomo la gratificante información del *Diario de Cádiz,* 10 de setiembre de 1983.

Y me dispongo a tomar también un poco de bicarbonato, pues me resulta imprescindible después de tan alimenticio recorrido por los selectos menús del *cambio.* ¡Qué menudo cambio el de estos muchachos en materia gastronómica!

ANDALUZAS

Andalucía, la región secularmente deprimida, la comunidad autónoma con mayores problemas sociales, quizá se alegró cuando accedieron a los máximos poderes del gobierno de la nación dos de sus más preclaros hijos: los jóvenes políticos Felipe y Alfonso, sevillanos salerosos, con su indisimulable ceceo, con su repajolera gracia. ¿Cómo no irían a dedicar una preferente atención a las cuestiones de su patria chica? Que le digo a usted que sí, se repetían los andaluces, unos a otros. Y a la hora de la verdad, *na de na.* Por no preocuparse, ni siquiera aparecen por allí más que de Pascuas a Ramos y siempre con motivo de alguna cachupinada o festejo privado.

Claro que para algo está la Junta de Andalucía, depositaria y ejerciente del autogobierno, que atiende con celo y diligencia a sus problemas. A los de la Junta, se entiende; de ahí que la subida de sueldos en sus altos cargos, acordada para 1985, supusiera unos seiscientos millones de pesetas nada más (*ABC de Sevilla,* 25 de enero de 1985). Por aquel entonces, el *Muy Grasioso Presidente* cobraba, entre pitos y flautas, unos seis millones y medio de pesetas (brutos) al año. Discreta soldada, habida cuenta, sobre todo, de los ingresos medios de los braceros andaluces.

Respondiendo también a las necesidades de la ciudad, fiel reflejo de sus inquietudes, el Ayuntamiento de Sevilla (socialista) acordó un viaje *de hermanamiento* a Rabat, cuyos beneficios para la capital hispalense serán, sin duda, muy grandes en el futuro, pues notoria resulta la buena predisposición y entrañable afecto que siempre nos dispensaron (sobre todo, últimamente) nuestros amables vecinos del Sur, los moros. Sesenta y cinco personas nada más debían constituir el séquito que acompañaría al alcalde, persona experta en esta clase de desplazamientos turístico-políticos, pues ya efectuó anteriormente otros similares (aunque sin acompañamiento tan numeroso) a Estrasburgo y Nueva Orleans (*ABC de Sevilla,* 14 de enero de 1986).

Y ni que decir tiene que, en lo gastronómico, los socialistas de Andalucía tampoco se quedan rezagados respecto de sus compañeros del resto del llamado *Estado español.* Antonio Burgos contó en ese mismo diario (3 de enero de 1986) cómo un grupito de *barandas y barandillas* de la Junta de Andalucía se bebieron y se comieron *diez mil duros* en *media horita* de simpático tapeo. Claro que a base de cigalas, langostinos, jamón de pata negra y el Fino Imperial, que es vino predilecto de los muchachos del PSOE andaluz. *El cambio* (escribía Burgos) *ha consistido para muchos en pasar del mosto de Umbrete al Fino Imperial.*

EL LÚGUBRE FESTEJO

El fallecimiento de don Enrique Tierno Galván, alcalde de Madrid, ofreció a los socialistas la oportunidad de realizar la más delirante demostración de suntuosidad desfasada y cursilería abochornante que se recuerda en la historia universal de los entierros. Hicieron traer de Vic una carroza fúnebre inenarrable, muy parecida a la de Blancanieves, sólo que en negro. Dándole escolta, unos individuos (también de importación catalana) vestidos a la Federica, con deshilachadas pelucas blancas. Al *viejo profesor* se lo mostraron al pueblo, en la capilla ardiente, con sus gafas puestas, detalle macabro, digno del más enloquecido de los esperpentos. Todo fue insólito, inaudito, demencial.

El pueblo madrileño se volcó en las calles, en una manifestación de duelo masiva y sorprendente. Que todavía realzó más la grotesca escenografía del lúgubre festejo, que hubiera indignado, sin duda, a la principal víctima de tales excesos: el propio Tierno Galván. Los perversos recordaron, en vista de eso, sus muchas diferencias con Felipe y con el Guerra; sus tiempos, no tan lejanos, de rivalidad política y duro enfrentamiento; el desprecio que manifestaba don Enrique hacia *estos chicos* y la mezcla de celos y tirria que ellos le tenían. De todos modos, no hay que pensar que la gran ridiculez del faraónico entierro fuese consecuencia de una venganza póstuma del presidente del gobierno y su corte.

Sencillamente, es que son así de horteras.

Precisamente el *viejo* (y difunto) *profesor* solía mantener el criterio de que tanto Madrid, como España en general, vivían (viven) momentos de júbilo, jarana y felicidad incomparables. Llegó a decir *que habían recuperado la alegría.* Cuando se le hablaba del problema de la inseguridad ciudadana, aseguraba que había mucha exageración en el tema; que se debía, fundamentalmente, a una campaña desestabilizadora de la *extrema derecha.* A los vecinos del castizo barrio madrileño de Maravillas, tan reconfortantes creencias de su alcalde no los consolaban de los desmanes que padecen a diario, desde hace al menos cuatro años; ni tampoco se daban por aludidos los navajeros de la *banda del chandal,* que han puesto de moda los atracos nocturnos a restoranes concurridos. Pero Tierno parecía muy convencido de su razón, sin duda porque siempre viajaba en coche blindado y con escolta.

Bien; las estadísticas ahí están, en los anuales informes del fiscal general del Estado. Y las noticias, en las páginas de sucesos de la prensa de cada día. La delincuencia va a más de modo imparable y, sobre todo, la delincuencia juvenil. Tan sólo en la provincia de Valencia, el Tribunal Tutelar de Menores instruyó, durante el año 1985, 2 507 expedientes: 260 más que los tramitados el año anterior. En ellos se incluían 1 728 causas por delitos contra la propiedad, 293 contra las personas, 103 por insumisión y 63 por causas diversas. El mayor porcentaje de jóvenes delincuentes se da entre los 14/15 años; pero no faltan maleantes hasta de ocho años de edad (*Las provincias,* 14 de febrero de 1986).

Supuesto esto, no puede extrañar que en toda España, y ante la falta de auténtica reacción por parte de las (llamadas) autoridades, sean los propios ciudadanos quienes se encarguen de su autodefensa, organizando patrullas de vigilancia en los barrios, fortificando los establecimientos (especialmente, las farmacias, los estancos y las joyerías) y hasta dando pruebas de un admirable buen humor en sus avisos, carteles y letreros.

A pesar de que la situación ha llegado ya a límites intolerables. Hombre, a ver: hasta el punto de que el Ayuntamiento (excelentísimo) de Santa Cruz de Tenerife acordó, con fecha 25 de febrero de 1982, convocar concursillo para la contratación de una plaza de *delincuente.* Los aspirantes debían adjuntar, en el plazo de quince días, y de forma completa y fehaciente, los *méritos* que ostentasen. O sea (se supone): relación jurada de atracos realizados en los últimos seis meses, con detalle de los botines cobra-

Los medicamentos se despacharon de esta forma. UCLES

Piden mayor seguridad y vigilancia policial

La protesta farmaceútica fue total

El despacho de recetas por ventanilla se repetirá hoy y mañana

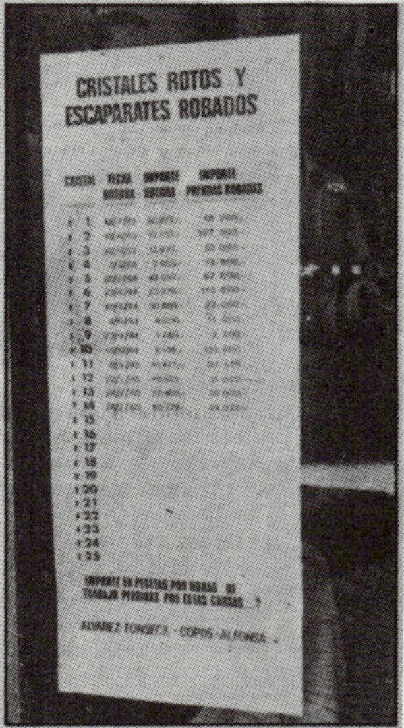

Cansado ya de tantos robos, un comerciante de Málaga, en pleno centro de la ciudad, ha puesto en sus escaparates este cartel, en el que enumera todos los robos que ha padecido desde enero del 83. En total, las "pérdidas" por este concepto ascienden a más de un millón de pesetas, en catorce robos. (Telefoto, Efe.)

Excmo. Ayuntamiento de Santa Cruz de Tenerife

SECRETARIA GENERAL — SECCION 1ª PERSONAL

ANUNCIO

Por acuerdo del Excmo. Ayuntamiento Pleno, se convoca concursillo para la contratación eventual de una plaza de Delincuente - Proyectista de este Ayuntamiento por plazo de un año o antes si se cubre en forma reglamentaria.

Los aspirantes deberán adjuntar, dentro del plazo de QUINCE DIAS a contar desde el próximo día primero de marzo, en forma completa y fehaciente, los méritos que ostenten.

dos; otros delitos contra la propiedad y las personas; antecedentes penales, siendo especialmente valoradas las condenas superiores a tres años y un día; posibles actuaciones profesionales en el extranjero, etc., etc. Todo lo cual podía deducirse, como consecuencia de la pintoresca errata: *delincuente* en vez de *delineante.*

LAS AFORTUNADAS

Sigamos en las Canarias, también llamadas *las Afortunadas.* ¿Tendrá que ver semejante fama con el audaz *slogan* inventado por los patronatos de Turismo de Tenerife y Las Palmas para promocionar el atractivo de las islas en Finlandia? Pues la frasecita iba a ser reproducida en vallas y otros medios de comunicación del frío país nórdico. Y más todavía: se imprimiría en unas pegatinas, con la forma de la expresada e íntima prenda femenina. Así lo contó *El Eco de Canarias* (26 de marzo de 1982), sobre noticia de EFE. Se ignora si alguna dama finlandesa se consideró ofendida en su pudor; como asimismo si el *slogan* dio buen

«EN CANARIAS, QUITESE LAS BRAGAS»

● Frase para promover el turismo finlandés a las islas

resultado y, en efecto, hermosas rubias procedentes de Laponia se quitaron las bragas en las cálidas playas de las Canteras o del Puerto de la Cruz. Sin que sus maridos les dijesen: *la pones* (mil excusas).

Lo que parece indiscutible es la renuncia a pagar con puntualidad las facturas de medicinas por parte de la Consejería de Hacienda de la Comunidad Autónoma de Canarias. De tal modo, que el Colegio Oficial de Farmacéuticos se vio en la necesidad de

Colegio Oficial de Farmacéuticos

de la provincia de Santa Cruz de Tenerife

COMUNICADO DEL COLEGIO OFICIAL DE FARMACEUTICOS

La Junta de Gobierno del Colegio Oficial de Farmacéuticos pone en conocimiento de la opinión pública en general, y de los funcionarios de la Comunidad Autónoma de Canarias, en particular, lo siguiente:

Es excesiva la demora que viene experimentando la Consejería de Hacienda de la Comunidad Autónoma de Canarias en el pago de las facturas por suministros de medicamentos de las diferentes Oficinas de Farmacia de la Provincia, a pesar de los reiterados escritos de este Colegio en requerimiento del pago, con una deuda que en estos momentos asciende a más de CUATRO MILLONES DE PESETAS, y que comprenden partidas incluso del pasado ejercicio 1984.

Por tal motivo lamentamos comunicar a los funcionarios y pensionistas de la Comunidad Autónoma de Canarias, que a partir del próximo PRIMERO DE AGOSTO DE 1985, muy a pesar nuestro, nos veremos en la necesidad de suspender el "crédito" a esta Entidad de forma indefinida, teniendo los funcionarios que abonar los medicamentos en el momento de ser retirados; igualmente se exigirá la firma de un convenio que regule tanto las prestaciones como el pago de este servicio, como ocurre con el firmado con otras entidades similares, tales como el Excmo. Ayuntamiento deesta capital, Instituto Nacional de la Salud, Muface, Isfas, etc.

Santa Cruz de Tenerife, 26 de julio de 1985.- Por la Junta de Gobierno del Colegio Oficial de Farmacéuticos, el Secretario, Rafael Hernández Pérez.- VºBº El Presidente, Diego Mota Moraleda.

Comunicado del Colegio Oficial de Farmacéuticos

Ante el anuncio de pago por parte de la Comunidad Autónoma de Canarias de la mayor parte de las facturas pendientes por suministros de medicamentos de las diferentes Oficinas de Farmacia de la Provincia, la Junta de Gobierno de este Colegio Oficial de Farmacéuticos pone en conocimiento de la opinión pública en general, y de los funcionarios de la Comunidad Autónoma en particular, que queda sin efecto la suspensión de "crédito" a aquella entidad, anunciada para el próximo primero de agosto.

Santa Cruz de Tenerife, 31 de julio de 1985.

POR LA JUNTA DE GOBIERNO DEL COLEGIO OFICIAL DE FARMACEUTICOS, EL SECRETARIO, Rafael Hernández Pérez.- VºBº EL PRESIDENTE, Diego Mota Moraleda

advertir, el 26 de julio de 1985, que suspendía su crédito al organismo, por lo que funcionarios y pensionistas deberían abonar los medicamentos en el momento de retirarlos. La amenaza produjo efectos inmediatos: cinco días más tarde quedaba sin efecto la medida ante el anuncio de pago por parte de la morosa comunidad. Se supone que con los debidos avales.

DISPARATES DIVERSOS

A estas alturas de la fiesta y del libro, resulta superflua toda insistencia respecto al desbarajuste existente en la Administración, en sus distintas clases y en sus variadas escalas. Como asimismo, recalcar la frivolidad con que se viene legislando desde que el *cambio* se produjo, y los despistes admirables de muchos de los que mandan, y no se diga su interpretación personalísima de los derechos y las obligaciones que conllevan los cargos. Los ejemplos facilitados (y demostrados) constituyen una mínima parte del anecdotario de estos casi cuatro años. Durante los cuales se han producido los más inverosímiles disparates.

Por ejemplo: que con reiteración hayan sido designados inspectores y aun directores de servicios en numerosos hospitales y clínicas de la Seguridad Social quienes anteriormente venían desempeñando los cargos de *celadores* o de *enfermeros* (es decir, ATS). Así ocurrió, y valga como botón de muestra, en la antigua clínica Primero de Octubre de Madrid, donde fue nombrado director de Asuntos Generales un celador interino (pero de la UGT). El preboste de INSALUD, Fernando Magro, saliendo al paso de las reacciones de protesta del personal médico y administrativo del centro, aclaró que *no sólo se valora la calificación técnica, sino otras actitudes.* Ya: el tener carné (*Informativo Médico,* noviembre de 1985).

Por cierto, que a este hospital le cambiaron el nombre, porque lo de Primero de Octubre quedaba, sin duda, poco democrático y, sobre todo, nada socialista. Las fechas de ese mes que tienen que ver con el PSOE (aunque últimamente se lo callen ladinamente) comienzan el 6 y se refieren a la trágica revolución del 34, promovida y azuzada por el partido que entonces dirigían Prieto y Largo Caballero, bajo la supervisión moral de don Julián Besteiro. Ahora, el (antes) magnífico centro se llama Averroes. Palabra de honor, y no me negarán que resulta una *averración* (otra vez mis disculpas).

En la misma fuente periodística se contaba que en diversos centros médicos de la capital (antes) del Reino se habían negado en rotundo a distribuir cantidades ingentes de libros y folletos, remitidos para su reparto, en las distintas dependencias, por el Ministerio de Cultura. En uno de ellos se exaltaba la masturbación, así masculina como femenina, y los textos iban acompañados de numerosos dibujos y gráficos explicativos. La obsesión de estos muchachos por el onanismo sólo tiene una explicación: muchos de ellos, antes de alcanzar las cimas del poder, eran obreros manuales.

Lo cual, sin embargo, no justifica lo mal que llevan la cosa de la Sanidad Pública. El cierre de muchas clínicas o la resolución de los anteriores conciertos con otras han provocado en estos últimos años una sobresaturación de trabajo. La angustiosa falta de quirófanos obliga a demorar todas aquellas intervenciones que no son absolutamente urgentes. *Información* contaba (28 de enero de 1985) que *millares de alicantinos* estaban en lista de espera para ser operados y que en muchos casos tardarían años en encontrar un hueco en el quirófano. De forma que acaba ocurriendo eso: que el inefable INSS del ministro Lluch remita

Tres años después de su fallecimiento...

Citan a un muerto para su hospitalización

parte de consulta y hospitalización citando *para revisión* a un paciente tan impaciente que se había muerto tres años antes.

Claro: ¿cuánto tiempo llevamos sin que se inaugure un mal dispensario, y no se diga una ciudad sanatorial? Pues debe de hacer eso: diez años. Aunque, para que no se diga, estos socialistas también cortan, de cuando en cuando, la tradicional y simbólica cinta de alguna nueva obra. Así hizo, por ejemplo, el honorable Joan Lerma, presidente de la Generalidad valenciana, que el 30 de noviembre de 1985 inauguró, con toda solemnidad, el Museo de Arte Moderno de Villafamés (Castellón de la Plana). Con un matiz curioso: que tan importante museo llevaba ya quince años abierto al público. La anécdota importante y única, posiblemente, en la historia, es que su director, don Vicente Aguilera Cerni, asistió a las dos inauguraciones: a ésta y a la de verdad, que había tenido lugar el 17 de agosto de 1972, en presencia de todas las jerarquías del Movimiento (*Época,* 23-29 de diciembre de 1985). Se aguarda con expectante ansiedad la próxima intervención del *senyor* Lerma en un nuevo acto inaugural. Parece que será el de la torre del Miguelete, en la capital de su comunidad autónoma.

En fin, son despistes sin mayor trascendencia. Como el del Ayuntamiento de Logroño, que editó un díptico (por equivocación, al decir de sus portavoces) en el que se hacía apología de la droga. El folleto, realizado como introducción a la obra *Marea blanca,* que iba a ser representada por el Grupo Teatral Estudio, de Gijón, fue impreso sin que nadie se ocupase, en el diligente municipio, de revisar su texto. Y así salieron en el mismo frases como ésta: *condenar las drogas en general viene a ser como reprender los fundamentos de nuestra civilización.* O también:

los hombres se drogan para aprovechar, soportar, pasar el tiempo de su vida tan breve y arduo. En la aleccionadora publicación se especificaban los componentes químicos necesarios para elaborar un kilo de heroína, así como los placeres que produce *picarse* y el *pavo frío* (Europa Press, en *ABC,* 17 de febrero de 1985).

No por error, sino honestamente fiel a la realidad de la situación, el jefe de Servicios Técnicos del hospital Materno-Infantil de Palma de Mallorca resolvía con ejemplar sencillez la consulta que le efectuaron dos maestros industriales del centro sobre cuál debía ser su reacción en caso de producirse un incendio. Es decir: querían conocer si habían de realizar algún cursillo de prevención, máxime teniendo en cuenta que en el mismo almacén del hospital hay depositadas sustancias altamente inflamables. La contestación no dejó lugar a dudas: de llegar el momento (ojalá no, por supuesto), lo único que tenían que hacer era *salir corriendo y avisar a los bomberos.* Esto ocurría en noviembre de 1979, y los ingenuos consultantes lo notificaron en seguida al administrador. Todo seguía igual en diciembre de 1985, según resulta de la información aparecida en *El Día de Baleares.* Se supone el estado de ánimo de los internados en el centro.

El jefe de Servicios Técnicos aconseja: «En caso de incendio salir corriendo y avisar a los bomberos»

MINISTERIO DE SANIDAD Y SEGURIDAD SOCIAL
INSTITUTO NACIONAL DE PREVISION

Palma de Mallorca, 16 de Noviembre de 1.979

De MAESTROS INDUSTRIALES DEL HOSPITAL MATERNO-INFANTIL

A SR. ADMINISTRADOR

N/ref.: S/ref.:

Asunto: Medidas inmediatas anti-incendios.-

Habiendo recibido una fotocopia del B.O.E. de 7 de Noviembre de 1.979 en el que figura una orden del Ministerio de Sanidad y Seguridad Social de 24 de Octubre de 1.979, sobre protección anti-incendios en los establecimientos sanitarios.

No sabiendo que hacer al respecto ya que el contenido de la misma es contrario a lo dicho, en presencia del Sr. Administrador del Complejo Sanitario, por parte del Jefe de Servicios Técnicos del Complejo Sanitario, el día 25 de Octubre de 1.978; ya que por nuestra parte se solicitó la organización de un plan de emergencia, así como cursillos de formación contra-incendios para el personal del Hospital y la propuesta se rechazó alegando que sería totalmente ineficaz y que lo mejor que podíamos hacer en caso de incendios era "salir corriendo y avisar a los bomberos".

No disponiendo de ningún plan de actuación, lo ponemos en su conocimiento para que tome las medidas más oportunas que considere, esperando que se nos comunique el tipo de actuación concreta que debemos realizar.

7

Fdo.- Pedro Bosch
Mtro. Industrial.

Fdo. Félix Moreno
Mtro. Industrial.

Y sin embargo hay que ver lo bien que funcionaban hace años las clínicas y los hospitales de la Seguriad Social. A pesar de ciertas deficiencias, por supuesto, que muchos nos quejábamos de ellas, sin pensar nunca que llegaríamos a esto de ahora. Pues ¿y los servicios de Correos? Todos los españoles presumíamos de ellos. Llegaban cartas con la dirección mal puesta o premeditadamente escrita en clave. Se repartían con velocidad admirable: normalmente, de un día para otro y aun, las interiores, en el mismo día. Los carteros justificaban aquello que escribió don Ramón de Campoamor en una de sus *Doloras: después del novio, es a quien más quiero.*

El *cambio* tampoco podía dejarse de notar, claro es, en la Dirección General de Correos y Telecomunicaciones. A pesar de la modernísima mecanización introducida en las carterías, resulta que ahora la correspondencia llega con retraso inconcebible. Un envío *urgente* desde Navacerrada a Madrid (52 kilómetros), depositado por mis pecadoras manos en el buzón de la serrana y linda plaza del Ayuntamiento, arribó a su destino a los *seis* días. Tampoco actualmente los carteros se esfuerzan demasiado en encontrar a los destinatarios del correo; así, pueden devolver por *desconocido* un sobre donde, por error, se había puesto el 12 como número de la casa; era el 16. Realmente, resultaba enrevesada la entrega.

Buen récord el que contó *Ideal* de Granada: una carta procedente de la Delegación Provincial de Educación y Ciencia, de la ciudad de la Alhambra, tardó siete días en llegar a su destino, que era, precisamente, la redacción del periódico. Los respectivos registros de entrada y salida lo acreditan: 3 de enero de 1985 y 6 de febrero de 1985. Según explicaba *Ideal,* del edificio donde está instalada la Delegación, calle de la Duquesa, 22, al del dia-

Una carta ha tardado siete días en «atravesar» la calle Gran Capitán

Registro salida
31 Enero 1985
Nº 921

JUNTA DE ANDALUCIA
CONSEJERIA DE EDUCACION Y CIENCIA
DELEGACION PROVINCIAL
GRANADA

DIARIO
6 FEB 1985

Fecha: 29-1-85
Neg.: Personal E.G.B.
Rfa.: m.m.

CON EL RUEGO DE SU PUBLICACION

Se comunica a los Profesores de E.G.B. que se encuentren afectados por el régimen de situaciones administrativas — previstas en la Ley 30/1984, de 2 de agosto (B.O.E. 3-8-84), de medidas para la reforma de la Función Pública, fundamentalrio, Compás de San Jerónimo, 2, hay menos de cien metros: sólo les separa una calle, la del Gran Capitán.

Publicar semejantes informaciones resulta, sin embargo, peligroso, y lo digo por propia experiencia. Aludí yo, hace dos o tres años, en uno de mis «Retablos» de *El Alcázar,* al retraso con que me llegaba el correo y al mes recibí un atento escrito del señor director general, acompañándome relación diaria de toda la correspondencia que se me había repartido en las tres últimas semanas, con fechas de salida y entrega y (aquí viene lo grave) detalle puntual de los remitentes. Ni los servicios de espionaje de la GPU o de la Gestapo hubieran podido controlar mejor la relación epistolar de una persona sometida a especial vigilancia.

O sea, que más vale callarse. Sobre todo, quienes reciban correspondencia sentimental de carácter reservado.

HIGIENE SANDINISTA

Es notoria la predilección del señor González (don Felipe) por el régimen sandinista que gobierna Nicaragua, dentro de un sistema ferozmente dictatorial. Aunque no lo estiman así nuestros socialistas, que dispensan toda clase de atenciones, lo mismo morales que materiales, al comandante Ortega, su presidente. Todos pudimos contemplar las fotografías de las distintas entrevistas celebradas por el dictador nicaragüense con el jefe del gobierno español y sus más allegados colaboradores, tanto aquí como allá. Y el cordial afecto con que los abrazaba.

Hay que suponer que estos muchachos del PSOE desconocían la alarmante noticia publicada en *Diario de las Américas* (25 de octubre de 1984) cuando llevaron a cabo sus eufóricas tomas de contacto físico con Ortega. Claro que probablemente el presidente de Nicaragua no sigue los consejos que reparten los periódicos a su servicio entre los ciudadanos del país. Pues en la campaña electoral, el Frente Sandinista de Liberación Nacional mantuvo que el uso de pasta dental es un *lujo innecesario.* Más grave todavía resultó la posterior campaña contra el papel higiénico. El periódico prosandinista *Nuevo Diario,* tras argumentar que las madres no lo utilizan para hacer el aseo a sus críos de corta edad (lo que constituye una afirmación evidentemente temeraria) y que tampoco lo usa el pueblo turco (sobre lo cual, no puedo pronunciarme por falta de datos), sostenía que había que *despolitizarlo* (al papel higiénico, oigan) y hacerlo *inútil y superfluo,* porque de esta manera se contribuía poderosamente *a*

Pág. 6 -DIARIO LAS AMERICAS JUEVES 25 DE OCTUBRE DE 1984

Noticiero Nicaragüense

Dice el Periódico pro Sandinista "Nuevo Diario" que Consumir Papel Higiénico es Innecesario

MANAGUA.— En una nueva y novedosa nota relacionada con el consumo en Nicaragua, el diario prosandinista "El Nuevo Diario" afirmó en su página editorial que "consumir papel higiénico es innecesario".

Hasta hace poco, la campaña electoral del FSLN, lanzada por la radio, ha venido sosteniendo que el uso de pasta dental es un lujo innecesario.

Sin embargo, esta es la primera vez que un órgano sandinista de difusión se refiere en forma despectiva a la costumbre de usar papel higiénico, que actualmente el gobierno vende a 45 córdobas el rollo, aunque todavía permanece muy escaso.

Como primer argumento sostuvo que las madres nuncan usan papel higiénico cuando hacen el aseo de sus niños de corta edad. Como segundo argumento, el periódico sostiene que el pueblo turco nunca usa papel higiénico.

Finalmente "El Nuevo Diario" sostiene que "despolitizar el papel higiénico, haciéndolo inútil y superfluo, sería contribuir poderosamente a distensionar la atmósfera nacional y suprimiendo el papel higiénico de la contienda nacional se daría un gran paso hacia la reconciliación de la familia nicaragüense.

distorsionar la atmósfera nacional, dándose también un gran paso *hacia la reconciliación de la familia nicaragüense.*

En cuanto a lo primero, quizá se *distorsionase,* en efecto, la atmósfera; pero aterra pensar cómo iba a oler. Y en cuanto a las eficaces consecuencias reconciliatorias que se derivarían de la supresión del papel en cuestión, pues, la verdad, no se me alcanza la relación de causalidad que pueda existir entre una cosa y otra. Salvo que se nos quiera decir que allí todos se irán a la mierda (con perdón).

Esta maloliente *letra,* aunque no afecte directamente a nuestro *cambio,* debe ser tenida muy en cuenta ya que no en vano define el acierto de la política exterior del PSOE y el cuidado y la atención con que seleccionan sus amistades por esos mundos.

PACIFISMO ERÓTICO

Tenía prácticamente terminado este libro; pensaba, incluso, que sería difícil encontrar *letras del cambio* más divertidas y, sobre todo, más definitorias que las ya recogidas en él, cuando un querido amigo, residente en la provincia de Murcia, me remitió esta sorprendente papeleta para una rifa, combinada con el sorteo de la ONCE del próximo 28 de mayo de 1986: pues así de reciente es el hecho, cuya solución está por ver cuando esto escribo.

Tengo mis reservas sobre los llamados *pacifistas* desde que presencié una manifestación de uno de tales grupos, que terminó a palos y como el tan acreditado rosario de la aurora. Por otra parte, su conocido lema *(Haz el amor, pero no la guerra)* plantea una antinomia a todas luces falsa, ya que resulta notorio que en los períodos bélicos se intensifican sensiblemente los apetitos eróticos del personal, así civil como militar.

De todos modos, por mucho que se repudie la guerra (sentimiento que, en principio, compartimos todos los seres normales), resulta excesivo fomentar a cambio (y en tiempo de paz) la práctica del amor, premiando con semejante ejercicio carnal al agraciado por la fortuna en la rifa que celebra este grupo pacifista de la localidad de Bullas (Murcia). Demasiada bulla, pues, lo de disfrutar del placer que brinden *dos estupendas chicas, en un maravilloso apartamento, durante toda una noche* y con champán a discreción. Precedente de tan singular sorteo habría que buscarlo acaso en aquellos famosos *vales* que, durante la guerra civil, extendían en la zona roja (o republicana) ciertos sindicatos marxistas, intercambiables asimismo por lo que, en la terminología de prostíbulo, se llama *una ocupación.* Ricardo de la Cierva reproduce alguno de tan preciosos documentos en uno de sus libros históricos.

Claro que se podrá alegar que no hay que incurrir en interpretaciones morbosas; que el placer que se rifa y que deben brindar las *dos estupendas chicas* a lo largo de toda una noche puede consistir también en recitales de cante y baile, lectura de poemas de Neruda o narración de chascarrillos a cargo de las buenas mozas. Pero eso estaría en clara contradicción con el lema del

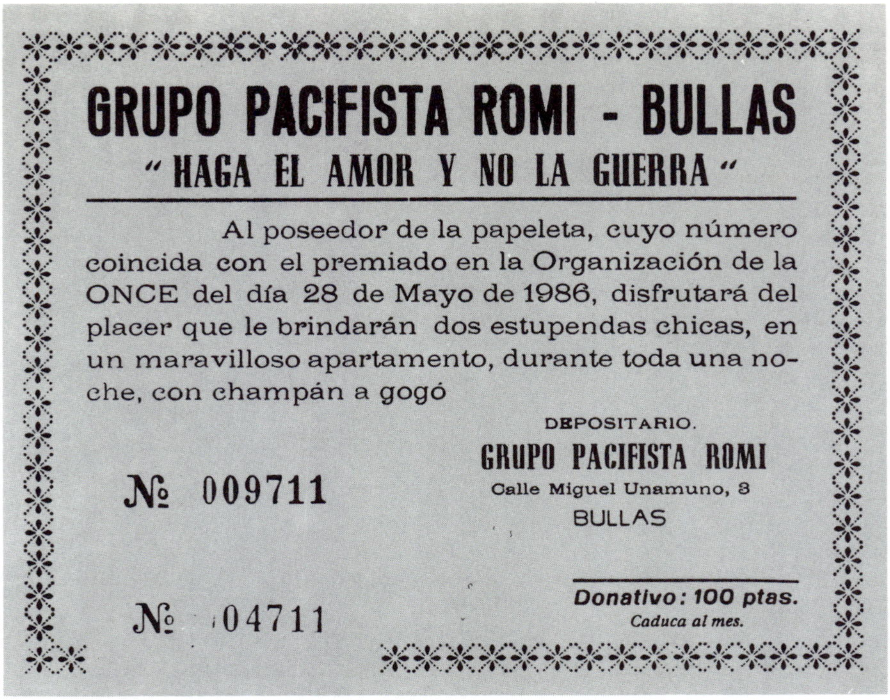

GRUPO PACIFISTA ROMI - BULLAS

"HAGA EL AMOR Y NO LA GUERRA"

Al poseedor de la papeleta, cuyo número coincida con el premiado en la Organización de la ONCE del día 28 de Mayo de 1986, disfrutará del placer que le brindarán dos estupendas chicas, en un maravilloso apartamento, durante toda una noche, con champán a gogó

DEPOSITARIO.
GRUPO PACIFISTA ROMI
Calle Miguel Unamuno, 8
BULLAS

№ 009711

№ 04711

Donativo: 100 ptas.
Caduca al mes.

grupo organizador de la rifa, que propugna *hacer el amor;* suponiendo, en definitiva, un evidente engaño y una ostensible decepción para los esperanzados participantes.

En la página 54 de la primera parte de este libro, me referí al inicuo cartel sobre la Virgen Blanca, reproducido en el diario *Egin* de 9 de agosto de 1985, como asimismo al bochornoso comentario que le acompañaba. Dije allí que la blasfemia es de tal magnitud que su conocimiento puede herir la sensibilidad de las personas honorables, sea cual sea su credo religioso. Pero precisamente por eso, porque constituye una abrumadora prueba de la degradación a que nos está llevando la libérrima interpretación del artículo 20 de la Constitución, consideraba indispensable su publicación, si bien con las debidas advertencias.

Hechas están. En la página siguiente se reproduce el increíble panfleto.

Que así sea, dijo la Virgen Blanca

Las fiestas alternativas en honor de la «Blanki» han estado muy bien llevadas. Otro punto para sus feroces instigadores, los Hala Bedi. Ni nos hemos enterado de las actuaciones oficiales (exceptuando la de Rosendo) porque en las txosnas había boyiya cada madrugada. Rip, La Polla, Kortatu, Cicatriz, Cloaca Letal, Pléyade, Animales Sueltos, Danba, La Piedra, Potato (rumbo a Jamaika). ¿Quién da más? Y no sólo hubo música sino provocación por todo el morro. El cartel anunciador de estas neofiestas impactó sin piedad millones de neuronas adormecidas. Fue entonces cuando la ley entró en acción queriendo zanjar la cuestión. Según parece, existe alguien que, por derecho divino, te corta la martxa cuando quiere. Pero, como muy bien dice Superpollo, pregonero del Peleón alternativo, «nosotros queremos divertirnos todos los días». La Virgen Blanca masturbándose, el niño con el vibrador y el blusa con la poya en ristre certifican, esquemáticamente, que la resistencia no se corta ni un pelo en esta aldea de nieblas perpetuas. El clima es un factor determinante aquí. Las mentes heladas producen icebergs en verano. El Pollo va más allá en su guapa movida choni y dice que Gasteiz es una ciudad «romana y mediterránea». Dentro del colectivo Hala Bedi se agitan todas las consignas de la desobediencia ciudadana que se pierde en la noche de los tiempos. Es una vieja historia de mosqueo y descontento que se ha canalizado para nuestro regocijo, en torrentes de locura fresca y espontánea. Subvención o subversión. La alternativa es la única solución. Y en una rueda de prensa que se montan guapamente, la insurrección mental se filtra en los medios estandarizados. La avidez noticiosa del periodismo les rodea desde que el 3 de agosto pregonaron la llegada de Peleón, símbolo de los repicantes recalcitrantes. Ellos mismos se hacen la autocrítica: «quizá nos hemos ceñido demasiado al marco de las fiestas». La nieve cuajaba y la Asamblea de Majaras se reunió para decretar mañana hará sol.

MUTXO KALIMOTXO

ÍNDICE ONOMÁSTICO

Las cifras en cursiva remiten a las ilustraciones